쿠바와 ^{똥양} 의생활

쿠바와 의생활: 쿠바에서 만난 생활의 치유력

발행일 초판1쇄 2023년 3월 25일 | **지은이** 김해완 | **일러스트** 이상화

펴낸곳 북드라망 | **펴낸이** 김현경 | **주소** 서울시 종로구 사직로8길 24 1221호(내수동, 경희궁의아침 2단지) |
전화 02-739-9918 | **팩스** 070-4850-8883 | **이메일** bookdramang@gmail.com

ISBN 979-11-92128-33-7 03810

책으로 여는 지혜의 인드라망, 북드라망 **bookdramang.com**

쿠바와 의생활

쿠바에서 만난 생활의 치유력

김해완 지음

BookDramang
북드라망

차례

머리말_우연과 필연

그래, 우연, 자유의지, 그리고 필연. 이런 것들은 결코 양립할 수 없는 것이 아니고, 전부 하나로 짜여서 함께 작용한다. 궁극적인 진로에서 벗어나지 않는 필연의 곧은 날실, 모든 진자 운동은 사실 그것에 이바지할 뿐이다. 자유의지는 주어진 실들 사이에서 북을 자유롭게 놀린다. 그리고 우연이 움직이는 범위는 필연의 직선 안쪽으로 제한되고 옆으로 움직이는 건 자유의지의 지배를 받지만, 이렇게 필연과 자유의지에 종속되어서도 우연 역시 그 둘을 조종하며 사건에 결정적인 마지막 일격을 가한다. 허먼 멜빌, 『모비 딕』(상), 강수정 옮김, 열린책들, 2013, 47장(e-book).

영화를 보고 나면 강렬했던 장면이 현실에서도 종종 생각난다. 독서도 마찬가지다. 책장을 덮은 후에도 시시때때로 망각의 덮개를 열고 되돌아오는 구절들이 있다. 인생의 기막힌 전개 앞에서 말문이 막힐 때면, 나는『모비 딕』의 주인공 이스마엘의 독백을 떠올리곤 한다. 이스마엘은 고래잡이배에서 거적을 짜면서 인생을 논한다. 선택을 제한하는 필연의 한계와 그 속에서 열심히 길을 만드는 자유의지, 막판에 끼어들어 모든 계획을 무너뜨리는 우연의 농간까지. 이 세 가지 '실'로 짜는 '천'이 인생이라는 시간이란다.

나는 이보다 더 적확하게 인생의 드라마를 표현한 문장을 생각할 수가 없다. (멜빌의 문장에 묻어가려는 내 게으름 때문은… 아니라고 우기고 싶다!) 사실 내가 지금 이 글을 쓰고 있는 것도 필연과 우연의 기묘한 합작이다. 2017년, 나는 '자유의지'로 쿠바로 갔다. 그때는 그게 '필연'처럼 보였다. 당시 나는 남미 문학을 공부하고 싶어 했고, 때마침 오바마 전 미국 대통령이 쿠바를 블랙리스트에서 해제했으며, 쿠바에 가 보라는 제안이 들어왔다. 꽤 괜찮은 계획이라고 생각했다. 쿠바에 도착한 지 반년 만에 의학이라는 '우연'이 내 삶에 끼어들기 전까지는 말이다. 이 반전을 대체 어떻게 설명할 것인가? 그때까지 나는 의학도가 되고 싶다는 생각을 한 번도 해본 적이 없었다. 그런데 쿠바 의학과 만난 후 나는 앞서 세운 모든 계획을 뒤집어 버렸다. 귀신에 홀리기라도 한 것처럼 말이다.

그 후로 나는 쭉 의학을 공부하고 있다. 팬데믹이라는 고비를 만나 중간에 쿠바를 떠나는 우여곡절이 있었지만, 그 섬에서 시작된 공부의 길은 아직도 이어지고 있다. 요즘에는 쿠바에 가기 전의 기억까지 멋대로 수정되는(?) 것 같다. 유별났던 내 청년기는 어쩌면 의학을 위한 준비 기간은 아니었을까? 쿠바에서 마주친 '우연'이 실은 '필연'이었던 건 아닐까? 어느새 나는 우연과 필연과 자유의지의 구분이 불가능해진 시점에 이르렀다. 이제는 의학이 내 생활이 되어 버렸기 때문이다.

돌이켜 보니 내 쿠바 유학은 '생활'의 참의미를 깨달아 가는 시간이었다. 제아무리 화려한 사건도 종국에는 생활이 된다. 다시 말하면, 생활은 모든 운명적 사건의 시작이자 끝이다. 이스마엘이 흔들리는 배 위에서 응시했던 시간의 바다는, 고매한 철학자의 정신이 아니라, 우리들의 범상한 일상 속에서 출렁이고 있다. 이곳이 의醫의 현장이다. 생과 사, 병과 치유라는 사건은 쉴 새 없이 생명의 시간을 두드린다. 그 기승전결을 기계적으로 계산할 수는 없다. 누구는 아프고, 누구는 회복하며, 누구는 죽는다. 누군가는 부정하고, 누군가는 적응한다. 매 순간이 운명의 주사위 놀이나. 몸은 우연과 필연과 자유의지가 치밀하게 얽혀 있는 현장이다. 이토록 강도 높은 드라마를 우리들은 매일 잠잠히 살아가고 있다.

이 침묵 속 활기에 감탄하여 나는 책을 쓰게 되었다. 이 책은 내가 직접 보고 겪은 쿠바 생활을 스케치한 것이다. 생활 전반이 아니라 생활 속에서 의醫를 중심으로 형성된 네트워크에 초점을 맞추었다. 의醫라고 하면 '의료'나 '의학'처럼 미리 구획된 영역을 떠올리기 마련이다. 그러나 제도와 학문 이전에, 신체가 기거하고 또 변해 가는 일상의 네트워크가 선재한다. 이 네트워크를 능수능란하게 활용하는 쿠바인들은 치유란 수많은 인연이 얽히지 않으면 불가능한 사건이라는 것을 내게 가르쳐 주었다. 의료인의 기술만큼이나 환자들의 주도성도 중요하고, 제도적인 뒷받침도 더해져야 하며, 치유된 환자가 되돌아갈 수 있는 일상도 보존되어야 한다. 이런 요소들이 경계 없이 섞이는 곳이 바로 생활이다. 생활 속에 녹아 든 이 네트워크를 지칭할 말이 달리 없어서 '의생활'이라는 표현을 만들게 되었다.

의생활을 글로 옮기는 과정은 생각보다 쉽지 않았다. 생활에는 경계가 없기 때문이다. 어디서부터 어디까지 그려야 할까? 어떻게 해야 이 생동감을 그대로 전할 수 있을까? 이 고민을 풀어 가다 보니 일목요연한 정리나 학술적인 논문보다는 장르에 갇히지 않는 유연한 서술법이 낫다고 판단했다. '인트로'는 '의생활'이라는 개념이 쿠바를 넘어 보편적으로 적용될 수 있는 맥락을 정리한다. '본문'은 쿠바 의생활을 본격적으로 소개하는데, 일상에서 출발하여 마을 진료소와 의대를 경유한 후 세상과 몸의 상호작용으로 끝을 맺는다. 쿠바 의료에 대한 정보를 얻고 싶은 분들은 2부 '마을' 및 3부 '학교' 부분을 중점적으로 보시면 된다. '덧달기'는 보너스 코너다. '한국-쿠바'라는 이항 구도에 빠지지 않도록 그 외에도 비교할 수 있는 정보를 제공한다.

부록 '초상들'은 이 중에서도 가장 이질적인 내용일 테다. 익명으로 소개되는 쿠바인 개개인의 이야기를 기록했다. 어찌 보면 병이나 치료와 아무런 관련 없는 이야기다. 하지만 아바나의과대학의 한 생리학 교수님의 말을 빌리자면 같은 병명 아래 동일하게 진행되는 병은 없고, 환자의 삶을 이해하지 못하는 치료는 성공적일 수 없다. 병과 치유는 모두 일상의 사건으로부터 시작되고 끝나기 때문이다. 그렇다면 생로병사 속에서 펼쳐지는 쿠바인들의 희비애락도 응당 의 생활의 일부로 여겨져야 한다. 지구 반대편에 사는 사람들이 어떤 아픔을 겪고 또 어떤 치유력을 키우며 살아가는지, 낯선 곳을 여행하는 기분으로 읽어 주시면 좋겠다.

이상이 이 독특한 책이 탄생한 전말이다. 의醫도 평범한 주제가 아닌데 쿠바 역시 특이하기로는 만만치 않다. 쿠바를 통해 바라보는 의醫, 그리고 의醫를 통해 바라보는 쿠바가 과연 많은 독자분들의 관심을 끌지 모르겠다. 게다가 주제의 특이성이 형식의 통일성을 갖추지 못한 것에 대한 변명이 될 수도 없다. 이런 숱한 부족함에도 불구하고 내가 믿는 구석이 있다면, 의생활이 국경을 넘어 보편적으로 존재하는 현장이라는 점이다. 건강에 대한 정보가 늘어날수록 건강에 대한 불안도 함께 늘어난다. 그러나 치료 기술이 아무리 발전한다 한들, 한평생 병원에 의존하고 병원비를 확보해야만 건강을 보존할 수 있다면 우리는 행복할 수 없다. 일상 생활에서 건강하게 살고 죽는 지혜가 실종된 사회라면 쿠바 의생활의 현장은 분명 영감을 줄 것이다.

어떤 분들은 이 책의 내용에 동의할 수 없을지도 모른다. 쿠바라는 장소는 많은 이들의 마음속에 견고한 존재감을 발휘하고 있다. 냉전 시대의 유산을 짊어지고 있는 한국의 경우에는 특히 그렇다. 내가 쿠바 의학에 대해 발언하면 가장 많이 받게 되는 반응은 '진실이냐 아니냐'라는 이분법이다. 쿠바 정부에게 세뇌당한 프로파간다냐? 혹은 네 개인적인 감정이 들어간 사견이냐? '유일무이한 진실'이라는 게 애초에 존재하는지도 의문이지만, 이를 가려내는 작업이 항상 생산적이라고 생각하지는 않는다. 진실은 한 장의 사진에 담기는 풍경처럼 단순하지 않다. 성공과 실패, 가난과 부, 폭력과 평화를 가르는 경계선은 종이처럼 얇은 데다가 쉼 없이 변한다. 안정적인 번영을 구가한다 여겨졌던 21세기 유럽에서도 전쟁이 일어나고, 눈부시게 발전한 미국 의료는 수많은 사람의 피를 먹고 자라난 자본의 힘으로 버티고 있다. 마찬가지로 경제 봉쇄 아래 허덕이는 쿠바처럼 가난한 장소에서도 사람들의 치유 본능이 지혜롭게 발현될 수도 있다.

모순과 역설로 가득한 세상에서 우리는 늘 생활로 되돌아간다. 생활을 공유하는 사람들 사이에서 안전하게 살고 싶고 또 행복하게 죽고 싶어 한다. 목표가 같다면 '너'와 '나'를 가르는 이분법은 무용하다. 쿠바에 수많은 문제들이 있지만, 그 중에서 굳이 빛나는 성공에 대해 이야기하는 이유는 상대로부터 '배우고자 하는 태도'가 언제나 세상을 더 낫게 만든다고 믿기 때문이다. 쿠바가 진흙탕 속에서 지켜낸 장점 하나가 또 다른 곳에서 희망이 될지 누가 알겠는가?

팬데믹을 통과하면서 쿠바도 많이 변했다고 한다. 이미 그곳을 떠난 나는 현재 쿠바가 어떤 상태인지 알 수 없다. 따라서 내가 할 수 있는 것은 '내 글'이 쿠바에 대한 '진실'이라고 주장하는 게 아니다. 진실을 만드는 것은 주장이 아닌 행동이다. 그 시절 쿠바가 내게 선사한 가르침은 실재했고, 이 배움에 기대어 글을 쓰니, 이 글을 진실로 만들기 위해서는 앞으로 내가 배웠던 대로 살아가는 수밖에 없다. 독자 분들에게 다양한 의생활 아이디어를 제공하는 것 또한 이 실천의 일환이다.

이 책을 쓰는 동안 수많은 사람들이 '시간의 실'을 선물해 주었다. 나를 쿠바로 인도해 주신 곰샘, 유쾌한 배움의 길을 몸소 열어 주시는 한국의 남산강학원＋감이당 선배들과 동학들, 어려웠던 시절을 동고동락했던 쿠바의 친구들, 공부의 기회를 다시 열어 주고 쿠바 의학에 보다 더 객관적인 시선을 갖추게 해준 바르셀로나자치대학교UAB: Universitat Autònoma de Barcelona 의과대학, 늘 마음의 집이 되어 주는 가족들, 내 좌충우돌 유랑길의 동행자인 '베스트프렌드' 제프리. 모두들 이 책의 공동 저자다.

공동 저자의 맨 앞자리를 응당 차지해야 하는 사람들이 있다. 이제는 언제 다시 볼지 기약도 없는 쿠바의 교수님들과 의료인들이다. 그들은 생뚱맞게 찾아온 이방인에게 기꺼이 학문의 장을 열어 주고 한결같이 겸손한 태도로 나를 감화시켰다. 인생의 길목에서 그들을 만난 것은 다시없을 행운이었다. 이 행운의 빚을 책에 담아 돌려보낸다. 지난 몇 년간 카리브해의 우연과 필연이 나를 통해 짠 '천'text-ile 한 조각을 내놓으니, 독자 여러분들의 의생활 속에서 유용한 물건으로 활용될 수 있으면 좋겠다. 자유의지로 품어 보는 내 소박한 바람이다.

바르셀로나에서 김해완

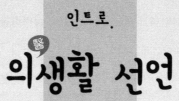

의생활 선언

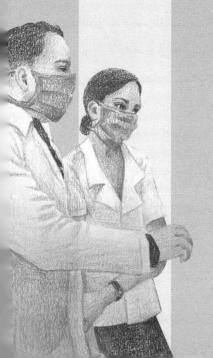

★

이 책은 의醫생활을 선언하는 책이다. 고개를 갸우뚱하는 독자 여러분들의 얼굴이 눈앞에 선하다. '의생활'이라는 말은 정확히 무슨 뜻일까? 사전에는 없는 단어다. 어떻게 해야 이 책의 콘셉트를 적절하게 잡을 수 있을지 골머리를 앓을 당시, 아버지께서 내게 제안하신 말이다. 듣자마자 무릎을 탁 쳤다. 그래, 이거다! 그렇다고 해서 개념의 저작권(?)을 주장하기도 낯 뜨거운 일인데, 누구든 짐작할 수 있을 만큼 단어가 쉽기 때문이다.

의醫는 누구에게나 익숙한 글자다. 뜻을 풀이하면 병을 고치고 치유로 이끈다는 말이다. 그런데 '의'醫라는 글자가 독자적으로 쓰이는 일은 없다. 병을 고치는 일은 간단하지 않기 때문일까? 의醫는 항상 바쁘다. 병에 효과적으로 대응하기 위해서 끊임없이 자리를 바꾼다. 그렇게 의-학문(의학), 의-기술(의술), 의-제도(의료)가 탄생한다. 이 거점들을 재생산하는 임무를 맡고 있는 의-선생(의사), 의-학생(의대생), 의-학교(의대) 역시 빠뜨릴 수 없다.

한데 이것으로 충분할까? 이것이 의醫의 전부일까? 겉으로 보기에는 그렇다. 의학, 의술, 의료라는 특수한 삼각형 속에서 병에 대한 경험이 형성되는 것 같다. 여기에 환자 당사자의 자리는 빠져 있다. 하지만 일반인의 신분으로는 전문 영역의 문턱을 넘을 수 없는 까닭에, 의사와 환자의 관계가 비대칭적이라는 사실은 암암리에 수용된다. 환자를 존중하는 태도와는 별개로, 의사들은 "환자의 병case"을 고치는 '신체의 기술자'일 뿐만 아니라 그 병을 극복하도록 환자에게 끊임없이 동기를 부여하는 '정신의 관리자'다. 그것이 "의사들이 무엇을 위해 존재하는지"Alison Pilnick, Robert Dingwall, "On the remarkable persistence of asymmetry in doctor/patient interaction: A critical review", *Social Science & Medicine*, Vol.72, Elsevier, 2011, pp.1374~1382.에 대한 정답이다. 어떻게 환자 개인이 이중의 간극을 뛰어넘어 의사와 동등해지겠는가? 친절한 동시에 권위적인 '관리자-의사'의 모습. 이것이 일반인이 접하는 '의醫의 얼굴'이다.

의(醫)의 기본

이 얼굴은 내게도 매우 익숙하다. 의대생인 나는 '잠재적 의사'이고, 학교에 몸담은 지난 몇 년 동안 어떻게 해야 전문성을 기를 수 있는지 꾸준히 배워 왔다. 동시에 나는 이 얼굴이 기북하다. 나 역시 언제든지 아플 수 있는 '잠재직 환자'이기도 하기 때문이다(사실 의학계 전반에 가해지는 육체적·정신적 압박을 고려하면 이 집단이 '일반인'보다 더 빨리 병든다 해도 놀랍지 않다).

　의사-환자의 관계를 두고 벌어지는 논쟁은 나에게 이렇게 들린다. 전문적인 의醫가 비전문적인 환자를 아래로부터 섬겨야 하느냐, 혹은 위에서부터 돌봐야 하느냐? 생명윤리가 강조하는 '환자의 주권'은 전문가가 지켜 줘야 하는 것이냐, 전문가로부터 주도권을 뺏어야 하는 것이냐? 이 논쟁은 삼각형을 둘러싼 '올바른 상하 관계'를 따지고 있을 뿐, 양측 모두 의醫의 특수한 삼각형을 견고하게 인정하고 있다.

　내가 의생활이라는 표현을 끌어온 것은 이 '전문성 삼각형'을 벗어나 의醫의 기본을 사유해 보기 위해서다. 물론 이 말은 전문성을 무시해도 괜찮다는 뜻이 아니다. 여기서 입장 표명을 확실하게 해야겠다. 나는 이 책을 의대생이 아닌 일반인의 입장에서 쓴다. 아니, '일반인'이라는 표현도 적확하지 않다. 차라리 전문가와 비전문가의 구별이 의미 없는 '사피엔스'의 입장이라고 하는 게 더 옳겠다. 수의학이 여러 동물들의 병과 죽음을 다룬다면 의학은 사피엔스라는 동물에 특화된 학문이다. 그러므로 우리가 사피엔스인 이상 살아가면서 의醫를 대면하는 순간은 반드시 온다. 모두들 언젠가는 아플 테고, 죽을 테고, 그 과정에서 도움을 필요로 할 테다.

　사피엔스의 입장에서, 그리고 어떤 사피엔스도 떠날 수 없는 현장에서 의醫를 이야기해 보고자 한다. 그 현장은 바로 일상이다. 익숙하다 못해 지루한 풍경으로 채워져 있는 일상에 균열을 내기 위해서는 질문이 필요하다. 시간의 지층 속에서 딱딱하게 굳어져 의료, 의학, 의술로 정의되어 버린 현 상황이 아니라, 매 순간 다시 출발해야만 하는 최초의 질문 말이다. 의醫가 존재하는 까닭은 무엇일까? 병이 존재하기 때문이다. 그렇다면 병이 존재하는 까닭은 무엇인가? 우리가 살아 있기 때문이다.

이 역설은 모든 병과 치유가 시작되는 출발점이다. 병은 생명과 함께 시작해서 삶과 함께 자란다. 세포 한 점에서 시작해서 10개월의 마법 같은 성장을 견디고, 물(양수)에서 뭍(공기)으로 나와 폐호흡을 시작한 순간부터 우리가 아프리라는 사실은 예정되어 있다. 지금 여기 '살아 있다'는 것, 그리하여 반드시 '병들어 죽으리라'는 것. 이는 모든 생명체가 공유하는 공통의 운명이자, 의醫로부터 파생되는 모든 개념의 기초다. 이 앞에서는 '전문가'와 '비전문가'의 구별도 의미가 없다. 의사 자신 또한 언제든 환자가 될 불완전한 생명체이기 때문이다. 의사와 환자 양자를 동시에 관통하는 이 기본은 반박 불가능한 과학적 '팩트'이자, 마지막까지 해체되지 않을 의醫의 윤리적 지반이다.

이 명제는 원론적으로만 옳은 게 아니다. 생명 활동이 구체적으로 어디서 어떻게 벌어지는지 생각해 보라. 신체가 살아 숨 쉬고 병으로 고통스러워하는 장소는 병원이 아닌 일상의 공간이다. 가족과 이웃이 머무는 집과 동네다. 특히 죽음에 이르는 우리들의 마지막 '생명 활동'은 이 쉽지 않은 시간을 함께해 줄 관계를 제외한 채 고려할 수가 없다. 관계가 소거된 생명의 내리막길은 우리가 '생명체'로서 상상할 수 있는 가장 뼈아픈 적막일 것이다. 의醫가 치유를 위해 존재한다면, 의醫의 기본은 의대 교과서가 아니라 일상의 모든 순간에 있다. 학문과 기술과 제도로 규정되기 이전의 의醫, 이 영역의 존재 이유 및 존재 방식을 탐구하려면 가장 보편적인 일상의 차원으로 내려가지 않으면 안 된다.

의(醫)의 변신

누군가는 이렇게 반응할지도 모른다. 그래, 이런 단상이 틀리지는 않았다. 하지만 의사도 아닌데 병에 대해 고민하면 무엇을 얻을 수 있는가? 쓸데없이 잡생각만 많은 희한한 의대생은 내버려 두자. 환자 입장에서는 그 시간에 유명한 의사를 한 번이라도 더 만나는 편이 나을 테니….

　이런 반응이 놀랍지는 않다. 내가 희한하다는 평(?)을 부정할 수는 없지만, 굳이 현상 너머를 보려고 들지 않는 정신의 습관 역시 부정할 수 없다. 살아서 아프고 아픈 게 살아 있음의 증거라니, 얼마나 골치 아픈 사실인가? 아예 관심을 끄는 쪽이 마음 편하다. 관심이 없으니 이 영역이 존재하는지조차 모른다. 이는 전문가와 비전문가를 막론하고 동일하다. 전문가는 환자로부터 병을 제거하는 데 골몰한다. 일반인은 무조건 병을 피해서 사는 길을 목표로 삼는다. 양자 모두 병과 삶의 현장을 최대한 멀리 분리시키는 데 방점을 찍는다.

이 분리는 전략 실패다. 조금만 생각해 봐도 알 수 있다. '병'을 제거하기 전에는 '정상'이 될 수 없다고 여겨지는 삶은 약간의 상처만 입어도 무력해질 준비를 하고 있는 것이나 다름없다. 또한 병원에 가서 병명을 알아내고 약국에 가서 약을 타 온다 해서 아픈 몸이 저절로 '원상 복귀'되는 일은 없다. 장애물로 가득 찬 일상에서 다시 관계를 정립하고 생활을 굴리는 일은 끝까지 본인의 몫으로 남는다. 병의 진단은 의醫의 전문성에 의지해야 하지만, 병과 헤어질 (만약 그게 불가능하다면 평생 '옆에 끼고' 살아갈) 결심은 당사자와 동반자의 몫이다.

아프기 시작한 순간부터 사람들은 자기 일상과 구체적으로 접목될 수 있는 의醫를 간절히 필요로 한다. 팔이 부러졌는데 어떻게 샤워해야 할까? 병든 가족을 간호하면서 얻는 스트레스는 어떻게 해소해야 하나? 가까운 사람이 병을 앓을 때 내가 경험한 적 없는 고통을 어떻게 위로해 줄 수 있을까? 행복한 죽음은 어떻게 가능할까? 과연 가능하기는 할까?

이 답을 찾아가는 과정이 모두 '병'에 포함된다. 병이 이름을 얻는 곳은 병원이지만 운명을 창조하는 곳은 인생이다. 체력, 유전, 성격, 감정, 믿음, 식습관, 노동, 재력, 인간관계, 타종他種과의 관계, 자연과의 관계, 공동체의 한계, 시대의 조건. 이 모든 것이 시간 속에서 병과 죽음이라는 현장을 뜨개질해 나간다. 그러므로 의醫의 변신이 가장 화려하게 이루어지는 곳 또한 일상이다. 의醫가 의술, 의학, 의료로 분기하는 것과는 비교할 수 없게 다양한 경우의 수가 탄생한다. 병이 발아하는 토양이 정녕 삶이라면, 어디로 튈지 모르는 삶의 무궁한 가능성만큼이나 병과 죽음과 치유의 서사 또한 스펙터클해야 옳지 않을까? 동일한 질병을 겪고 있다 해도 그 과정을 어떤 이야기로 채우느냐는 환자가 어떤 삶을 살아왔느냐에 따라 달라지지 않겠는가? 이런 이야기는 널리 공유될수록 이롭다. 정보뿐만 아니라 위로와 해방까지 선물하기 때문이다.

그러나 이 위로의 순간은 드물게 일어난다. 삶과 병이 갈마든 진솔한 이야기들은 주목받지 못한 채 산발적으로 흩어져 있고, 이것들을 하나로 묶어 주는 이름조차 없다. 많은 사람들이 삶의 연약한 본질에 굳이 관심을 두지 않는다. 주변 사람이 병에 걸리면 안타까워하지만, 그 사람이 가시권에서 벗어나는 순간 불편한 마음도 '의식-권' 바깥으로 치워진다. 마치 자신이 병들고 늙게 될 순간은 영영 찾아오지 않을 것처럼. 혹은 자신의 몸이 병들고 불편해진 순간에조차, 병과 장애가 제거된 '정상'의 기준을 놓지 못한다. 하루빨리 어떻게든 병을 '없애서' 고민 또한 '없앨 수' 있기를 희망한다. 문제는 이것이 항상 달성 가능한 희망 사항이 아니라는 것이다.

관심이 없다면 관심을 청하면 되고, 이름이 없다면 이름을 붙이면 된다. 이것이 내가 '의-생활'이라는 단어를 붙잡게 된 연유다. 의생활이란 무엇인가? 우리들이 일상 관계 속에서 생로병사에 대해 공유하는 모든 것이다. 신체의 변화가 선사하는 경험과 이야기, 그로부터 일어나는 감정과 통찰, 함께 의논하고 홀로 결단하는 지혜와 행동의 집합체다. 누구는 이를 '공감'이라고 부를지도 모른다. 그러나 이 공감은 개인의 머릿속에서 일어나고 곧 스러지는 정념이나 관념이 아니다. 약자, 병자, 소수자에게만 수동적으로 적용되는 특수한 영역도 아니다. 수많은 몸들이 생로병사라는 공통의 드라마 속에서 서로를 동행하는 와중에 열리는 실천의 공간이다(왜 동행이 의생활의 핵심인지는 앞으로 보게 될 것이다).

누구든 예외 없이 이 현실을 확보해야 한다. 갓난아이가 자라는 것만큼이나 자연스러운 존재의 몰락을 긍정하기 위해서 말이다. 의醫의 삼각형 밖으로 밀려난 치료 대상으로서의 일상이 아니라, 인류가 의醫라는 기예를 고민하고 실행하게 된 최초의 출발지로서의 일상을 재발견해야 한다.

그리고 나는 확신한다. '의료 선진국'을 외칠 때 사람들이 궁극적으로 꿈꾸는 것은 더 값싼 치료비도, 더 빠른 진료도, 더 긴 평균 수명도 아니다. 그것은 풍요로운 의생활이다. 일상 속에서 의생활을 튼튼하게 구축하지 않는다면 행복한 생로병사는 불가능하다. 단지 의생활의 모습이 어떠해야 하고 또 어떠할 수 있는지 감이 잡히지 않는 까닭에, 제도의 언어를 끊임없이 우회하고 있을 뿐이다.

우리들의 환상, 우리들의 현장

그렇다면 이 '우회로'부터 먼저 통과해 보자. 의생활의 세계를 탐방하기 전에 우리에게 익숙한 공간인 의-제도부터 훑어보는 것이다. 의료 제도의 방향에 따라서 의醫의 개념이 달리 정립된다 해도 과언이 아니다. 이 방향성을 검토해 보면 그 사회가 어떤 의醫를 욕망하는지 짐작할 수 있다.

한국 의료의 특이성을 파악하는 가장 손쉬운 방법은 한

국 바깥의 장소와 비교해 보는 것이다. 해외에 나가서 좀 살아 본 사람들이 입을 모아 하는 말이 있다. "한국이 의료 제도는 그래도 잘되어 있어."

재미있게도 이 말은 발화 장소가 어디냐에 따라서 의미가 달라진다. 의료 제도가 공공 의료를 중심으로 돌아가는 영국 및 스페인 같은 곳에서 한국 의료는 빠른 속도로 부러움을 산다. 이곳에서는 환자가 원한다고 해도 전문의를 곧바로 만날 수 없다. 가족주치의를 만나서 상담을 받고, 주치의가 심화 치료의 필요성을 인정하면 그제야 진료를 예약할 수 있는데 이때도 최소 한 달 이상을 기다려야 한다. 대신 진료비는 무료다. 하지만 '빨리빨리' 성정으로 유명한 한국인들이 이 페이스를 참아 줄 리가 없다. 치료비를 내더라도 환자가 원하는 병원과 의사를 선택할 수 있는 한국이 속 시원하다.

의료가 철저히 민영화된 미국 같은 시장형 시스템에서 한국 의료는 또 다른 요소로 차별화된다. 비용이다. 다큐멘터리 〈식코〉SiCKO 덕분에 미국의 병원비가 얼마나 살인적인지 전 세계가 알게 되었다. 이에 비하면 한국의 병원비는 천국이나 다름없다. 한국의 국민건강보험은 공공 병원과 민간 병원 양쪽 모두를 아우르면서 '중간형' 시스템을 구축한다. 의료 행위는 급여와 비급여로 나뉘는데, 급여 부문의 병원비는 일반인들이 감당할 수 있는 수준으로 책정된다.

두 요소를 모아 보면 의료 제도가 '그래도 잘되어 있다'고 하는 한국의 지도가 보인다. 한마디로 한국 의료는 '빠르고 저렴한 서비스'를 제공하는 의료다. 물론 의료 제도의 현실은 그보다 더 복잡하지만, 물밑 구조를 숙고할 시간이 없는 일반인들이 평소 인식하는 의료 서비스의 양태가 이러하다는 뜻이다. 누구든 서울 소재 대학병원의 의사와 진료 예약을 할 수 있고, 어느 병원에서든 건강보험을 동일하게 적용받는다. 비유하자면 한국 병원은 손님을 기다리지 않게 하면서 질 좋은 제품을 싼 가격으로 제공해 주는 가게와 같다. 어떤 손님이 이런 가게를 마다하겠는가? 이것이야말로 '환상적인 서비스'가 아닌가? 결과적으로 보면 한국인이 욕망하는 의醫란 빠르게, 값싸게, 편하게 병을 제거하는 작업이 된다.

안타깝게도 이 욕망은 완벽하게 충족될 수 없다. 내부를 들여다보면 이 시스템은 기형적이다. 의료 기관 중 94퍼센트가 민간에 의해 운영되기 때문에 실제 현실은 시장형에 가깝다.오영호, 「우리나라 공공보건의료의 문제점과 정책방향」, 『보건복지포럼』(통권 제 200호), 2013, 70쪽. 국가가 국민건강보험을 통해 진료의 양과 가격을 통제하기 때문에 외형적으로 중간형이 유지되는 것이다. 문제는 의료 자원을 재분배하는 통제 기준이 '행위별 수가제' 하나뿐이다 보니, 단일한 운영 원칙으로 해결할 수 없는 사각지대가 생긴다. 병원은 비급여 항목을 늘리는 기형적인 방식으로 이윤을 좇고, 비급여 검사가 가능한 대형 병원과 그렇지 못한 영세한 병원 사이의 양극화가 심해진다.

요약하면 현실은 이윤 논리로 돌아가는데, 이를 공공 시스템으로 통합하는 방식은 협소하고 편의적이다. '치료비가 비교적 저렴하고, 병원 이용이 비교적 편리하다'는 이유로 부조화가 용인되어 왔을 뿐이다. 그러나 이런 장점은 병원에 가끔씩 방문해서 급여 치료를 받는 것만으로 충분한 '비교적 건강한' 사람들에게만 해당된다. 응급 환자나 장기 입원 환자가 맞닥뜨리는 비용 및 접근성 문제는 결코 가볍지 않다.

불협화음은 한국 사회 여기저기서 터져 나온다. 예를 들면 한국의 '편리한 의료 서비스'를 한국인 모두가 다 누릴 수 없다. 시장논리를 따르면 '수지가 안 맞는다'는 이유로 의료 네트워크에서 외면받는 장소가 생긴다. 이것이 서울을 제외한 모든 지방의 현실이다. 응급 상황에서 지방민들이 골든타임 내에 병원에 도달하기란 불가능하다. 이를 뒤집어 보면 서울의 편리한 의료 환경은 이윤 논리에 의해 의료 자원이 독점되었기 때문이라고 할 수 있다.

이 상황에서는 공공 의료도 제대로 수립되지 못한다. 사람들은 시장 의료에 비교하는 방식으로만 공공 의료를 체험한다. 공공의 독자적인 비전이라고 할 게 따로 없다. 정체성이 모호하니 경쟁력도 뒤처진다. 민간보다 재정 자립 능력은 떨어지는 반면 기능 면으로는 차별화되지 못하기 때문에, 사람들로 하여금 "공공 병원이 민간 병원과 별로 차이가 없는 것처럼 느끼게"오영호, 「우리나라 공공보건의료의 문제점과 정책방향」, 68쪽. 할 뿐만 아니라 '불편하고 질 낮은 의료'라는 불신을 키운다. 그러다가 코로나19처럼 공공보건의료의 존재가 절대적으로 필요한 상황이 닥치면 현장에 있는 소수 인력을 대안 없이 '갈아 넣는' 방식으로 대처한다.

　속사정을 아는 사람들은 한국 의료가 이대로 계속 갈 수 없다고 입을 모은다. 한국의 '환상적인 의료 서비스'는 언제 무너질지 모르는 모래성 같은 환상이라는 것이다. 누군가는 이 환상을 유지하기 위해 대가를 치르고 있다. 장시간-고강도 노동환경에 갇힌 의료계 종사자, 의료 네트워크에서 소외된 지방민, 그리고 기형적인 시스템 속에서 통합적인 치료를 받지 못하는 환자들이다.

진정한 사각지대, 신체

혹자는 한국 사회가 이제 선택해야만 한다고 말한다. 의료 제도를 일관성 있게 통일해야 한다는 것이다. 그렇다면 어느 쪽을 택해야 할까? 가격은 오르지만 선택의 폭이 넓어지는 시장형일까, 불편을 감수하더라도 사회 안전망을 넓히는 공공형일까? 혹은 합리적인 의료보험제도를 재정비한 중간형?

만약 이 문제가 처음부터 끝까지 '선택'에만 초점이 맞춰진다면, 어느 쪽이든 만족스러운 의醫를 경험하기는 어려울 것이다. '환상'은 여전히 깨지지 않았기 때문이다. '빠르고, 값싸고, 편리한 의료'의 환상은 어떤 제도든 불만족스럽게 느껴지도록 만들 것이다. 그러나 이 환상은 현실적으로 불가능할 뿐만 아니라 원리적으로도 행복과 멀다. 신체의 원리를 고려하지 않기 때문에 그렇다.

앞서 짚어 본 의醫의 기본이 곧 신체의 기본이다. 노화와 병과 죽음, 그리고 그 이면인 탄생과 성장과 치유다. 꼬리를 물고 뱅글뱅글 도는 뱀 우로보로스Ouroboros처럼 이 양단은 어디서든 공존한다. 몸이 겪는 행복과 불행은 전부 이 생사의 원을 통과한다. 둘 중 하나의 조건부 선택은 불가능하다.

띠라서 어떤 의료가 나를 행복하게 할 것인지 따지려면 우선 물어야 한다. 내 몸에게는 무엇이 행복이고 또 불행일까? 만약 병을 불행이라 정의한다면 우리는 우리 존재 자체를 불행으로 취급하는 것이다. 또한 행복을 죽음의 지연으로 여긴다면 우리는 시한부 행복밖에는 누릴 수가 없다. 현대 의학의 지연 능력이 아무리 강력하다 하더라도 정해진 결말을 바꿀 수는 없기 때문이다. 동전의 양면처럼 붙어 있는 생사生死의 현장에서 오로지 생生의 단면만 보겠다고, 이 국면을 '죽어도' 뒤집지 않겠다고 고집부려 봤자 '해피 엔딩'은 오지 않는다.

사실상 어느 의료 제도도 이 역설을 감당할 만한 철학이 없다. 오히려 '체계적으로' 사유의 길을 가려 버리는 경우가 허다하다. 예를 들어 보자. 시장형 의료 제도는 의료를 상품으로 다룬다. 이 상품 모델은 자본주의의 장점을 고스란히 옮겨 온다. 빠르고 편리하고 전문적이다. 그렇지만 자본의 원리는 생명의 원리에 편승하여 자기증식을 이루는 것이지, 역으로 생명에게 득이 되도록 움직이지 않는다. 따라서 상품이 된 의료 역시 '건강'이라는 개념이 이윤의 증식과 일치하도록 유도한다. 몸의 입장에서는 의료 상품을 최대한 덜 소비하는 게 최적이겠지만(그것이야말로 건강하다는 증거니까), 상품이 된 의료는 끊임없이 '케어'하지 않으면 망가져 버릴 장식품처럼 '건강'을 다룬다. 그 결과는 과잉 치료로 이어진다.

이 배치가 발화하는 메시지는 명확하다. 돈을 쓰는 만큼 죽음이 지연된다는 것이다. 그러나 신체의 리얼리티는 돈보다 세다. 막대한 치료비를 쏟아 환자의 마지막 순간을 지연시킬수록 몸은 모호한 상태로 생사의 경계를 헤맨다. 이 장면을 목도하면서 '이것이 진정 자연스러운 일인지' 의심이 들지 않는다면 그것이야말로 부자연스러운 마음이다.

이 순간의 충격을 모른 척한 채, 의료 상품이 다원화될수록 환자들에게 좋다고만 주장하는 것은 도리에 맞지 않다. 사유하지 않는 마음은 고통에 대한 기피와 죽음에 대한 공포로 속절없이 채워진다. 그리고 이 감정에서 도망치기 위해 '좋은 치료가 있다더라'는 말들을 쫓아 이 병원 저 병원을 떠돌게 된다. 그 과정에서 낭비되는 돈과 시간, 특히나 몸과 인생에 대한 자율성을 잃었다는 데에서 오는 마음의 상처는 어마어마하다. 이 상품들을 구매할 돈이 없는 사람들은 그보다 더한 박탈감을 느끼게 된다.

그렇다면 공공형으로 방향을 바꾸면 어떨까? 몸은 더 행복해질까? 만약 헌법에 명시된 생명권을 보장하지 못하는 '기본도 안 된' 사회라면 공공이 행복에 기여할 수 있는 영역은 명확하다. 예를 들면 의료 접근성이다. 현대 생명윤리를 구성하는 네 가지 원칙 중 하나가 정의justice인데, 정의는 사회의 혜택과 부담이 한쪽에 독점되지 않도록 물질을 공정하게 분배하는 행위다.Tom L. Beauchamp, James F. Childress, *Principles of Biomedical*

Ethics, Oxford University Press, 2001, p.228. 따라서 의료 제도가 어떤 원칙에 준거해서 세워지든 간에, 의료 네트워크에 접속조차 할 수 없는 사람들이 생기는 일은 막아야 한다. 돈이 없다면 재정 지원을 해야 하고, 병원이 없다면 의료 기관을 제공해야 하고, 의사가 없다면 인재를 끌어들일 방안을 꾀해야 한다. 이 과제는 시장보다 공공이 더 효과적으로 해낼 수 있다.

문제는 의료 제도가 국가에 독점될 때 발생한다. 그 순간 '건강'은 국가 관할하의 '관리 대상'으로 정의된다. 관리 모델이 전파하는 메시지는 안전이다. 국가가 건재할수록, 또 국민의 생로병사에 세밀하게 개입할수록 우리는 사망까지 안전하게 보호받을 것이다… 여기서 안전과 보호는 대개 저비용을 의미한다. 비용의 부담이나 가족에게 신세 져야 하는 부담을 국가가 덜어 주니 안심해도 좋다는 뜻이다.

그러나 역시 신체의 리얼리티는 제도보다도 세다. '저렴한 죽음'이 '좋은 죽음'이 되어 주지는 않기에 그렇다. 시스템 속에서 획일적으로 관리받는 상황은 생명의 고유성을 지워 버린다. 어떤 방식으로 생로병사를 경험하고 싶은가의 질문은 여전히 채워야 하는 빈칸으로 남는다. 생의 내리막길을 관리자에게 맡기고 싶은가? 복지의 수혜자로서 생을 마감하는 게 가장 인간다운 죽음인가?

요양원의 배치에서 과연 인간다운 삶이 가능한지 의심

하는 이에게, 요양원을 무상으로 이용할 수 있다는 사실만으로도 만족하고 살라고 강요한다면 폭력이 된다. 그런데 이 폭력을 막아 낼 방도가 없다. 어떤 부유한 국가도 모든 국민의 건강 상태를 일일이 맞춤 관리해 줄 만한 여력이 없다. 절대적인 비용도 엄청날 뿐만 아니라, 제도의 규모가 커질수록 관료주의의 폐해도 나타난다. 이 부족한 비용은 제도를 이용하는 사람들에게 '불편함'과 '감내함'이라는 형태로 전가된다. 경직된 현장에서는 생사에 대한 질문이 살아 있기 힘들다. 왜 국가가 이 정도밖에 해주지 않느냐고 불평이 끊이질 않거나, 이 정도에 만족하고 살겠다며 포기하거나, 선택권이 더 많아 보이는 시장 모델을 찾아 떠나 버린다.

다시, 문제의 초점은 우리 자신으로 되돌아온다. '충분한 돈'과 '적당한 제도'만 있으면 생이 어떻게든 마무리될 것이라고 안일하게 생각해 왔던 것은 아닌가? 우리가 놓치고 있는 진정한 사각지대는 몸 그 자체가 아닌가? 시장과 국가는 어디까지나 외부 요인이다. 행복한 의醫의 경험에서 중심이 되는 것은 생로병사를 통과하는 당사자, 신체다. 모든 몸은 예정된 몰락을 의미 있는 결말로 전환시켜야 하는 과업을 짊어진다. 비유가 아니라 실세로 그렇다. 신체를 가지고 태어났다는 것은 그 자체로 한계를 내포한다. 그러나 한계가 결핍으로 여겨질 이유는 없다. 한계는 개체가 세상과 만나는 경계이자, 진정 의미 있는 이야기가 태어나는 상소다. 그렇기에 육체의 한계를 맞닥뜨리는 순간은 인생을 이야기하기에 적절한 시기다. 이러한 욕망을 통찰할 수 없다면 현대 의료는 많은 이들을 불행으로 이끌 것이다. 시스템의 운영 주체와 상관없이 말이다.

> "아주 조금 나아질 가능성이 있을지도 모른다는 이유로 뇌를 둔화시키고 육체를 서서히 무너뜨리는 치료를 받으며 점점 저물어 가는 삶의 마지막 나날들을 모두 써 버리게 만드는 것이다. 많은 환자들이 요양원이나 중환자실같이 고립되고 격리된 곳에서 치료를 받는다. 삶에서 가장 중요했던 모든 것으로부터 단절된 채 엄격히 통제되고 몰개성화된 일상을 견뎌 내면서 말이다. 늙어 가다가 죽음에 이르는 경험을 정직하게 살펴보기를 꺼려하는 경향 때문에 우리는 환자들에게 해를 끼치는 일이 더 많아졌고, 환자들은 그들이 가장 필요로 하는 기본적인 위로와 안식을 거부당해 왔다." 아툴 가완디, 『어떻게 죽을 것인가』, 김희정 옮김, 부키, 2015, 20쪽.

쿠바에서 발견한 의생활

누구도 환자가 될 운명을 피할 수 없다. 그렇다면 모두가 한

시라도 빨리 몸을 위한 "기본적인 위로와 안식"을 찾아내야 한다. 이 능동성이야말로 의醫를 외부 서비스로 이해하는 환상을 깨뜨려야 하는 이유다. 하지만 구체적으로 어디에서 위로와 안식을 구할 수 있을까? 병을 제거해 주고 죽음을 책임져 주겠다는 약속이 사라진 장소에서, 몸은 어떻게 행복을 찾는가?

이 질문에는 정해진 대답이 없다. 그래도 한 가지 다행인 점은 우리의 몸이 서로 다른 만큼 다양한 가능성을 품고 있다는 것이다. 지구상에 존재하는 70억 명의 호모 사피엔스는 각자의 생로병사를 통해 다른 방식으로 신체의 잠재력을 보여 준다. 내가 이 책에서 하려는 것도 이 가능성 중 하나를 소개하는 것이다. 나는 뜻밖의 사람들 덕분에 의醫에 대한 편협한 상상력이 깨지는 경험을 했다. 지구 반 바퀴를 돌아야만 나오는 카리브해의 쿠바였다. 그곳에는 신체의 리얼리티 앞에서 진솔하고 겸손하게 답을 구한 사람들이 살고 있었다.

나는 2017년에 쿠바에 갔다. 그리고 이듬해인 2018년부터 팬데믹이 덮쳤던 2020년까지 그곳에서 의대를 다녔다. 쿠바가 미국과 오랫동안 대치한 공산주의 국가이기 때문일까. 쿠바 의료에 대한 견해는 보통 극적으로 갈린다. 한편에서는 쿠바를 의료 천국으로 묘사하고, 반대편 사람들은 그

것이 '프로파간다'에 불과하며 쿠바 의료의 실상은 지옥이라고 말한다. 그리고 내게 묻는다. 너는 어느 쪽이 옳다고 생각하니? 그러면 나는 입을 다문다. 질문자의 태도가 '답정너'(답은 정해져 있고 너는 말하기만 하면 돼)라서 대응하기 싫은 것이 첫째지만, 양쪽 모두 어느 정도는 현실을 반영하기 때문이다.

쿠바는 의료를 완벽하게 공영화한 국가다. 그래서 쿠바 의료 제도는 관료가 의료를 독점할 때 발생하는 장단점을 명료하게 보여 준다. 장점은 공익을 위한 의료 실천이 쉬워진다는 점이다. 1959년 쿠바혁명이 의료 제도를 개혁한 후로 의료 접근성은 이전과 비교 불가능하게 증진되었다. 현재 쿠바인들은 남녀노소 모두, 도시민이나 지방민이나 동일하게 무상으로 의료를 이용한다. 또한 쿠바 의료의 실력은 다양한 지표를 통해 검증되었다. 그중 하나가 백신 국산화 프로젝트다. 현재 쿠바에서 예방접종에 사용되는 열한 가지 백신 중 여덟 가지가 쿠바에서 자체적으로 개발된 것이다. Noel González Gotera, ˝ Cuba Nacionales Vacunas ˝, *Sel-Sel: Boletín Noticioso Semanal*, Número 157, Finlay Instituto, 2015.

단점 역시 부정할 수 없다. 첫째는 관료주의의 폐해고, 또 다른 단점은 빈곤한 재정이다. 정부가 의료의 운영 비용을 전적으로 책임지는 상황에서 세금이 바닥나면 의료계는 대안이 없다. 특히나 쿠바는 미국의 반反쿠바 경제봉쇄 정책 앞에서 반세기 이상 기를 못 펴고 있다. 이 때문에 병원과 약국에 기본적인 자재가 없는 경우가 허다하다. 그래서 쿠바에 호의적이지 않은 사람들은 이렇게 묻는다. 당신이라면 당신 자식이나 부모님을 약도 부족한 쿠바에서 치료받게 하겠는가?

내가 양쪽 질문에 입을 다무는 이유는 중립을 택해서가 아니다. 애초에 내가 쿠바 의료의 장단점을 계산하며 쿠바의 의학도가 되겠다고 결심한 게 아니기 때문이다. 나에게 이 섬나라는 천국도 지옥도 아니다.* 쿠바 사회의 명암은 곳곳에서 선명하게 드러나지만, 그럼에도 내가 쿠바의 속살 같은 의醫의 세계로 첫발을 내디뎠을 때 나를 끌어당겼던 힘은 그곳의 반쪽짜리 빛이나 어둠이 아니었다. 그것은 쿠바인들이 매일 지키고 있는 일상이었다. 그네들의 일상에서는

---

* 나는 사람이 발붙이고 사는 땅이라면 어느 곳도 완벽한 '천국'이나 '지옥'이 될 수 없다고 생각한다. 그런 곳에 대체 왜 '인간'처럼 불완전한 존재가 살겠는가? 어느 시공간에서든 일상에는 양단이 모두 존재한다. 내가 그중 한쪽 세계에 더 가깝다고 해서, 그것도 내 개인적인 덕이나 부덕 때문이 아니라 사실상 '랜덤 뽑기'와 다름없는 운 때문에 반대쪽을 피했다고 해서 다른 쪽이 현실에 존재하지 않는 게 아니다. 또한 조건의 변화나 마음 상태에 따라서 언제든지 한쪽이 나른 쪽으로 뒤집히기도 한다. 이 점을 무시한 채, 그곳에 사는 사람들을 고정된 '사물'인 양 대상화하여 정태적인 분석을 늘어놓는 자는 그 현장에서 같이 살아갈 공존의 의지가 없는 것이다. 그 분석이 아무리 정치(精緻)하다 한들, 같이 살지 않는 자의 말이 과연 얼마큼의 힘과 가치를 가질 수 있을까?

'네버 엔딩' 수다가 명암을 가리지 않고 줄기차게 흐르고 있었다. 말, 말, 말. 시냇물처럼 끊이질 않는 말소리를 따라가다 보니 마을 진료소, 콘술토리오consultorio가 나왔다. 그 장면이 머리에 콱 박혀 나도 모르게 현장에 발을 들였다.

수다와 의醫의 교차가 쉽게 상상되지는 않을 것이다. 두 눈으로 직접 본 나조차도 그랬으니 말이다. 쿠바에서는 이보다 더 자연스러운 풍경이 없다. 쿠바인들은 이사를 가는 경우가 드물기 때문에 도시든 시골이든 튼튼한 마을 공동체를 이루고 있다. 인터넷이 아직 상용화되지 않은 사회라서 그런 것일까, 생활의 모든 대소사는 육성으로 실시간 공유된다. 그렇다면 마을에서 이 정보의 흐름이 가장 풍성하게 집중되는 장소는 어디일까? 이곳의 '소셜 네트워크'의 오프라인 근거지는 학교도, 시장도, 노인정도 아니다. 그곳은 콘술토리오다. 가족주치의가 상주하는 곳, 간호사가 출퇴근 도장을 찍는 곳, 갓난아기부터 임종을 앞둔 노인까지 가족 구성원 모두가 방문하는 마을 진료소다.

이 수다-진료소에는 각자 자기 역할이 있다. 환자들은 이야기를 생산해 내는 '헤비 토커'heavy talker다. 콘술토리오에 들어가기 전부터 이들은 동네의 잡다한 소식을 공유할 만반의 준비가 되어 있다. 대기실에서 마주친 이웃들과는 말할 것도 없고, 의사를 만난 후에도 서로의 안부를 확인하는 데 몇 분은 소비한다. 이들의 이야기는 간호사를 만나는 순간 가치 있는 정보로 변환된다. 간호사는 걸어 다니는 '검색 엔진'search engine이다. 주민들의 숟가락 개수부터 최근 이들 사이에 벌어진 사건을 실시간으로 파악한다. 일상의 사소한 변화 하나라도 사람들의 안녕에 영향을 끼칠 수 있기 때문이다.

가족주치의는 모든 이야기를 주의 깊게 듣고 종합해 내는 '리스너'listener다. 이 정보는 진료하는 동안 적재적소에 활용된다. 가령 젊은 임산부 중에서 주치의와의 검진 약속을 잊어버리는 경우가 간혹 있는데, 이때 콘술토리오에 가면 간호사와 주치의가 이 아가씨가 놀러 갔을 법한 동네 친구들 집에 하나씩 전화해서 행선을 추적하는 진풍경(?)을 볼 수 있다. (뛰어 봤자 벼룩!)

중구난방으로 튀어나오는 수다에도 공통의 주제가 존재한다. 생로병사다. 이 이야기는 기승전결이 분명할 뿐만 아니라 모든 이가 빠짐없이 주인공이 될 수 있는 유일한 드라마다. 콘술토리오는 이 드라마를 방영하기에 최적의 무대다. 새로 태어난 동네 아기는 가장 먼저 가족주치의의 손을 탄다. 이 아이기 자라 청년이 되면 병든 조부모님을 모시고 온다. 시간이 더 지나면 자신이 낳은 아이를 데려오고, 그 후에는 늙고 병든 스스로의 몸을 돌보기 위해 찾아온다. 콘술토리오 대기실은 공통의 사이클을 밟는 동네 사람들이 잠시 삶을 공유하는 한 평짜리 광장이다. 환자들 중에는 커다란 보온병에 여러 명분의 커피를 담아 오는 사람이 종종 있다. 광장의 담소에 즐거움을 더하기 위해서다. 커피 한잔을 마시는 잠깐의 시간 동안 이들은 살아 있는 이상 피할 수 없는 고통을, 그리고 고통 속에서도 사라지지 않는 재미를 함께 나눈다.

수다는 관계의 표현이다. 말이 가는 곳에 마음이 가고, 마음이 가는 곳에 몸이 간다. 콘술토리오의 수다 한마당은 생리적·병리적 변화가 찾아올 때마다 도움의 손길을 주고받을 수 있는 관계가 마을 내에 형성되어 있음을 보여 준다. 모든 인간은 관계 속에서만, 즉 내가 누군가의 이야기에 속해 있고 또 나의 이야기에 타인이 참여하고 있다는 확인 속에서만 존재감을 느낀다. 자율성이란 이런 관계를 능동적으로 만들어 내고 스스로 타인의 이야기 속으로 진입하는 능력이다. 그리고 자율성의 힘이 가장 빛나는 인생의 이야기는 단언컨대 생로병사의 드라마다.

생로병사의 보편성은 관계를 평등하게 만든다. 콘술토리오에 모인 사람들은 서로의 도움에 빚지며 사는 '마을 주민'으로서 동등하게 만난다. 지금 등교하고 있는 의대생은 몇 년 전에는 내가 부모님이 안 계실 때마다 돌봐 주던 옆집 꼬맹이였고, 몇 년 후에는 나와 가족들을 돌봐 주는 동네 주치의가 될 것이다. 사춘기 시절 이웃집 아저씨의 도움을 받고 방황을 끝냈던 청년은, 훗날 독거노인이 된 이 이웃이 무탈한지 매일 체크하는 사회복지사의 역할을 훌륭하게 해낼 것이다. 가족주치의의 관심을 한몸에 받는 노인들은 주치의의 간식을 챙기는 도우미를 자처하며 콘술토리오에 당당하게 들어올 것이다.

이것이 내가 처음으로 뚜렷하게 자각하게 된 의생활의 모습이었다. 생로병사의 화제가 이토록 공공연하게, 그것도 병원과 의사와 간호사까지 십분 활용하면서 존재감을 드러내는 것은 처음 보았다. 그 순간 이해할 수 있었다. 이것이야말로 돈으로도 살 수 없는, 쿠바가 가진 대체 불가능한 자원이다. 이 자원 덕분에 쿠바 주치의 제도는 성공할 수 있었다. 이를 간과한 채 쿠바 의료 제도의 뼈대만 복사하여 다른 장소에 이식한다면 실패할 수밖에 없을 것이다. 쿠바 의醫의 정수는 쿠바인들의 의생활 속에 담겨 있기 때문이다.

치유, 한계를 이어 붙이는 네트워크

누구에게는 의생활이 말장난처럼 느껴질지도 모른다. 질병과 사망처럼 중차대한 일에 고작해야 '생활 수다'를 들먹이는 것이 가당치 않다고 여길는지 모르겠다. 그러나 앞서 말했듯이 수다는 의醫생활의 표면일 뿐이다. 의생활의 핵심은 관계다. 생활이 함께 먹고사는 '식구食口의 관계'로 구성된다면, 의생활은 생로병사의 사건을 공유하는 '동행同行의 관계'로 이루어진다.

요지는 관계의 토대가 튼튼할수록 개인의 치유력도 상승한다는 것이다. 당연하지 않은가? 누구든지 아플 때면 자기 주변에 사람이 있기를 바란다. 상대에게 의지하면서 신체가 회복될 때까지 시간을 벌 수 있고, 감정이 고이질 않으니 우울증이 싹틀 가능성도 낮아진다. 또한 생명력이 고갈되어 가는 힘든 시간 속에서도 나름의 의미를 구할 수 있다. 관계 없이는 의미도 발생하지 않는다. 일상의 관계 안에서 고립된 사람들은 신체가 제아무리 건강하더라도 삶이 무의미하다고 느낄 것이다.

이 사실은 쿠바에서 한국으로 장소를 옮기더라도 달라지지 않는다. 물론 두 곳에서 의생활이 펼쳐지는 양상은 매우 다르다. 의생활의 지위는 공동체가 치유를 어떻게 정의하느냐에 좌지우지된다. 치유를 '병의 제거'로 정의하는 곳에서는 의생활이 좀처럼 기를 펴지 못한다. 당장 문제를 해결해 줄 것처럼 보이는 전문성의 위엄 앞에서 일상의 존재감이 묻히기 때문이다.

그렇지만 치유를 다른 식으로 이해하는 방법은 얼마든지 있다. 가령 로고테라피Logotherapy의 창시자인 정신의학자 빅터 프랭클은 치유의 핵심으로 자기초월을 말한다. 프랭클의 초월은 부족한 한계를 깨뜨리거나 결핍된 부분을 충족시켜서 더 완벽한 존재가 되는 게 아니다. 한계가 드러내는 것은 내 뜻대로 돌아가지 않는 거대한 세계다. 한계에 부딪힌 사람은 세계와 자신 사이의 연결고리를 어떻게 재건할 것인지 고심하게 된다. 프랭클은 이 방황을 '의미를 구하는 과정'이라고 정의한다. 그 의미가 무엇이든 간에 상관없이, '의미로의 의지'Will to meaning를 품고 있는 마음에는 자기치유력이 있다. 삶의 의미는 개인적인 한계에 구애받지 않는다. 관계를 통해 삶에서 그 이상을 누릴 수 있다는 자신감이 있다면 마음은 구겨지지 않는다.

프랭클의 정신의학적 통찰은 신체의 생리병리학적 현상과도 통한다. '다시 살아난다'는 뜻의 재생再生은 병든 몸이 원래의 완벽한 상태로 돌아가는 게 아니다. 이 사건은 죽은 세포를 새로운 세포로 대체하는 작업으로, 일종의 죽음을 통과하는 것이다. 이 기적 같은 일이 가능한 까닭은 주위 환경이 세포의 죽음과 상호 작용하기 때문이다. 조직세포는 세포분열을 통해 떠나간 동료의 빈자리를 채우고, 대상세포는 염증이 생기지 않도록 '동료의 시체'를 치워 준다. 뇌의 신경세포들은 '의식'에 신호를 보내 행동을 조절한다. 상처가 덧나지 않을 장소를 찾고, 주위 사람들에게 도움을 요청하며, 치료약을 구하기 위해서다. 이 협동은 모두가 최초의 죽음을 잊어버릴 때까지 계속된다.

우리는 태어나면서부터 이런 관계의 힘을 경험해 왔다. 이 무의식적 신뢰가 깔려 있기에, 언제든 다칠 수 있는 연약한 몸으로도 겁 없이 세상에 뛰어든다. 이 역동성에 주목했던 의철학자 조르주 캉길렘은 건강을 '병에 걸릴 수 있는 능력'으로 정의했다. 건강은 병에 걸린 후에도 자기 규범을 재설정할 수 있다는 자신감에서 나온다는 것이다. 건강한 몸은 주위 환경의 도움에 힘입어 한계를 '다시 살 수 있다'는 믿음으로 승화시킨다. 그것은 "자신에게 어떠한 한계도 설정하지 않는 생명에서 느끼는 안도감"조르주 캉길렘, 『정상적인 것과 병리적인 것』, 여인석 옮김, 그린비, 2018, 229쪽.이다.

한데 이런 치유력은 의생활이 없으면 발현될 수 없다. 프랭클, 캉길렘, 생리병리학의 현상을 종합해 보면 치유란 그 문제가 발발한 환경과 새로운 관계를 형성하는 것이다. 마찬가지로 생로병사가 각 변화의 마디를 넘어가기 위해서는 일상에서 생로병사의 순간을 공유하는 관계가 먼저 깔려 있어야 한다.

이 역동적인 현장은 다양한 이름으로 불린다. 마을, 공동체, 다양체, 연대⋯. 이 단위들은 '신체'와 '관계'의 층위가 맞물린다는 점에서 모두 의생활을 포함하고 있다. 모든 존재는 관계 덕분에 살아가고 죽어 간다. 와병의 순간에는 서로에게 의지하면서 그 시간을 넘기고, 존재가 가장 무방비한 상태에 놓이는 출생과 죽음의 순간에는 최대한 풍성한 의미(관계)가 참여할 수 있도록 머리를 싸매고 마음을 모은다. 우리가 살아가는 세상은 추상이 아니라 타자 사이에서만 구체적으로 존재하는 현실이다. 옆사람에게 관심을 기울이고 그들의 안녕을 기원하며 삶의 의미를 구하는 사람들은 프랭클이 정의했던 '초월적 행위'를 일상에서 매일 연습하며 살아가는 셈이다. "지혜조차도 마지막 단어가 아니다. (⋯⋯) 인간의 손길이 없으면 지혜도 별 의미가 없는 것이다."^{빅터 프랭클, 『삶의 의미를 찾아서』, 이시형 옮김, 청아출판사, 2020, 22쪽.}

치유란 한계투성이의 존재들이 함께 구축하는 네트워크이고, 다양한 방식으로 생명 활동을 이어 가는 종합 예술이다. 그렇다면 수다와 의생활의 공조 관계도 손쉽게 이해된다. 언어는 사피엔스가 지닌 가장 강력한 연결 수단이다. 의학이 소수가 종사하는 치료의 기술이라면, 이야기는 만인이 매일 활용하는 치유의 기예다. 부징직인 감정을 전염시키지 않으면서 고통을 나눌 수 있는 유일한 방법은 이야기 속에 통찰을 담는 것이다. 죽음은 탄생과 맞물려 있고, 고통 속에도 즐거운 순간은 존재하며, 행복은 도착지가 아니라 길 위에 존재한다는 삶의 진실을 되새겨야 한다. 너무 평범한가? 하지만 아파 본 적 없는 사람은 이 평범한 사실에 무관심하다. 아픔을 겪고 있는 사람은 진이 빠져서 이 사실을 쉽게 잊는다. 그래서 사람은 함께 산다. 서로에게 이 사실을 반복해서 상기시키기 위해서다.

다음은 아툴 가완디의 『어떻게 죽을 것인가』에 소개된 실례實例다. 결혼하지 않고 자식도 없이 평생 노동해 온 노령의 여성이 있었다. 그는 환자가 되어 병원에 입원했고, 생존 가능성이 없다는 진단을 받았다. 가족이 없었으므로 마지막 순간을 동행하는 사람도 없었다. 그는 자신의 삶이 공허하다고 느꼈다. 그때 담당 의사가 의대생들을 데리고 병실을 방문했다. 환자가 학생들에게 자신의 지난 인생을 이야기할 수 있는 시간을 선물하기 위해서였다. 그 순간 환자는 삶에 의미가 생겼다고 느꼈다. 그가 인생에서 겪었던 실패와 행복이 소수의 청년들에게 약간의 도움이 될는지 모른다는 가능성 때문이었다. 이 일말의 가능성이 마지막 순간에 그의 인생을 '열린 결말'로 바꾸어 놓았다.

누구나 열린 결말을 원한다. 존재의 의미는 세상과 만나는 존재의 여백에서 생긴다. 시들어 죽고 "마르더라도 자신의 모든 삶을 유지하는 꽃처럼"질 들뢰즈·펠릭스 가타리, 『천 개의 고원』, 김

　　　　　　　　　　　　　쿠바와 의생활

재인 옮김, 새물결, 2001, 478쪽., 말라 버린 육신의 이야기는 산 자의 기억에 꽂힌 책갈피로서 치유의 네트워크 안에 계속 머무른다.

상상해 보라. 병病과 사死가 다양한 등장인물과 에피소드로 변주되면서 쉴 새 없이 '열린 결말'을 생산하는 네트워크를 말이다. 그렇다면 작은 마을에서 살더라도 인간과 인생을 이해하기 위해 굳이 세계를 여행할 필요가 없다. 이 이야기의 바다에서는 몰락할 수밖에 없는 생명에 대한 연민을 배우게 되고, 불완전한 상태를 있는 그대로 받아들이는 길을 발견하게 된다. 돌아가실 때까지 직접 보살폈던 할머니가, 두 팔로 안아 본 옆집의 갓난아기가, 학창 시절에 병에 걸려 먼저 떠난 친구가 모두 세상을 이해하는 '길'이 된다. 생명의 이야기는 현실의 빛과 그림자 양쪽을 모두 관통하며 유유히 흘러간다.

이 이야기는 국경 역시 가로지른다. 서울, 뉴욕, 바르셀로나, 사람이 살아가는 곳이라면 어디든 생로병사의 이야기가 있다. 그중에서도 나는 쿠바의 의생활에 특별히 애정을 품는다. 가진 것 없는 이 가난한 땅은 그네들의 몸과 지혜만으로 의생활을 풍요롭게 일궈 왔다. 이곳의 의생활은 열린 공간에서 증식되고, 한 사람 한 사람의 이야기가 열린 결말로 끝날 수 있도록 노력한다. 역사와 자연이 동시에 녹아 있는 몸은 마을의 공사公私가 교차하는 쿠바의 콘술토리오를

닮았고, 그 무엇도 "쉽지 않지"만 "울지 않기 위해서 웃어야
한다"는 쿠바인들의 말버릇은 쿠바의 의醫가 품은 강단을
닮았다.

쿠바인들은 긍정의 달인들이다. 긍정에는 용기가 필요
하다. 인생의 겉모양에 목매는 대신, 모든 생이 감추고 있는
나약한 속살과 초월의 가능성을 들여다보겠다는 용기가.

의생활 선언

어디서, 어떤 삶을 살든 간에 누구든 이 용기를 필요로 한
다. 모두가 장수를 기원하며 생명 공학의 발전을 목이 빠져
라 바라보는 시대이고, 의료 관광을 유치하려고 각국이 촌
각을 다투며 경쟁하는 글로벌 사회다. 그러나 의생활은 점
점 빈곤해지고 있다. 삶의 내리막길을 담는 이야기는 고독
하게 묻힌다. 병病과 사死가 누구든 통과해야 하는 삶의 질곡
이라면, 병을 넘어서리라는 예감과 죽음을 받아들이겠다는
통찰 모두를 '첨단 의학'에 맡겨 버리는 것이야말로 오히려
삶을 100퍼센트 경험할 기회를 박탈당하는 것이다. 경험이
줄어들수록 용기도 줄어들고, 용기를 잃을수록 자율성은 약
해진다.

나는 의醫의 역할이 존재의 유한함을 자비롭게 상기시

켜 주는 것이라고 생각한다. 의醫는 애초에 세상의 약하고 어두운 면을 향해 자리를 잡았다. 의사는 그 누구의 죽음도 막을 수 없다. 다만 그 과정이 외롭고 막막하지 않도록 고통을 덜어 주는 길잡이가 될 수는 있다. 환자 역시 어떤 방식으로도 죽음을 피할 수 없다. 그래도 이 끝맺음이 어떤 관계와 의미로 재탄생할 수 있는지 자발적으로 탐색할 수는 있다. 생명을 살려야 한다는 당위는 '어떻게 살아왔는가'에 대한 반성 및 '어떻게 죽을 것인가'라는 질문과 나란히 가야 한다. 그렇지 않은 반쪽짜리 당위는 살아남기에 급급한 가난한 생존에 불과하다. 뛰어난 의료 기술을 발전시키고 생명윤리를 정교하게 교정하여 제도에 반영한다 하더라도, 유한한 신체의 현장을 마주하는 순간 준비되지 않은 마음은 무너질 것이다.

의생활에는 병과 죽음뿐만 아니라 탄생과 성장을 만끽하는 기쁨도 있다. 새 생명을 낳아서 기르는 일은 치유의 네트워크가 순환하고 있다는 증거다. 갓난아기가 앞으로 살게 될 인생에서 '행복하게 죽는 것'보다 더 중요한 미션은 없다. 이때의 행복은 고통을 최소화한다거나 수명을 최대한으로 늘리는 것이 아니다. 몸을 긍정하는 것, 한쪽의 쇠락이 다른 쪽의 성장으로 이어지는 순환을 이해하는 것, 그리고 자신의 성장과 실패의 바탕이 되어 줄 관계에 참여하는 것이다. 아이를 행복으로 이끌어 주는 길은 그 자체로 공동체가 치유를 경험하는 과정이다.

의생활이 역동적일수록 삶은 자연의 리듬과 가까워진다. 모든 생명체는 '이 순간'을 '살고' 있으며 '어느 순간'에 '죽게' 되리라는 사실 앞에서 절대적으로 평등하다. 끝없이 불평등을 쌓아 올리는 세상 속에서 마음을 고립시키지 않는 법은 생명의 세계에 두 발을 단단히 붙이는 것뿐이다. 우리는 스스로를 신체보다는 '자아'와 동일시하는 사회를 살고 있고, 이 '자아실현'을 위해서 수많은 것들을 포기하고 감내하며 경쟁해야 한다고 믿는다. 그러나 사실상 "우리가 원하는 건 그저 자신의 이야기를 스스로 쓸 수 있는 것이다. 그이야기는 항상 변한다".아툴 가완디, 『어떻게 죽을 것인가』, 218쪽. 그러므로 생로병사의 이야기를 "스스로 쓸 수 있는" 자는 어디서든 "원하는" 바를 이룰 수 있다. 누구를 만나든 평등한 관계 속으로 진입할 수 있고, 언제든지 순간의 의미를 구할 수 있다.

이런 의생활을 제도화하는 것은 불가능하다. 전문가에게 의생활의 재생산까지 담당하라고 요구하는 것은 너무한 처사다! 의생활을 가꾸는 것은 만인의 몫이다. 행복해지기 위한 전략은 다양하지만 대전제는 동일하다. 생명 활동을 어떻게 꾸려 갈 것인가? 어떻게 먹고, 자고, 싸고, 태어나고, 늙어 가고, 사랑하고, 작별하고, 해방될 것인가? 행복이 이루어지는 장소는 일상이다. 그리고 일상은 그 자체로 무수한 존재들이 연결된 집합적 신체다. 우리가 "잠들고, 깨어나고, 싸우고, 치고받고, 자리를 찾고, 우리의 놀라운 행복과 우리의 엄청난 전락을 인식하고, 침투하고 침투당하고, 또 사랑"질 들뢰즈·펠릭스 가타리, 『천 개의 고원』, 287쪽.하는 영원한 장소, 그곳이 몸이다.

그리하여 나는 선언한다. 의생활은 행복한 의醫를 경험하기 위해 우리가 확보해야 하는 현장이다. 최초의 의醫를 탄생시킨 것도, 매 순간 의醫를 완성시키는 것도 삶이다. 의료, 의학, 의술은 의생활을 활성화시키기 위한 장치가 되어야 한다. 의료는 지리적·경제적 이유로 치유 네트워크에서 배제되는 사람이 없도록 접근성을 보장하는 토대가, 의학은 방대한 지식을 해석하고 생사의 지혜를 전하는 언어가, 의술은 환자의 결단을 실행해 줄 도구가 될 수 있다.

지금부터 이 선언에 살을 붙여 줄 쿠바의 의생활을 살펴볼 것이다. 이 책은 일종의 '사례 연구'case study라고 할 수 있다. 또한 이 탐색은 일반인의 입장과 비전문가의 시선으로 이루어졌다. 이 조건이 책의 내용을 제한하는 한계라고는 생각하지 않는다. 왜냐하면 보통의 사람들이야말로 의생활의 주인공이자 창조자이기 때문이다. 우리는 평범한 일상의 존재감을 되살릴 필요가 있다.

마지막으로 사족을 붙이고자 한다. 이 책에 봐 줄 만한 부분이 있다면 전적으로 쿠바인들의 공이요, 허물이 있다면 나의 부족함 탓이다. 혹여 이 책이 나를 환대해 준 사람들에게 누가 되지는 않을까 하는 우려를 안고 있다. 우연의 힘이 나를 그 섬으로 데려가지 않았더라면 나는 더 오랜 시간이 지난 후에야, 더 많은 실수를 통과해서야 삶의 기본을 이해하게 되었을 것이다. 의衣가 품은 원대한 잠재력에 매료되지도 못했을 것이다. 태양이 이글거리는 카리브해, 짠 냄새가 밴 습한 공기, 원색으로 빛나는 집과 차와 옷. 모든 것이 시나브로 모여서 이 책이 되었다. 그 땅에서 가볍고 느리게 살아가는 사람들의 건강한 기운이 독자 여러분들에게 전해지기를 기원한다.

1부.
생활

쿠바 의생활을 만나기 위해서는 쿠바 생활을 먼저 들여다봐야 한다. 우리는 쿠바에서 너무 멀리 떨어져 있다. 1만 3천 킬로미터라는 지리적 거리와 사회주의라는 심리적 거리를 좁히려면 준비운동이 필요하다. 쿠바인들이 누구인지 알아야 뭔가를 배울 수 있지 않겠는가?

대외적으로 잘 알려진 쿠바의 이미지는 두 가지다. 하나는 낭만, 즉 로맨스다. 괜히 쿠바가 각종 사랑 드라마의 배경이 되는 게 아니다. 눈부시게 아름다운 카리브해가 말레콘Malecón을 따라 펼쳐지고, 옛날 영화에나 나올 법한 올드카가 도로를 시원하게 달리며, 길거리 야자나무 아래에서 사람들이 살사salsa 음악을 틀어 놓고 춤을 춘다. 그 옆에서는 화가들이 체 게바라의 얼굴을 색색으로 그려 판매하고 있다. 여행사 광고를 보면 이런 이미지를 자주 볼 수 있다.

또 다른 이미지는 몰락이다. 깨진 보도블록, 텅 비어 버린 가게, 오랫동안 보수를 하지 못해서 무너져 버린 건물들. 이런 장면들만 모아 보면 마치 쿠바는 이미 폐허가 된 지 오래이며, 언제 몰락하더라도 이상하지 않을 것 같다. 그랬다면 제작자의 의도를 정확하게 이해한 것이다. 이것들은 미국의 매스미디어가 양산하는 이미지다. 쿠바의 체제 유지 가능성에 의문을 던지고 싶을 때마다 이런 사진을 들고 온다.

예상하시겠지만 이런 장면들은 실상과 거리가 멀다. 쿠바의 실제 장소를 옮겨 온 것이니 '거짓'이라고 단정할 수는 없겠지만, 쿠바의 시간은 사진처럼 박제되어 있지 않다. 살아 있는 현실은 이렇다. '잘빠진 올드카'는 터무니없이 비싸서 쿠바 서민들은 절대로 살 수 없고, 쿠바 젊은이들은 살사가 아니라 같은 카리브해 섬인 푸에르토리코에서 시작된 레게톤reggaetón 음악을 더 좋아한다. 생계의 어려움은 늘 도사리고 있지만 그렇다고 해서 삶의 모든 게 정지하지도 않는다. 쿠바인들은 임기응변에 도가 텄기 때문이다.

우리에게는 사람이 생동하고 공동체가 살아가는 이야기가 필요하다. 쿠바인들이 모여 복작복작 살아가는 모습에는 대단한 사건은 없어도 은근한 재미가 있다. 겉모습만 훑어봐서는 이 미묘한 흥을 나눌 수가 없다. 그러므로 우리가 첫 번째로 해야 할 일은 고정관념을 비우는 것이다. 그 빈자리를 넉넉한 호기심으로 채우면서 말이다.

1. 봉쇄된 섬나라의 인생 교실

이제부터 쿠바의 생활 속으로 뛰어들어 보자. 솔직히 어디서부터 시작해야 할지 난감하다. 이곳의 일상은 세상 어느 곳과 비교해도 참 별나서, 한 가지만 설명하려고 해도 먼 길을 돌아가야 한다. 그러니 조금만 인내심을 가지고 따라와 주시길 바란다.

외부인이 쿠바에 오면 가장 먼저 눈치채는 특이점이 있다. 바로 물자 부족이다. 쿠바는 물자가 풍족한 나라가 아니다. 쿠바가 직접 생산하는 공산품은 전무하다시피 하고, 농업 국가라고는 하지만 자급자족을 할 식량도 생산하지 못한다. 쿠바의 전략은 관광, 의료, 설탕 같은 주력 상품을 팔아 외화를 확보한 후에 나머지 생필품들을 수입하는 것이다. 그러나 이마저도 미국의 강력한 경제봉쇄 정책 때문에 난항을 겪고 있다.

쿠바에서 처음으로 가게에 들어가 본 사람은 시각적인

충격을 받는다. 왜 가게가 텅 비어 있나? 채워진 선반보다 빈 선반이 더 많다. 물건이 다양하지도 않다. 선반 한 줄이 마요네즈나 통조림 참치로만 가득 채워져 있을 때도 잦다. 원하는 물건은 웬만하면 다 찾을 수 있는 우리들의 '흔한 동네 마트'는 쿠바에 존재하지 않는다. 필요한 물건을 필요한 순간에 산다는 것은 천운과도 같다. 운이 없다면 며칠 혹은 몇 주 동안 발품을 팔아야 한다.

특이한 풍경이 또 있다. 시스템은 있지만 안정적인 운영은 보장되지 않는다는 것이다. 약국은 동네마다 곳곳에 열려 있지만 정작 찾아가면 약이 없고, 병원은 청소부를 구하지 못해서 청결한 위생 상태를 유지하지 못한다. 대중교통은 저렴하지만 운행 시간이 들쭉날쭉하고, 석유가 부족하면 운행을 멈춘다. 모두 시스템을 운영할 자금이 부족하기 때문에 발생하는 문제다.

물론 쿠바에는 무시할 수 없는 매력도 많다. 중남미에서 쿠바보다 더 치안이 좋은 나라는 없다시피 하다. 한밤중에 나가서 별도 보고, 밤새 친구 집에서 놀다가 동틀 무렵에 걱정 없이 집으로 돌아올 수 있다. 게다가 의외로 적은 돈으로도 넉넉하게 생활을 꾸려 가는 쿠바인들이 많다. 외부인은 도저히 알아채기 힘든, 불법과 합법의 경계에서 수많은 사람들을 먹여 살리는 '뒷세계'por la izquierda*가 존재하기 때문이다. 외부인으로서는 도저히 파악하기 어려운 세계다.

이처럼 쿠바는 양파처럼 까고 또 까도 알기 힘든 나라다. 이 섬나라는 어쩌다가 이런 상황에 처하게 된 걸까? 사람마다 서로 다른 인생의 굴곡을 겪듯이, 사람이 사는 땅도 다른 팔자를 겪는다. 이 팔자의 공식적인 이름은 역사다.

쿠바의 역사는 1492년 콜럼버스가 아메리카 대륙을 발견한 이후 몇 세기 동안 기구하게 흘러왔다. 식민지 시절은 폭력과 착취, 노예의 핏자국으로 얼룩진 시간이었다. 쿠바는 1898년에 가까스로 스페인으로부터 독립을 쟁취했지만 곧바로 미국의 준準식민지 처지로 전락했다. 불안정한 정치적 격동기를 60년가량 겪은 후, 1959년 쿠바혁명이 일어났다. 혁명의 목표는 식민지 시절의 불평등한 사회구조를 청산하고 새로운 사회를 건설하는 것이었다. 그러나 목표 달성은 쉽지 않았는데, 냉전 시대라는 배경 속에서 공산 진영을 택하면서 미국과 대립하게 되었기 때문이다. 혁명 쿠바를 지지했던 소련 체제는 30년밖에 지속되지 않았다. 이 작은 섬나라가 미국의 경제봉쇄 정책에 구애받지 않고 자급

---

* 'Por la izquierda'는 직역을 하면 '왼쪽으로'라는 뜻이다. 여기에는 '옳음' 및 '합법'을 상징하는 '오른쪽'(la derecha)과 반대로 간다는, 즉 법(el derecho)을 피해 간다는 뜻이 담겨 있다. 한국어로 번역하면 '뒷세계' 혹은 '음지'(陰地)가 적절한 표현이 될 것이다.

자족의 경제 기반을 마련하기에는 너무나 짧은 시간이었다. 1991년부터 쿠바는 세계 경제에서 고립된 채 극심한 물자 부족을 겪게 된다. (더 자세한 정보가 필요하다면 부록을 확인하시라.)

여기까지 들으면 쿠바와 한국은 어떤 접점도 없는 것 같다. 21세기에 물자 부족과 식량 부족을 겪는 나라라니? 차라리 북한이랑 엮이면 엮였지, 남한의 현 상황과 비교했을 때 이 내용은 판타지 소설급으로 현실감이 없다.

그러나 다르다고 해서 연결되지 않는 것은 아니다. 의생활에는 사람 간의 거리를 단숨에 좁힐 수 있는 연결고리가 있다. 바로 몸이다. 팔자가 아무리 기구하더라도 인간의 몸은 '행복한 생명 활동'이라는 목표를 집요하게 지향한다. 배고픔과 불편함은 피해 가려 하고, 외부 환경과의 소통 능력은 키우려고 한다. 삶의 형태는 천차만별이지만 그 근간에 놓인 생명의 기본은 변치 않는다.

나는 이 기본을 직접 체험해 보는 행운을 누렸다. 쿠바에서 42개월의 시간을 살았던 것이다. 인터넷도 불편하고 이렇다 할 쇼핑몰도 없는 이 조용한 섬나라는 심심할 틈을 주지 않았다. 평범한 일상이 나의 '멘탈'을 매 순간 흔들었기 때문이다. 시장에 갔는데 살 수 있는 야채가 고구마와 양파밖에 없다고? 휴지 한번 사려면 줄을 두 시간 서야 한다고? 사람들의 평균 월급이 3만 원인데 식용유 가격이 3천 원이라고? 처음에는 충격과 공포(?)에 빠져서 쿠바의 모든 게 비정상처럼 보였다. 나중에는 내가 부유한 제1세계 출신이라 철이 없는 것이 아닌가 하는 자괴감이 들었고, 불만을 무조건 참아 보려 했다. (사실 꼭 그런 것 같지는 않았다. 내 주변의 앙골라나 자메이카 출신 유학생들 역시 향수병에 빠져 눈시울을 붉히곤 했다. 자신들의 고국이 가난하긴 했어도 야채는 풍성하게 먹을 수 있었다면서!)

그런데 시간이 지나자 희한한 일이 벌어졌다. 한국과 쿠바 사이에서 점점 닮은꼴이 보이기 시작했다. 쿠바나 한국이나 사람들이 열을 올리는 문제가 '먹고살기'였기 때문이다. 한국 사회는 쿠바와 비교할 수 없을 만큼 물자가 넘쳐난다. 물자가 풍족해지면 적당히 만족하고 살 수 있을 것 같지만, 마음은 상대적 박탈감에 취약하다. 그 마음을 이용하여 사회는 '먹고살기'의 표상과 수단을 더욱 고급스럽게 만든다. 그러면 몸은 그 기준을 맞추기 위해서 더한 고생을 해야 한다.

봉쇄된 섬나라의 환경은 너무나 익숙해서 당연하게만 여겨 온 '우리들의 환경'을 돌아보게 해준다. 무엇이 가난인가? 모든 게 부족한 쿠바에서는 물건 하나만 새로 생겨도 가난이 덜어진 것 같은데, 한국에서는 필요한 물건 하나만 갖지 못해도 가난의 수렁에 빠진 것 같다. 몸을 불행하게 만드는 환경에 따로 객관적인 기준이 있는가? 이 불행을 만들어낸 것은 혹시 몸이 아니라 마음인 것은 아닐까? 그리고 불행에 물든 이 마음은 오랜 기간 봉쇄를 견뎌 온 쿠바인의 마음에 가까울까, 아니면 불편함을 잠시도 견딜 수 없어 하는 외부인인 내 마음에 가까울까?

2. 피로 : 피할 수 없는 인생의 문제들

어디든 편한 일상은 없다. 피로는 세상 어디서 살든 피할 수 없는 감각이다. 아, 고되다. 쿠바에서 살면 이 말이 하루에 몇 번씩 나온다. 육체노동을 쉼 없이 요구하기 때문이다. 학교 가는데 타야 할 버스가 안 와서 한참을 기다리고, 저녁거리를 사려고 해도 시장을 몇 군데씩 돌아야 한다. 빨래를 한 번 하려면 반半수동 세탁기 옆에 붙어서 15분마다 레버를 돌려 줘야 하고, 직접 배수하고, 그다음에는 호스로 물을 채워야 한다.

쿠바에서 사는 게 한국보다 몇 배는 더 피곤할 것처럼 보인다. 그런데 의외로 그렇지 않다. 충분히 쉴 수만 있다면 육체는 기력을 회복한다. 회복이 어려운 것은 오히려 정신 쪽이다. 쿠바에 살면서 진정 피로하다고 느끼는 순간은 몸이 힘들 때가 아니라, 어떻게 해도 문제를 근절할 해결책을 찾을 수 없다는 기분이 엄습할 때다. 그러면 삶의 자잘한 문

쿠바와 의생활 > 1부 생활

제로부터 영영 해방될 수 없을 것 같은 기분이 몰려온다.

이 피로는 집 안까지 쫓아온다. 이게 참 치명적이다. 집까지 불편하면 마음이 풀어질 곳이 사라진다. 그렇지만 쿠바에서 '문제 없는 집'을 바라는 것은 이미 과분한 욕심이다. 돈의 유무와는 상관없다. 소금기를 머금은 바닷바람은 건물들을 빠르게 노후시키지만, 보수공사를 제때 하기에는 물자가 부족하다. 상수도 시설이나 전기 시설도 불안정할 때가 잦다. 겉모습이 번지르르한 집도 속을 들여다보면 자질구레한 문제에 골치를 앓고 있다.

나 역시 문제를 피할 수 없었다. 나는 쿠바에서 이사를 다섯 번 다녔는데, 그중에서도 물이 문제였던 집은 지금도 잊을 수가 없다. 상당히 다층적으로(?) 물 문제를 겪었기 때문에 잠시 이야기를 공유해 보겠다. 아바나에서는 정화시설이 부족하기 때문에 상수도를 상시 공급하지 않는다. 동네별로 시간표를 정해 놓고 정해진 시간에만 물을 내보낸다. 내가 사는 동네에서는 물이 이틀에 한 번씩, 그것도 한나절만 들어왔다. 물이 들어오는 열두 시간 동안 물탱크를 채워 놓은 후 나머지 서른여섯 시간을 그 물로 생활해야 했다.

물을 절약하는 일은 차라리 쉬웠다. 진짜 문제는 수압에 있었다. 수압을 유지하기 위해서는 물탱크가 지붕에 있어야 한다. 여기서 문제가 발생한다. 지하에 묻힌 파이프를 타고 들어오는 물을 어떻게 지붕에 있는 물탱크까지 끌어올릴까? 답은 전기 모터를 사용하는 것이다. 하지만 쿠바의 모든 사람에게 전기 모터를 살 돈이 있는 것은 아니다. 내가 살던 집 주인이 그랬다. 가난했던 아저씨는 물탱크를 1층 바닥에 두었다.

덕분에 나는 수압이라는 물리력이 어떻게 일상을 좌지우지하는지 톡톡히 알게 되었다. 부엌의 수도꼭지는 물탱크의 높이보다 살짝 낮았기 때문에 그럭저럭 물이 나왔다. 그러나 샤워기는 물탱크보다 높은 곳에 위치했고, 고스란히 장식품으로 전락했다. 물탱크 속 물의 유무와 무관하게 샤워기에서 물이 안 나왔기 때문이다. 물론 수돗물이 들어오는 날이면 샤워기에도 물이 터졌다. 그러나 우리 집은 골목에서도 가장 안쪽에 위치했다. 앞집들이 물을 많이 쓰면 그만큼 수압도 약해졌다. 결국 나는 모두가 물을 쓰기를 기다렸다가 물이 끊기기 직전에 번개 같은 속도로 샤워를 하는 수밖에 없었다.

이렇게 계속 살 수는 없었던지라 나는 해결책을 찾기로 했다. 어떻게 샤워기 없이 샤워를 할까? 양동이에 물을 채워서 바가지로 하면 된다. 어디에서 물을 받아야 할까? 세면대 수도꼭지가 화장실의 유일한 수원이다. 호스를 사용하면 어떨까? 불가능했다. 호스를 시장에서 찾을 수 없었고, 양동이를 밀어 넣기에는 세면대가 너무 작았던 것이다. 고민 끝에 나는 바가지를 활용하기로 했다. 바가지는 손잡이 부분에 좁은 홈이 패어 있었다. 손잡이가 아래쪽으로 오도록 경사를 만들고 바가지에 물을 가득 채워서 흘러넘치게 하면, 물은 자연스럽게 손잡이 부분으로 모이면서 가지런히 아래로 떨어진다. 나는 손잡이 부분을 세면대 밖에 걸쳐 놓았다. 그리고 쪼르르 떨어지는 물 아래에 양동이를 놓았다. 겨우 문제 해결!

아바나에서 이사를 할 때마다 비슷한 과정이 반복되었다. 싼 집에도 살아 봤고 비싼 집에도 살아 봤지만 문제가 완전히 소거된 '완벽한 집'은 없었다. 덕분에 해를 거듭할수록 나의 생활력도 증진되었다. 내 힘으로 상황을 해결할 수 없을 때는 이웃의 도움을 빌려야 했고, 이웃들도 별수가 없을 때는 하늘에 맡기는 수밖에 없었다. 이런 상황에서는 피곤하지 않기가 더 어렵다. 정형을 따르지 않는 문제들을 끊임없이 마주해야 하고, 새로운 해답을 계속 고민해야 하니 말이다.

꼭 쿠바처럼 생활 인프라가 부족한 곳에서만 생활이 피로해지는 것은 아니다. 생활의 편리함이 세계 최고 수준이라고 할 수 있는 한국의 일상이 피로하지 않은 게 아닌 것과 마찬가지다. 끊임없이 변하는 시대와 예측할 수 없는 인생의 전개는 누구도 가만히 내버려 두질 않는다. '문제'와 '해결'은 밀물과 썰물처럼 인생을 끝없이 때린다. 어쩌면 살아 있다는 사실 자체가 영원히 해답의 갱신을 요구하는 '미해결 문제'인지도 모른다. 그것이 한국에서는 높은 실업률과 폭락한 주식으로, 쿠바에서는 물이 나오지 않는 수도꼭지로 표현될 뿐이다.

자본주의 사회에서는 자본이 곧 문제요 해결책이다. 이 배치는 효율적이긴 하지만, 동시에 돈이 떨어지는 순간 모든 게 곤란해진다는 불안을 만든다. 돈에 대한 불안이 곧 '피로'가 된다. 이 마음에 지지 않기 위해 다들 열심히 돈을 모으며 산다. 그러나 이 피로는 영영 끝나지 않을 것이다. 돈의 동선이 사회의 상식을 벗어나거나, 돈으로도 해결할 수 없는 문제를 맞닥뜨리는 순간 진짜 공황 상태가 시작될 것이다.

쿠바 생활에는 돈에 기댄다는 선택지가 처음부터 없다. 이 상황에서 해결책은 위기를 감당할 만한 구매력을 키우는 것이 될 수 없다. (그런 게 가능하다고는 누구도 믿지 않는다!) 몰락하는 환경 속에서 쿠바인들이 믿을 것은 자신의 양손과 거기에 손을 보태 줄 주변 사람들뿐이다. 얻을 수 있는 결과물은 임시방편에 불과하겠지만, 어쨌든 아무것도 하지 않는 것보다는 낫다. 이제 '문제'는 어떤 조건에 처하느냐가 아니라 어떻게 행동하느냐로 전환된다. '피로' 역시 불안과는 또 다른 마음과 결부된다. 개인의 힘으로는 바꿀 수 없는 시대에 대한 비탄과 고통, 그렇지만 어떻게든 살아 내고 있다는 자부심이다.

자본주의의 생활 방식은 쿠바보다 더 수월하게 굴러간다.* 하지만 불편한 쿠바 생활에도 강점이 하나 있다. 스스로의 존재감을 외부 문제와 혼동하지 않는 법을 일찌감치 익힐 수 있다는 것이다. '문제'가 발생하는 것은 누군가가 잘못해서가 아니라 그게 본디 인생의 성질이기 때문이다. 또한 그 문제의 '해결' 또한 '내'가 잘나서가 아니라 여러 인연을 따라 행운이 찾아왔기 때문이다. 이 사실을 받아들이고 나면 어떤 우여곡절 속에서도 마음이 과하게 괴롭지 않다.

외국에 정착한 쿠바인들은 작은 기회에도 감사하며 지치지 않고 살아가는데, 누구는 이를 쿠바가 얼마나 비참한

---

* 이것이 보편적인 진실이 될 수 없다는 점을 짚고 넘어가자. 자본주의 사회는 소수에 의한 부(富)의 독점을 용인한다. '수월한 삶'은 부가 집중적으로 독점된 구역 안에서 가능하다. 그 소수의 경우를 규범 삼아서 자본주의가 최선이라고 주장하는 것은 편향적일 뿐만 아니라 비윤리적이다. 게다가 자본주의를 택한 지구의 수많은 나라들이 인종주의와 제국주의의 멕락 속에서 각기 다른 입장에 처해 있음을 잊어서는 안 된다. 가령 아이티 역시 자본주의 국가이지만, 아이티인의 평균 삶이 쿠바인의 삶보다 더 '편하다'고 말할 수 없다. 아이티의 땅에 뿌리박혀 있는 노예 제도 및 식민지 폭력의 과거가 오늘날 사람들의 생활에 침투하고 있다. 이런 복잡다단한 맥락을 무시한 채 '자본주의-사회주의'의 잣대만을 고집하는 태도는 구식(舊式)이자 무식(無識)의 소산이다.

장소인지에 대한 반증이라고 생각한다. 착각이다. 기죽지
않는 이 마음은 '불쌍한 사람들'의 '정신승리법'이 아니다.
그들은 삶에 자신 있을 뿐이다. 어떤 상황에서든 움직일 수
있는 손과 발, 웬만해서는 불안해하지 않는 정신, 존재의 가
치는 겉모습으로 결정되지 않는다는 관성에 가까운 믿음,
피로에 대한 저항력. 이것이 쿠바인들의 재산이다.

3. 활기 : 쿠바의 '매직 리얼리즘'

예측 불가능한 생활이 항상 피곤하기만 한 것은 아니다. 재미와 활기를 불어넣기도 한다. 사피엔스 종種의 속성이라면 속성이다. 우리는 시스템을 발명하는 데 도가 튼 동물이고, 스스로를 그 안에 가둠으로써 '사회적 동물'로 다시 태어난다. 그런데 사피엔스는 애초에 자연에서 왔기 때문에 제도에 길들여지지 않는 야생의 기질도 가지고 있다. 이 야생성은 평소에는 잠잠하다. 그러다가 시스템을 거스르거나 탈출하는 순간 되살아나고, 온몸의 세포가 깨어나는 듯한 '살아있다'는 느낌을 일으킨다.

보통 사회에서는 이런 활기를 적극적으로 경험하기 어렵다. ('시대의 반항아' 혹은 '탈-시대의 백수'를 자처하지 않는 이상은 말이다.) 하지만 쿠바는 여느 곳과 같지 않다. 누구도 의도하지 않았으나 자국민의 야생성이 평등하게(?) 증진되는 이상한 장소다. 무엇을 예상하든 간에 예상대로 되는 게 없기 때문이다. 버스는 있지만 버스가 오지 않고, 약국은 있지만 약이 없고, 시장이 있어도 물건이 없다. 시스템을 갖춰놔도 제대로 굴러가지 못하는 상황이 태반이다. 그렇다면 개인이 각자 시스템에 난 구멍을 직접 메우는 수밖에 없다. 쿠바인들은 제도에 기대고 살 마음을 일찌감치 접었다. 제도가 마련해 놓은 룰을 적당히 무시하고 또 적당히 활용하면서, 지그재그의 경로를 그리면서 자신이 원하는 목적지로 향할 뿐이다.

이러면 일상이 좀 피곤하기는 해도 무기력할 수는 없다. 이 활기의 맛을 제대로 아는 사람이 이야기꾼이 된다. 혹시 매직 리얼리즘Magic Realism이라는 개념을 아는가? 1960년대부터 콜롬비아의 가브리엘 가르시아 마르케스나 페루의 마리오 바르가스 요사 같은 라틴 아메리카 작가들에 의해서 시작된 문학 사조다. 뉴욕에서 만났던 쿠바 출신의 문학 교수님은 이렇게 말했다. "한 유럽인이 축음기로 클래식 음악을 틀며 아마존 정글에서 잠을 잔다고 생각해 봐라. 이런 느낌이 매직 리얼리즘이다." 그때 나는 교수님의 설명이 얼토당토않다고 생각했다. 그런데 쿠바에 온 후로 깨달았다. 교수님의 말에는 한 치의 과장도 없었다. 현실은 마법이 아니라 문제투성이다. 문제는 '그 문제들'이 펼쳐지는 방식이 상상 초월이라는 것이다.

쿠바인들은 상상 초월의 모험을 매일같이 치른다. 그리고 참으로 피곤했던 그 상황을 한 편의 희극으로 엮어 낸다. 그러면 가족과 이웃들과 함께 수다를 떨며 웃어넘길 수 있다. 힘들었던 하루를 털어 버리고 다시 내일을 준비하는 것이다. 우리도 이 수다의 향연에 동참해 보자. 내가 목격하거나 직접 겪었던 이야기를 몇 가지 소개해 보겠다. 이른바 쿠바 아바나의 '매직 리얼리즘' 에피소드다. (나는 쿠바인은 아니지만, 쿠바에 살게 된 외국인들이 겪는 모험담도 만만치 않게 웃기다.)

에피소드 1. 하늘을 나는 감자 껍질

아바나에서는 머리 위를 조심해야 한다. 언제, 어디서, 무엇이 훌쩍 날아서 내 머리 위에 떨어질지 모른다. 만약 아바나가 아닌 쿠바의 다른 지방에 머무르고 있다면 새똥만 조심하면 된다. 그런 곳에서는 2층보다 더 높은 건물을 찾는 게 더 힘들다. 그러나 아바나는 명색이 쿠바의 수도다. 쿠바에서는 보기 드문 5층짜리 아파트도 많고, 옛날 옛적 미국인 투지지 덕분에 지어진 25층 되는 아피트 건물도 있다. 그리고 안타깝게도 건물이 높아지는 만큼 일상의 위험 수위도 높아진다.

과연 무엇이 떨어지는가? 일단 물이다. 청소한 물, 빨래한 물, 개가 오줌 싸 놓은 물, 정체를 알 수 없는 (그러나 깨끗할 리는 없는) 물이 길거리로 떨어진다. 그것도 몇 방울이 아니라 양동이 하나 가득, 철퍼덕. 여름 햇살이 작열하는 거리에 시원한 물줄기를 하사하시는 아줌마와 아저씨들은 한 치의 망설임도 없다. 창문을 열고, 경고의 소리도 없이, 물을 붓는다. 그때 하필 그곳을 걸어가는 재수 없는 행인이 있다면? 시궁창 냄새를 풍기며 집으로 돌아가는 수밖에 없다. 아예 파이프를 통째로 베란다로 끌고 와서 허공을 향해 배수하는 사람도 있다. 콸콸콸…. 순식간에 길거리에 더러운 홍수가 난다. 사람들도 기가 막힌지 가끔씩 소리친다. "물을 이렇게 배수하면 어쩌자는 거야?" "비도 많이 와서 짜증 나 죽겠는데, 지금 엿 먹으라는 건가?"

그래도 물은 평범한 비행물에 속한다. 아바나에서는 때때로 감자 껍질도 하늘을 난다. 내 친구 한 명이 아바나의 아파트 건물 23층에서 살고 있었다. 이 아파트는 A동과 B동이 데칼코마니처럼 마주 보게 설계되어 있는데, 거리가 가까워서 커튼을 열면 맞은편 이웃집을 훤히 볼 수 있다. 어느 날 친구는 부엌에서 설거지를 하다가 맞은편 동에 사는 아주머니를 보게 되었다. 갑자기 아주머니가 창문을 열었다. 혹시 인사를 하려는 걸까? 아니었다. 방금 깎은 감자 껍질을 창문 밖으로 던져 자유낙하운동을 시키기 위해서였다. 2층이나 3층이 아니라, 23층의 높이에서 말이다. 그때 그곳을 지나가던 보행인은 머리에 떨어진 감자 껍질을 보고 무슨 생각을 했을까? 무슨 표정을 지었을까? 친구는 차마 아래를 내려다보지 못했다고 한다.

때로는 '정상적인' 물건이 하늘에서 내려오기도 한다. 2층에 있는 피자집에 주문을 하려면 어떻게 해야 할까? 굳이 계단으로 올라가지 않아도 된다. 주인장을 소리쳐 부르면 2층 테라스에서 줄에 대롱대롱 매달린 나무판 하나가 내려온다. 여기에 돈을 얹어서 올려 보내고 한참을 기다리면 이제는 피자가 내려온다. 쿠바식 '테이크아웃'인 셈이다.

에피소드 2. 피 흘리는 도둑

쿠바의 현관문은 우리가 아는 것과 다르게 생겼다. 키패드에 비밀번호를 누르는 현관문은 당연히 기대할 수 없다. 무조건 열쇠를 쓴다. 강력 범죄는 없어도 좀도둑이 많은 쿠바에서는 보안이 늘 관건인지라, 이중 잠금장치가 선호된다. 이런 문은 밖에서뿐만 아니라 안쪽에서도 열쇠가 있어야 여닫을 수 있다. 만약 어젯밤에 문을 잠그고 잤는데 오늘 아침에 열쇠를 어디에 두었는지 기억하지 못한다면, 하루 종일

집을 못 나가는 상황에 처하게 될 것이다.

이 보안 장치가 얼마나 기똥차게 작동하는지 다음의 이야기를 보면 알 수 있다. 어느 날 유학생 한 명이 집에 돌아왔다가 심장마비가 올 만큼 깜짝 놀랐다. 주말에만 방문하는 가사 도우미 아줌마가 피 흘리며 소파에 누워 있었던 것이다. 그런데 집이 청소되어 있기는커녕 엉망진창이었다. 서랍은 죄다 열려 있고, 지폐와 값나가는 물건이 테이블 위에 어지러이 놓여 있었다. 그러니까 아줌마가 본업을 하러 이 집에 온 게 아닌 것은 분명했다. 딱 봐도 도둑질 현장이었다.

사정은 이러했다. 가사 도우미는 이 집에 외국인 친구가 산다는 것을 알게 된 순간부터 '부유한 외국인'의 (쿠바에서 외국인은 모두 '부자'다. 실제 부자가 아니더라도 무조건 부자로 간주된다) 재산을 탐내기 시작했다. 그러나 주도면밀한 집주인은 청소부에게 절대로 집 열쇠를 넘겨주지 않았고, 반드시 집에 사람이 있을 때에만 와서 청소하게끔 했다. 결국 아줌마는 창의적인 발상을 해냈다. 옥상에 밧줄을 묶고, 벽을 타고 내려와, 창문을 깨고, 유유히 집 안에 잠입하는 것이다. 그러나 중년 여성의 운동신경은 전설의 대도 뤼팽처럼 기민하지 못했고, 마지막 단계에서 일을 그르치고 말았다. 깨진 유리가 다리에 깊게 박히면서 물건을 훔치기도 전에 부상을 당한 것이다. 어서 빨리 병원으로 달려가야 했다.

그런데 이를 어쩌나, 열쇠가 없었다! 열쇠가 없으면 집 안에 있더라도 문을 열 수가 없다. 그렇다고 다친 다리를 끌고 다시 창문 밖으로 나갈 수도 없는 노릇이다. 누군가에게 도둑질이 발각되어야 병원에 갈 수 있는 신세가 된 것이다. 자포자기한 아줌마는 소파에 앉아서 사람이 오기를 기다렸다. 학생은 그를 부축해서 일단 병원으로, 그다음에는 경찰서로 데려갔다.

쿠바에서는 도둑질마저 어이없는 이유로 실패한다. 만약 이 집이 최첨단 현관문을 달고 있었다면 아줌마는 진작 현장에서 사라졌을 것이다. 오래된 문짝이 완벽하게 제구실을 한 셈이다.

에피소드 3. 사랑스러운 설사

쿠바의 위생 상태는 썩 좋지 않다. 지인의 증언에 의하면 인도에 비해 쿠바가 훨씬 깨끗하다지만, 제1세계에서 평생 살아온 사람들에게 쿠바의 길거리 음식은 '설사 폭탄'을 선사한다. 남보다 더 예민한 소화기관을 지닌 사람이라면 특별히 더 조심해야 한다. 집에서 매 끼니를 해 먹거나 위생 상태가 검증된 고급 식당에서만 밥을 먹는 편이 낫다.

문제는 외국인에게는 설사를 야기하는 로컬 식당이, 쿠바인들에게는 적은 돈으로 택할 수 있는 유일한 선택지라는 것이다. 이는 쿠바인과 외국인이 '국제 우정'을 쌓는 데 큰 장벽이 된다. 내가 가는 식당은 친구들에게 너무 비싸지만, 쿠바 친구들이 가는 식당에 간다면 분명 나는 내일 화장실에서 봉변을 당할 것이다. 이 진퇴양난의 사태를 어찌하면 좋나?

우정의 문제라면 차라리 낫다. 주머니가 가난한 쿠바 애인을 사귄다면 데이트는 실존의 문제가 된다. 내 친구가 딱 그 짝이었다. 성격이 좋고 연애를 쉰 적이 없을 만큼 기운도 넘쳤지만, 위장만큼은 그 누구보다 예민한 친구였다. 쿠바의 연애 문화에서 첫 데이트 때 여자가 밥값을 낸다는 것은 상상하기 어려운 일이다. 돈 많은 외국 여인을 꼬시는 '히네테로'Jinetero처럼 보이기 싫었던 쿠바 애인은 반드시 밥을 사겠다고 주장했다. 그의 주머니 사정이야 뻔했고, 친구는 차마 싫다는 소리를 못한 채 애인을 따라서 로컬 식당에서 밥을 먹었다. 그리고 그다음 날, 그는 어김없이 아랫배를 움켜잡고 침대에 드러누웠다.

친구의 '남친 리스트'에 새로운 이름이 등록될 때마다 그의 장도 한바탕 설사 폭풍을 겪었다. 새로운 남자와 만날 때마다 새로운 설사 사이클이 시작된다니! 놀랍고도 더러운,

더럽고도 슬픈, 슬프고도 로맨틱한 이야기가 아닐 수 없다.

에피소드 4. 길 떠나면 고생

이 에피소드는 내가 직접 겪은 것이다. 나는 쿠바 친구들과 당일치기로 바라데로Varadero에 놀러 가게 되었다. 바라데로는 아바나에서 150킬로미터 정도 떨어진 유명한 해변가다.

처음부터 나는 이 여정이 순탄치 않으리라고 예감했다. 쿠바는 다른 나라들처럼 교통이 편리하지 않다. 150킬로미터라는 여행 거리는 아주 많은 문제를 야기할 수 있다. 만약 문제없이 여행하려면 최소 2주 전에 세 시간씩 줄을 서서 버스표를 '쟁취하거나', 눈 질끈 감고 시세의 다섯 배나 되는 가격을 주고 사설 택시를 찾으면 된다. 그러나 쿠바 친구들은 두 방법 다 실천할 수 없다. 후자는 돈이 없어서 그렇고, 전자는 준비성이 부족해서 그렇다.

즉흥성 빼면 시체인 쿠바인들이 여행하는 법은 다음과 같다. 대중교통을 이용해서 도시 외곽으로 이동한다. 그리고 고속도로 진입로에 선 채로, 자신이 원하는 목적지로 향하는 버스나 택시가 나타날 때까지 손을 흔들며 기다린다. 만약 내가 원하는 교통편이 끝까지 나타나지 않는다면? 아쉬운 대로 목적지 근처에 가는 교통편을 잡아탄 후, 중간에 내려서 다시 손을 흔들며 다음 교통편을 기다린다. 그렇게 갈아타고, 갈아타고, 또 갈아타는 거다. 언제까지? 도착할 때까지.

여행은 의외로 순조로웠다. 우리는 운 좋게 바라데로로 가는 직통 버스를 얻어 탈 수 있었다. 바라데로에 도착해서 아름다운 카리브해의 전경을 즐길 때까지도 별 탈 없었다. 문제는 귀갓길에 터졌다. 탑승객의 신분증을 하나씩 검사하던 터미널 직원은 나와 또 다른 외국인 친구의 얼굴을 보자마자 "노"[No]를 외쳤다. 이유인즉 외국인은 절대로 이 버스를 못 탄다는 것이다. 쿠바 정부는 경제 시스템을 '외국인용'과 '내국인용'으로 이중으로 나눈다. 내국인에게는 물가에 맞춰진 저렴한 서비스를 제공하고, 외국인 관광객에게는 제값을 다 받기 위해서다. 교통편도 마찬가지였다. 사실 우리는 관광객이 아닌 유학생이었으므로 쿠바인들과 동일한 요금을 낼 수 있었다. 그러나 직원은 쿠바 최고의 관광지인 바라데로에서는 다른 룰이 적용된다며 고집을 부렸다.

더 슬픈 소식이 우리를 기다리고 있었다. 외국인 전용 버스터미널에 가 보니 막차는 30분 전에 떠났다는 것이다. 이제 아바나에 돌아가는 유일한 방법은 바라데로 근처 도시인 마탄사로 가는 카미온[Camión: 트럭]을 잡아탄 후, 마탄사에서 아바나로 가는 버스로 (그런 버스가 있다면 말이다) 갈아

타는 것이었다. 그런데 엎친 데 덮친 격으로 비가 내리기 시작했다. 우산은 없었다. 카미온도 한 대도 지나가지 않았다. 그래도 죽으라는 법은 없는 것인지, 퇴근하던 봉고차 택시 기사가 빗속에서 쫄딱 젖은 채 '마탄사'를 외치는 모습을 보고 우리들을 전부 태워 주었다.

마탄사의 야외 버스 정류장에 도착할 때까지도 비는 멈추지 않았다. 택시에서 내린 우리는 꼼짝없이 비를 맞으며 시간표도 없는 버스를 기다려야 했다. 버스 정류장에는 나무 한 그루와 표지판만 있었을 뿐, 지붕이 없었다. 감기에 걸리겠다 싶어 우리는 길 건너에 있는 간이 가판대에서 비를 피했다. 그러다가 버스라도 한 대 지나가면 비를 뚫고 도로를 건너서 미친 듯이 팔을 휘저었다. 야박한 버스들은 서는 법을 몰랐다. 얄궂은 비도 멈출 줄을 몰랐다. 그렇게 한 시간이 넘고, 해는 지고, 천둥 번개가 치기 시작했다. 내 마음속에서는 천둥 번개보다 더 거센 절망의 폭풍우가 몰아치고 있었다. 나는 간이 가판대에서 몸을 숨기기를 포기했다. 장대비 아래 쫄딱 젖어 가며 어둠 속에서 오지 않는 버스를 노려보았다. 그렇게라도 하지 않으면 견딜 수가 없을 것 같았다.

바로 그때 마법처럼 텅 빈 버스가 도착했다. 무섭게 달려오는 것을 보고 이번에도 그냥 우리를 지나치겠거니 했는데, 내 코앞에서 브레이크를 밟고 섰다. 그 순간 어디서 다 튀어나왔는지 수많은 사람들이 내 몸을 밀치고 우악스럽게 버스를 향해 달려갔다. 그리고 개구리처럼 버스 문에 찰싹 달라붙었다. 나 역시 몸싸움에 밀리지 않기 위해서 용을 썼다. 결국 나와 친구는 버스에 올라탈 수 있었다. 푹 젖은 몸으로 차가운 에어컨 바람을 맞아 가며, 어둠 속에서 들판에 꽂히는 번개의 자태를 감상하며, 그렇게 우리는 살아서 아바나로 돌아왔다. 집에 도착하자 시계는 벌써 자정을 가리키고 있었다.

쿠바. 이곳은 매번 '길을 떠난다'는 말의 참된 의미를 일깨워 주는 소중한 곳이다. 길을 떠날 때마다 고생은 처절히 하되, 늘 뭔가를 배우지 않는가. 이번 여행에서도 나는 가슴 깊숙이 교훈을 새기고 왔다. 내가 다시는 바라데로를 가나 봐라!

4. 결핍 : 주린 배와 주린 마음 사이에서

이제 쿠바의 일상이 어떠한지 좀 감이 잡혔을 테다. 우리가 알고 있는 '생활 상식'은 쿠바에서는 무용지물이다. 이곳은 옆 도시를 가기 위해서 고속도로에서 하염없이 히치하이킹을 하는 곳이고, 연애와 설사의 상관관계를 고민해야 하는 곳이며, 도둑을 병원까지 동행해 주는 곳이다.

다소 코믹하게 묘사하긴 했지만, 쿠바 생활이 쉽지 않은 삶인 것은 확실하다. 무엇이 험난한가? 물자 부족인가? 아니, 그보다 더 쉽지 않은 것이 마음이다. '결핍'이라고 느껴지는 상황을 뾰족한 수 없이 장기간 견뎌야 하는 그 마음이 가장 어렵다. 소박한 삶이 주는 미학을 배웠다고 말하기에는 나는 쿠바가 적절한 예시라고 생각하지 않는다. 삶의 형태는 기름질 수도 있고 검소할 수도 있다. 그렇지만 물자가 얼마나 풍부하느냐와 상관없이, 주어진 환경 속에서 자립을 할 수 없는 삶에는 좌절이 스민다. 미국이 쿠바에 가한 경제

봉쇄는 일상의 숨통을 끊어 버릴 만큼 강력한 조치다. 전 지구를 연결시키는 세계 경제의 흐름 속에서 홀로 고립된다는 것은 자급자족의 기회를 통째로 빼앗기는 것이다. 그런데 이 상황을 타개할 만한 힘이 쿠바인 개인에게는 없다.

좌절된 마음은 물속의 모래처럼 평소에는 가라앉아 있다. 그러다가 외부 충격이 찾아오면 흙탕물이 생기는 것처럼 숨은 마음이 위로 올라온다. 그런 모습을 나는 직접 목격했다. 나는 아바나에서 이사를 자주 한 편이었는데, 그중 집주인과 감정이 크게 상했던 집이 한 군데 있다. 처음에 나는 그곳에 반년을 머무르겠다고 약속했지만 집에 문제가 계속 발생하면서 결국 3개월 만에 떠나게 되었다. 그날 불같이 화를 내던 아줌마는 떠나는 내 등에 대고 칼을 꽂듯 말했다. "지금까지 유학생들을 받아 줄 때마다 결과가 이랬지. 엄마 같은 마음으로 집을 내줬는데, 다 배신을 때린단 말이야…. 너희 외국인들은 우리 쿠바인들보고 못됐다고 하지만, 진짜 못돼 먹은 건 바로 너희들이야."

나는 어안이 벙벙했다. 이건 가히 거짓말 폭탄이었다. 엄마 같은 마음? 배신? 그렇다고 해서 나는 저 말을 집주인의 망상으로 치부해 버릴 수도 없었는데, 한 가지는 진실이었기 때문이다. 쿠바인과 외국인을 가르는 분별심이었다. 외국인이란 누구인가? 좋은 물건을 소유하고 있고, 여행을 자유롭게 할 수 있고, 쿠바인들보다 정이 없고, 쿠바인들보다 돈이 많고, 제국주의의 신민이고, 그렇지만 쿠바인들이 한 번쯤은 꿈꾸어 보았을 동경의 대상이고, 무엇보다 쿠바인들보다 '쉬운 삶'을 산다. 그들에게는 돈을 벌 수 있는 수단이 있고, 언제든지 쿠바를 떠나서 풍요를 누릴 수 있다. 이 말이 최종적으로 담고 있는 메시지는 다음과 같다. '외국인은 외국인이라서 모든 것을 가지고 있다. 쿠바인은 쿠바인이라는 이유로 아무리 노력해도 당신들이 가진 것을 갖지 못한다.'

이것은 진실이다. 사실의 층위가 아니라 마음의 층위에서 그러하다. 쿠바인의 마음으로 생각해 보자. 외국인들은 '합당한 노동'을 통해 돈을 벌고 '합당한 가격'을 치러서 물자를 '정당하게 가졌다'고 생각하겠지만, 우리가 이해하는 그런 논리는 쿠바에서는 당연한 게 아니며 존재하지도 않는다. 돈을 벌려고 해도 돈을 벌 수단이 없고, 물건을 사려고 해도 살 물건이 없다. 그리고 왜 이런 처지가 되었는지 되짚어 보면 피지배자로 오랜 시간 착취당해 온 식민지의 운명, 강대국의 폭력에 저항하기 어려운 약소국의 운명, 어쩌다 보니 지리적으로 이런 곳에 태어난 개인의 운명과 두루 만나게 된다. 그렇다면 쿠바인들의 마음속에 이런 질문이 솟구치는 건 자연스러운 일이다. '이 상황에서 내가 무엇을 잘

못했는가? 왜 당신들은 나에게 없는 것을 가지고 있고, 왜 그것은 내 것이 될 수 없는가?'

　나는 이 마음을 모른다고 말할 수가 없다. 나는 '지름신'이 매 순간 호출되는 자본의 땅, 대한민국의 청년이다. 사람들은 '영혼을 갈아서' 일을 하고 돈을 번다. 그렇게 모인 돈은 지독하게 비싼 월세로, 피할 수 없는 인터넷 비용으로, 상승하는 밥값과 커피값으로, 일상의 여백을 채우는 상품값으로, 사람들 사이에서 지켜야 하는 예의와 자존심 값으로 빠져나간다. 사회는 내가 얻을 수 있는 것보다 언제나 더 많은 것을 제시한다. 초라해 보이는 삶의 모습은 배고픈 꿈이나 적은 월급으로 정당화되지 않는다. 그럴 때면 나보다 더 쉽게 더 많은 것을 누리는 것처럼 보이는 사람들에게 시선이 돌아간다. 저들과 나의 차이가 무엇인가? '금수저'로 태어나지 못했다면 정말 이번 생은 망한 걸까?

　상상을 해본다. 만약 내가 쿠바 청년이라면, 대학을 졸업했지만 월급만으로는 생활할 수 없어서 레스토랑에서 웨이터로 일하고 있다면, 고장난 핸드폰을 고치려고 간신히 돈을 절약하고 있다면, 외국인 관광객들이 내 일주일치 급여를 한 끼 식사 가격으로 쓰는 모습을 매일 본다면… 나 역시 결핍을 내면화하지 않으리라고 확언할 수가 없다. 지금은 쿠바인들이 대변해 주고 있지만, 다른 상황에서는 나

또한 자유롭지 못할 마음. 결핍된 물자가 주는 고통과 별도로 생겨나며 타인과의 비교를 통해 불이 붙는 고통. 그것이 결핍된 마음이다.

결핍된 마음은 결핍된 신체와는 다르다. 음식을 먹지 않으면 배가 고프다. 음식을 찾지 못하는 시간이 길어지면 온몸의 세포들이 위기를 느끼기 시작한다. 이때 뇌는 '음식을 찾으라'는 신호를 강렬하게 내보낸다. 어떻게 해도 음식을 찾을 수 없는 상황이라면 결국 개체는 영양 결핍으로 죽음에 이르게 될 것이다. 그런데 만약 이때 누군가 음식을 독점하고 있다면 어떻게 될까? 그 사실을 알게 되었다면? 신체적으로 변한 것은 없다. 음식은 여전히 없고, 배고픔의 강도도 동일하다. 그러나 이제는 마음이 괴로워진다. 분노, 슬픔, 억울함의 감정이 생겨나고, 이 감정의 회로는 음식을 찾는 신경 회로와 접속하면서 더 증폭된다. 몸뿐만 아니라 마음도 '굶주리게' 되는 셈이다.

'배고픔'에 대한 신체의 해석과 '배고픈 상황'에 대한 정신의 해석은 동일하지 않다. 이 차이가 해석의 열린 공간을 만든다. 그래서 '주린 배'와 '주린 마음'은 무조건 동일시될 수 없다. 실제로 마음이 몸보다 먼저 굶주리는 경우도 있다. 그때는 역으로 마음의 해석에 신체가 압도당한다. 배가 고프지 않은데 자꾸만 음식을 찾고, 이제 살 만한 환경인데도 아직도 삶이 가난한 것 같다.

결핍을 해소하기 위해서는 무엇을 할 수 있을까? 두 가지 방법이 있다. 하나는 몸을 편안하게 만들어서 마음을 달래는 것이다. 위 예시의 경우에는 굶주린 자에게 식사를 차려 주는 것이 단기적 해결책이 될 터이고, 장기적으로는 음식이 소수에게 독점되지 못하도록 상황을 바꾸는 것이 될 테다. 또 다른 해결책은 마음을 지켜 내어 신체의 고통을 증폭시키지 않는 것이다. 결핍된 마음을 비우기 위해서는 고도의 기술이 필요하다. 상황에서 거리를 두는 법, 감정의 메커니즘을 이해하는 법, 자신과 타자 사이의 무의미한 비교를 관두는 법을 익혀야 한다.

쿠바에서는 첫번째 방법이 거의 힘을 쓰지 못한다. 반면 두번째 방법에 있어서는 다들 고수다. 모든 것이 '내 뜻대로' 되지 않는 상황에서 스스로 바꿀 수 있는 것은 '내 마음'뿐이기에 그렇다. 나도 이 마음의 기술을 곁눈질로 열심히 배웠다. 쿠바에서 몇 년을 살자 나도 겨우 말할 수 있게 되었다. 내가 쿠바인들보다 더 손쉽게 자립을 이룬 것은 결코 내가 잘나서가 아니라 운 때문이다. 나의 출발점이 단지 '1990년대 한국'이었다는 시공간의 운이 따라 주었을 뿐이다. 내가 남들보다 나은 게 내 덕이 아닌데 누가 누구를 불쌍히 여기는가. 마찬가지로 그들이 나보다 힘들게 사는 것이 그들의 탓이 아닌데 이를 부끄러워할 이유가 어디에 있는가. 또한 내가 쿠바에서 겪고 있다고 믿는 괴로움은 망상이다. 내가 누리고 있는 삶의 수준은 이곳에서 이미 상급이다. 씻을 수 있는 물이 이틀에 한 번은 나오고, 냉장고를 돌릴 수 있는 전기가 들어오고, 요리를 할 수 있는 가스가 나온다. 공부를 위한 책과 공책도 있다. 무엇이 결핍되었단 말인가?

그런데도 삶이 좌절로 느껴진다면 그 역시 비교 때문이다. 쿠바 바깥에서 젖어 있었던 삶의 방식이 유령처럼 나를 쫓아오고 있는 것이다. 이것이 상대성의 힘이다. 비교 속에서 폭넓은 이해를 얻을 수도 있고, 끝없는 패배를 할 수도 있다. 신체의 결핍이 마음의 결핍이 되고, 가난이 좌절로 바뀌어 삶을 좀먹는 것은 '여러 해석' 중 하나다. 쿠바인들은 때때로 박탈감을 분출시키기도 하지만, 그 마음을 갈무리할 때가 되면 삶을 결핍으로 여기는 해석은 거부한다. 그 순간 몸보다 마음이 더 괴로워진다는 사실을 알기 때문이다.

이 치유의 기술을 '모든 건 마음먹기에 달렸다'고 어리숙하게 결론짓는 '정신승리'와 혼동하지 말자. 쿠바에서 이런 '자가 치유'가 가능한 이유는 현실의 기반이 받쳐 주기 때문이다. 그 기반이 의생활이다. 생명보다 돈을 중하게 여기는 사회에서 가난은 반反생명의 영역을 증식시킨다. 살아 있는 마음은 '살아갈 수 없는' 생명의 무능력이 '돈이 없기 때문'이라고 해석하게 된다. (달리 어떤 해석이 가능하겠는가?) 그러나 쿠바는 가난 앞에 검소한 보호막을 세웠다. 모두가 갈 수 있는 콘술토리오, 모두가 만날 수 있는 의사, 모두와 의논할 수 있는 생명의 문제. 이런 배치는 가난한 환경이 낮은 자존감으로 전환되지 않을 확률을 높인다. 생로병사라는 공통의 '문제'를 함께 '해결하리라'는 메시지가 계속 퍼지기 때문이다.

결핍은 이 섬에 쉼 없이 찾아오는 손님이다. 때로는 계란이, 어쩔 때는 식초가, 가끔은 석유가 없다. 손님은 매번 달라지지만 손님맞이의 방법은 바뀌지 않는다. 결핍된 환경을 '없는 삶'이 아니라 '다른 삶'으로 재활용할 것. 결핍된 마음을 '마법 같은 이야기'로 바꾸어 낼 것. 피로 속에서도 활기를 길어 내는 생명의 재능에 자부심을 가질 것.

5. 생존 : 생명의 자부심

쿠바 생활의 간접 체험기는 이 정도에서 마무리하겠다. 마지막으로 생존이란 무엇인지 잠시 고찰하면서 1부를 닫고자한다. 생존은 긍정적인 의미로 쓰이기 어려운 단어다. 이것은 목숨을 부지하기 위한 최소한의 조건이다. 죽음으로 가는 길목에 놓인 마지노선이다. 생존에 실패한 생명체에게는 세상도 무의미하다.

이토록 긴장감으로 가득한 활동일진대, 살아 있는 시간 동안 오직 생존'만' 하고 싶어 하는 자는 없을 것이다. 그래서 부담스러운 생존은 종종 '즐거운 삶'과 대비된다. 가령 이런 식이다. 먹고살기 위해 하기 싫어도 해야 하는 일은 생존이고, 스스로 좋아서 하는 일은 삶이다. 최소한의 의식주를 확보하는 활동은 생존이고, 취향대로 물건을 구매하거나 취미 생활을 만끽하는 것은 삶이다. 몸이 바라는 기본욕구를 충족하는 것이 생존이라면, 정신 활동이 개입되고 욕망을 적극적으로 실현시키는 활동은 삶에 속한다.

현실에서는 이 이분법이 생각처럼 매끄럽게 작동하지 않는다. 생존을 위해 대다수의 시간을 할애해야 하는 쿠바인의 인생은 실패한 인생인가? 쿠바보다 물자와 취미 생활이 넘쳐나는 한국에서 사람들은 고도로 지적이고 즐거운 삶을 향유하는가? 쿠바의 질문들을 공평하게 한국에도 던져 보자. 해결될 수 없는 문제를 끌어안고 버티는 삶의 의미는 무엇인가? 내일이 더 나아지리라는 희망 없이도 가족을 이루고 아이를 키울 수 있을까? 내 사정이 넉넉하지 않은데 남을 위해 희생하는 미덕은 어떻게 가능한가? '우리'가 '그들'보다 훨씬 더 많이 가졌으니, 이런 질문에도 더 자신감 넘치게 답할 수 있어야 할 것 같다. 그러나 쉽사리 입이 떨어지지 않는다. 잘살기로는 전 세계에서 손가락 안에 들게 된 후에도 사람들은 여전히 '생존 중'이다. 스스로를 깎고 또 깎아도 '생존 너머 삶'에 도달하는 길은 아직도 요원하고, 도주로 없이 구석까지 몰린 마음은 몸도 병들게 한다.

어쩌면 사람들은 질문을 회피하기 위해서 그토록 열심히 돈을 버는 것인지도 모른다. 해결할 수 없는 문제가 최소한이기를, 남에게 미움도 받지 않고 아쉬운 소리도 안 하고 살 수 있기를, 내 아이가 살아갈 삶에 나보다는 더 많은 희망이 있기를, 그럴 수 없다면 차라리 아이를 낳지 않기를 염

원하면서 말이다. 이 염원에는 진정성은 있지만 중요한 질문이 빠졌다. 생존을 걱정할 필요가 없는 삶, 안전한 환경이 보장된 삶은 과연 행복할까? 먹고사는 문제를 아예 걱정할 필요 없는 상황을 몸이 원하는 걸까?

몸의 현실에서 진정으로 대립하는 것은 '생존 대對 삶'이 아니라 '고립 대 연결'이다. 생명이 정말 두려워하는 것은 고립이다. 불쾌한 사건들은 모두 고립이라는 공통의 키워드로 설명된다. 예컨대 배고픔이란 자원이 끊임없이 돌고 돌아야 하는 생태계의 순환으로부터 고립된 상황을 뜻한다. 마찬가지로 과하게 넘치는 물자 역시 고립 상태를 유발한다. 환경과 관계 맺어야 하는 이유를 없애면서 몸을 무기력하게 만들기 때문이다. 또, 천재지변이나 전쟁처럼 관계를 송두리째 앗아 가는 폭력은 신체에 트라우마를 남긴다. 관계를 단절하여 고립 상태를 급속도로 증가시키는 탓이다.

생존이 수고로운 것은 사실이다. 하지만 이 수고가 꼭 불안과 공포로 귀결되리라는 법은 없다. 관계의 풍요로움이 생존의 질을 결정한다. 인트로에서 보았듯이 건강은 관계가 보장해 주는 회복력을 믿는 데에서 나오는 자신감이다. 건강한 생존도 마찬가지다. 관계의 상호작용이 활발한 장소에서 살면, 내 삶의 윤택함이 나 하나에 달려 있지 않다는 것을 납득하게 된다. 그러면 어떻게든 살아갈 수 있으리라는 자신감이 생긴다.

두려움 없는 생존은 생명의 자부심이 된다. 생명의 DNA
에는 지속성이라는 운동이 새겨져 있다. 현재 생존해 있는
우리들은 까마득한 시간 동안 이어져 온 생명의 의지 자체
다. 역경을 뚫고 세대와 세대를 잇는 지속성을 위해서 생명
은 오장육부와 신경 체계, 외부 환경까지 모든 것을 총동원
한다. 생존은 생명에게 지워진 짐이 아니라 생명의 자기표
현이자 능력 발휘다.

반면 고립 상태에 놓이면 생존도 어려워진다. 외부와 능
동적으로 소통하고 있다는 자신감이 사라지면 그때부터 눈
치를 보게 된다. 자신을 외부 상황에 일방적으로 끼워 맞춰
야 한다는 압박을 느끼는 것이다. 혹은 살아 있다는 느낌을
받기 위해서 무작정 강한 자극을 좇게 된다. 그러면 생존은
스트레스로 변한다. 스트레스가 불안감으로 드러나든 무기
력으로 표현되든, 관계의 허전함이 채워지지 않는다는 점은
변함없다. 결핍된 마음은 고립된 신체의 반향인 셈이다.

현재 쿠바인들의 생존은 자부심과 불안감 사이를 시계
추처럼 오가고 있다. 국제 사회에서 쿠바의 고립 상태가 심
각해질수록 불안감은 커진다. 이대로 계속 살아갈 수 있을
까? 그러다가 해결의 길이 보이기 시작하면 다시 자신감이
붙는다. 고난 앞에서도 어떻게든 생활을 이어 왔던 지금까

지의 시간이 자부심으로 전환된다.

의醫는 생존의 시소게임에서 자부심 쪽에 힘을 실어 준다. 의醫가 모든 상황의 해결사가 될 수는 없겠지만, 일상의 관계를 건강하게 일구기 위한 베이스캠프가 되어 줄 수 있다. 의생활은 살아 있는 한 고립되지는 않으리라는 위안을 끈질기게 전한다. 외유내강 쿠바의 힘은 여기서 나오는 것일 테다. 쿠바인들은 세계사의 숨 막히는 폭풍우를 통과하면서도 아직까지 건강한 마음을 지켜 내고 있다. 의사 출신 체 게바라가 쿠바에서 꾸었던 꿈은, 혁명 이후 이 땅에서 가장 끈질기게 남아 있는 저력인지도 모른다.

[덧달기 1] 쿠바혁명

쿠바혁명은 1959년 1월 1일에 일어났다. 피델 카스트로^{Fidel} Castro와 체 게바라^{Ernesto Che Guevara}는 이날 게릴라 전사들과 함께 아바나에 입성했다. 그리고 독재자 바티스타^{Fulgencio} Batista y Zaldívar를 끌어내린 후 '쿠바인들을 위한 쿠바'를 다시 세우겠노라고 공언했다.

이 장면을 지켜보던 전 세계인들의 눈이 휘둥그레졌다. 당시에는 혁명이라는 꿈이 그저 계란으로 바위 치는 짓처럼 보였다. 이 무모한 작전이 성공했던 것은 쿠바의 가난한 농민뿐만 아니라 부유한 중산층까지 혁명에 찬성했기 때문이다. 그렇다면 어떻게 쿠바인들은 혁명 앞에서 마음을 모을 수 있었을까?

사건은 거의 1세기 전인 1868년으로 거슬러 올라간다. 그당시 쿠바는 푸에르토리코와 함께 스페인의 마지막 식민지로 남아 있었다. 그때 카를로스 마누엘 데 세스페데스^{Carlos Manuel} de Céspedes라는 사상가가 자신이 소농장주로 소유하고 있었던 플랜테이션의 흑인 노예를 자발적으로 해방시키면서 '새로운 세상'을 주창했다. 이것이 쿠바 독립운동에 불씨를 붙이면서 스페인과 쿠바 사이에 전쟁이 시작된다. 그리고 1898년 쿠바는 마침내 스페인과의 독립전쟁에서 승리한다.

그러나 이는 반쪽짜리 승리였다. 독립전쟁의 막판에 미국이 개입하면서 쿠바를 미국의 준準식민지로 전락시켰기 때문이다. 그 후 60년간 미국의 말을 잘 듣는 꼭두각시 지도자가 쿠바에서 정권을 잡았다. 쿠바의 대통령들은 미국에 충성하거나, 극도로 부패하거나, 부정선거의 달인이었다. 그중에서도 바티스타는 문제적인 대통령이었다. 1933년 그는 시민들이 지지했던 야당의 전도유망한 개혁안을 쿠데타로 뒤엎었다. 1940년부터 1944년까지 대통령 임기를 처음 수행할 때는 시민 세력과 협력할 의지를 보였으나, 1952년에 쿠데타로 복귀할 때는 모든 반대파를 무차별적으로 탄압하는 독재자가 되어 있었다. 정치가 격랑에 휘말리는 동안 인종 차별과 빈부 격차처럼 식민지 시대가 남긴 병폐는 더 깊어졌다. 사회 양극단에는 "농촌 빈민 150만 명"과 언제든 마이애미로 쇼핑을 갈 수 있는 "90만 명 남짓한 가장 부유한 쿠바인들"이 있었고, "이 두 부류 사이에 있는 350만 명은 간신히 생계를 꾸려 가고 있었다". 아비바 촘스키,

『쿠바역명사』, 정진상 옮김, 삼천리, 2014, 58~59쪽.

법대 출신 청년이었던 피델 카스트로가 혁명을 외치면서 혜성처럼 등장한 것은 이때였다. 카스트로는 쿠바에서 정치범

으로 추방당했으나, 혁명의 꿈을 포기하지 않았다. 멕시코에서 게릴라 전사들을 키우며 쿠바 상륙작전을 계획했다. 체 게바라가 합류한 것도 바로 이 시기였다. 이들이 쿠바 동부 산골짜기에서 정부를 상대로 몇 년 동안 버티면서 쿠바 민중들의 신뢰를 쌓았던 반면, '피델주의'Fidelismo와는 다른 방식으로 사회를 개선할 수 있다고 국민을 설득할 만한 경쟁자는 존재하지 않았다. 1950년대 쿠바의 공기에는 혁명의 열기가 이미 가득했다. 카스트로와 체 게바라가 그곳에 불씨를 던졌을 따름이다.

문제는 혁명이 한 번으로 끝날 사건이 아니라는 것이다. 혁명이 성공한 시점부터 혁명은 매 순간 시험대에 올랐다. 의료와 교육처럼 괄목할 만한 성과를 이룬 부문도 있었지만, 경제 부문은 쉽게 풀리지 않았다. 쿠바는 세계적인 설탕 생산국이었으나, 독립국으로서 이는 치명적인 약점이 되었다. 설탕 가격이 떨어지면 수입은 크게 줄었고, 설탕 수입국과 관계가 안 좋아지면 그 순간 경제에 치명타가 가해졌다. 게다가 미국의 경제봉쇄는 쿠바 경제의 숨통을 결정적으로 끊어 놓았다. 이처럼 문제는 명확했으나 해결책이 불투명했다. 혁명 정부는 1963년에 설탕 생산을 그만두고 경제를 다양화하겠다고 선언했다가 대실패를 겪었다. 1970년에는 역으로 설탕을 1천 톤가량 생산하겠다고 했다가 나머지 경제 발전을 소홀히 하고 말았다.

그 당시 오락가락하고 있던 쿠바의 구원투수로 나선 것은 소련이었다. 혁명 이후 쿠바는 냉전이라는 시대적 요구를 직면했고, 미국의 영향력에서 자유로워지기 위해 소련 진영을 택했다. 덕분에 경제가 휘청거릴 때마다 동구권 시장에 기댈 수 있었다. 하지만 1991년 소련이 해체되면서 유일한 버팀목도 사라졌다. '특별시기'período especial라고 불리는 1990년대 내내 쿠바인들은 상상하기 어려운 극심한 굶주림에 시달리게 된다.

이때의 위기는 21세기 쿠바가 관광업과 의료산업에 주력한 후에야 겨우 진정되었다. 여전히 텅 빈 가게를 몇 군데씩 돌아야 물건을 구할 수 있고 물가는 세계정세를 따라 속절없이 널뛰지만, 어쨌든 최악의 상황이 지나간 것은 맞다.

그러나 위기는 끝없이 찾아온다. 세상의 위기를 특별히 더 취약하게 겪는 장소들이 있는데, 쿠바 역시 그중 한 곳이다. 2019년 말, 전 세계를 덮친 팬데믹은 쿠바 사회를 뿌리째 뒤흔들었다. 주 수입원이었던 관광업은 문을 닫았고, 세계적으로 솟구친 식량 가격도 큰 부담이 되었다. 기후 위기 역시 쿠바의 또 다른 실존적 위기다. 해마다 카리브해에 더 강한 태풍이 찾아오고 있다. 그 와중에도 쿠바는 코로나 백신을 자력으로 개발하고 외국에 의료 인력을 파견하면서 어떻게든 이 시국을 헤쳐 나가고 있다. 앞으로 쿠바가 어떤 묘수로 위기를 통과해 낼지 지켜볼 따름이다.

2부.
마을

쿠바의 의생활은 마을을 빼놓고 생각할 수 없다. 쿠바에서 마을을 찾기는 매우 쉽다. 쿠바인들은 이사를 자주 다니지 않는다. 집을 사고파는 부동산 거래 개념이 생긴 것도 겨우 10년 전이다. (그 전에는 불가피하게 거주지를 옮겨야 하면 원하는 사람들끼리 집을 교환했다고 한다.) 그렇다 보니 어느 동네를 가든 몇십 년 동안 같은 자리를 지킨 토박이들이 있다. 이들은 마을의 대소사를 과거부터 현재까지 훤히 꿰고 있다. 쿠바 곳곳에는 이런 밀도 높은 네트워크가 존재한다. 네트워크가 제공하는 안정감이 '마을'이라는 정체성을 빚어낸다.

쿠바의 수도 아바나 역시 예외는 아니다. 원래 도시의 특징은 역동성과 익명성이다. 사람들이 끊임없이 오고가는 흐름 속에서 스펀지처럼 이방인들을 흡수한다. 그런 의미에서 아바나는 도시보다는 '소규모 마을들의 집합체'에 더 가깝다. 아바나 토박이들은 보통 자기가 태어난 곳에서 평생을 산다. 특별한 이유 없이는 다른 동네를 잘 방문하지 않고, 자기 동네를 지나가지 않는 버스 노선은 거의 모른다.

마을은 어떻게 마을이 되는가? 제일 먼저 필요한 것은 사람이다. 가족과 친구와 이웃이 사는 곳이 곧 내 마을이 된다. 그다음에는 사람들이 어울릴 수 있는 장소가 필요하다.

가장 먼저 집이 필요하고, 시장과 가게, 식당과 술집, 학교와 공원 같은 장소도 자연스럽게 요청된다.

이 중에서도 빠뜨릴 수 없는 장소가 있으니, 동네 진료소 콘술토리오다. 쿠바에는 동네마다 콘술토리오가 몇 개씩 자리하고 있다. 콘술토리오의 원칙은 중심을 갖지 않는 것이다. 마을 어느 어귀에서 출발하든 간에 걸어서 닿을 수 있는 거리 내에 위치해야 한다. 술집에 가는 어른들은 길이 멀어도 돌아갈 수 있지만, 콘술토리오에 가는 아이들과 노인들의 호흡은 금세 가빠지기 마련이다. 가장자리부터 챙기는 병원은 자연스럽게 마을의 중심지로 자리 잡는다.

1. 마을 사랑방에는 의사가 산다

한국 독자분들은 콘술토리오가 어떤 장소인지 머릿속에 잘 그려지지 않을 것이다. 한국에서는 볼 수 없는 유형의 의료 기관이기 때문이다. 병원보다는 '마을 사랑방'을 떠올리는 쪽이 이해하기 더 쉽다. 이곳에는 마을의 남녀노소가 모두 모인다. 노인들이 정기적으로 찾아오고, 부모가 아이들을 데려오고, 환자들끼리 친목을 다진다.

콘술토리오의 역할은 다른 의료 기관과 비교해 보면 확실해진다. 쿠바 의료는 콘술토리오, 폴리클리니코policlínico, 오스피탈hospital이라는 세 기관의 상호작용을 통해 돌아간다. 콘술토리오에서는 가족주치의가 평균 500~700가구를 돌본다. 폴리클리니코는 24시간 가동되는 동네 종합병원이다. 한 개의 폴리클리니코 산하에는 약 스무 개의 콘술토리오가 배정되어 있다. 마지막 기관은 오스피탈이다. 가장 상위 진료 기관으로서, 입원이 꼭 필요한 환자들을 돌본다.Gregorio Delgado García, Fransico Rojas Ochoa, ¨Antecedentes de la Atención Primaria de Salud

en Cuba¨, *Medicina General Integral* Vol. I, ECiMED, 2014, pp.59~68.

　세 개의 기관 중에서 가장 중요한 장소는 콘술토리오

다. 콘술토리오는 온몸의 말초신경처럼 동네 구석구석에 퍼

져 있다. 콘술토리오는 폴리클리니코와의 협치를 통해 전

체 환자 중에서 80퍼센트가량을 감당해 내는데Emma Domínguez-

Alonso, Eduardo Zacea, "Sistema de salud de Cuba", *Salud pública Méx* vol.53, Instituto Nacional de

Salud Pública, 2011, pp.168~176, 두 기관의 역할을 '일차보건의료'primary

health care라고 한다. 일차보건의료란 치료의 중점을 병원이

아닌 사회로 옮겨서 주민들이 건강한 생활습관을 형성하고

병을 예방할 수 있도록 돕는 의료다.WHO, "Primary Health Care", 1st of April

in 2021(https://www.who.int/news-room/fact-sheets/detail/primary-health-care) 이 개념은

세계보건기구World Health Organization가 1978년에 발표한 '알

마-아타 선언'에서 구체화되었다. 그 당시 쿠바는 이 선언을

신속하게 받아들인 나라 가운데 하나였다. 1980년대에 쿠

바의 의료 제도는 대대적으로 개편되었고, 그 후 쿠바의 국

민 건강 수준은 급격히 증진되었다. 현재 쿠바의 평균수명

과 유아사망률은 제1세계 선진국과 비슷하며, 미국과 비교

했을 때는 평균수명이 오히려 더 길다.Conner Gorry, "Six Decades of Cuban

Global Health Cooperation", *International journal of Cuban health & medicine* Vol. 21(4), MEDICC, 2019,

pp.83~92.

세상에는 쿠바처럼 공공 주치의 제도를 시행하는 국가들이 여럿 있다. 캐나다와 스페인이 대표적이다. (공공 주치의 제도를 '사회주의 이데올로기'와 혼동하지 말도록 하자!) 하지만 쿠바만큼 가정의학에 큰 힘을 실어 주는 경우는 보기 드물다. 왜 쿠바는 WHO의 제안에 즉각적으로 반응했던 걸까? 간절함 때문이다. 이곳은 예나 지금이나 가난한 땅이다. 적은 비용으로 건강을 최대한 지켜 내려면 방법은 하나뿐이다. 병을 미리 예방하는 것이다. 병이 싹을 틔우기 전에 일찌감치 뿌리를 뽑으면 자연히 치료 비용은 줄어들고 건강 수준은 증진된다. 의사는 많고 돈은 없었던 쿠바로서는 일차보건의료야말로 적절한 제도였다.

콘술토리오의 겉모습은 푸근하기보다 금욕적이다. 2층짜리 직육면체 건물은 실용주의에 입각해 지어졌다. 1층에는 콘술토리오가 있고, 2층은 가족주치의가 거주하는 공간이다. 건물에 들어가 보면 환자들이 앉아 있는 대기실이 가장 먼저 나온다. 자, 마음의 준비를 하자. 가습기가 나오고, 책꽂이에 잡지가 꽂혀 있고, 정수기와 인스턴트커피가 준비되어 있는 한국의 쾌적한 병원 대기실을 기대하면 안 된다. 그중 어떤 것도 콘술토리오에는 존재하지 않는다. 낡은 의자 몇 개와 벽에 붙어 있는 캠페인 포스터 몇 장이 있을 뿐이다. 대기실을 지나 진료실에 들어가도 마찬가지다. 서류가 빼곡히 들어찬 녹슨 서랍, 잘 돌아가지도 않는 선풍기, 주치의가 사용하는 낡은 책상 하나가 전부다. 겉모습만 보면 콘술토리오는 몇십 년간 리모델링을 안 한 사무실 같다. (사실이긴 하다.)

그렇지만 삭막한 외관과는 별개로 콘술토리오의 분위기는 정감 있다. 장소를 가득 채우는 말소리 덕분이다. 병과 약이 언급된다는 점만 빼면 여느 동네 수다와 다를 게 없다. 밥과 똥 이야기(건강을 측정하는 중요한 척도), 이웃들끼리 대판 싸운 이야기(스트레스는 건강의 적), 최근 아무개가 해외여행을 갔다가 돌아온 이야기(전염병 통제를 위한 핵심 정보)가 사람들 입에 오르내린다.

의사와 간호사는 모든 대화를 꼼꼼하게 듣는다. 그들 옆에 앉아 있는 학생들도 수다에 합류한다. 의대생과 간호대생들은 이 사랑방 풍경이 익숙하다. 대학교에 입학한 해부터 이곳에서 매주 현장 학습을 한다. 1학년들이 할 줄 아는 게 뭐가 있다고 병원에 오느냐고 물을는지 모른다. 하지만 이들은 일하려고 여기 온 게 아니다. 학생들에게 주어진 미션은 의醫−사랑방이 어떤 원리로 돌아가는지 공부하는 것이다. 지금까지는 동네 주민의 입장으로 콘술토리오를 방문했다면, 이제부터는 콘술토리오 운영자의 입장에 설 줄도 알아야 한다.

콘술토리오 운영의 핵심은 수다와 치유 사이의 상관관계를 얼마나 심층적으로 이해하고 있느냐에 달렸다. 일차보건의료의 목표는 두 가지다. 건강한 생활을 촉진할 것 Promoción, 빈도가 높은 병을 예방할 것Prevención. 둘 다 말하기는 쉬워도 실천이 어려운데, 정해진 매뉴얼이 따로 없는 까닭이다. 병을 예방하기 위해서는 환자의 삶에 개입해야 한다. 생활 속에 잠복하고 있는 병의 씨앗을 발굴해야 한다. 그러려면 환자의 습관부터 파악해야 하지만 의사가 환자 옆에 24시간 붙어 있을 수는 없는 노릇이다. 그렇기에 주민들의 자발적인 수다는 돈 주고도 살 수 없는 의료 자원이다.

예시를 들어 볼까? 어느 날 가족주치의는 페르난도 아저씨가 성병에 걸렸다는 것을 알게 된다. 이제 페르난도의 아내도 성병 검사를 해야 한다. 그런데 그때 페르난도가 쭈뼛거리면서 말을 흘린다. 건넛집 로사 아주머니도 검사하는 게 좋겠다고 말이다. 의사는 곧장 이해한다. 아하, 페르난도 아저씨에게 숨겨 놓은 애인이 있구나! 이런 식으로 가족주치의는 동네의 불륜 관계를 얼추 다 파악한다. 성병의 진정한(?) 감염 루트를 추적하기 위해서다.

다른 예시도 있다. 마리 할머니는 최근 기억력이 급격하게 감퇴했다. 그날도 신분증 없이 처방전을 받아 가려다가 간호사와 실랑이를 벌였다. 할머니의 가족들은 나이 들어서 자연스럽게 나타나는 현상이라고만 생각한다. 그렇지만 주치의는 마리 할머니가 딸과 함께 살기 위해 최근 이 동네로 이사를 왔고, 원래 살던 집은 세를 주려고 준비 중이라는 사정을 안다. 그리고 그 옛집에서 남편과 둘째아들이 생을 마쳤다는 것도 안다. 의사는 딸에게 전화를 걸어서 조언한다. 두 집 중 하나를 꼭 비워서 세를 주어야 한다면, 차라리 딸이 할머니의 집으로 이사를 가라는 것이다. 적응력이 감퇴하는 노년의 시기에는 익숙한 장소에 머물러야 심신이 편안해진다.

미래의 의醫 종사자들은 교과서만으로 대화 기술을 익힐 수 없다. 수다 곳곳에 숨어 있는 값진 정보들, 환자의 속내를 듣기 위해 쌓아야 하는 신뢰, 정중하고도 효과적으로 타인의 삶에 개입하는 방법…. 이런 노하우들은 콘술토리오를 움직이는 관계 속에 통째로 녹아 있다. 그러므로 학생들이 익혀야 하는 첫번째 기술은 주의 깊은 관찰력이다. 어떤 학생이 "너는 미래에 좋은 의사가 될 거야"라는 칭찬을 듣는다면, 그 말에는 그가 좋은 기억력과 좋은 손재주뿐만 아니라 '좋은 귀'를 가지게 될 것이라는 의미가 함축되어 있다.

병원의 '사랑방-화化'의 효과는 수지를 통해서도 증명되었다. 다음은 2017년 세계은행그룹World Bank Group이 공식적으로 발표한 통계다. 쿠바 국민들의 평균 수명은 80세다.

1990년대 쿠바는 소련 붕괴 이후 심각한 물자부족에 시달리며 특별시기período especial를 힘겹게 통과했지만, 그 당시 이미 74.6세였던 평균 수명은 그 후로도 꾸준히 증가해 왔다. 또 쿠바의 영아 사망률은 1,000명당 4.5명이다. 이는 영아사망률이 1,000명당 6명인 미국보다 더 낮은 수치다. 지난 40년간 콘술토리오에서 의료인과 주민들이 이뤄 낸 협동은 무의미하지 않았다.

2. 의사 : 네트워크의 촉매제

여기까지는 의료 속에서 콘술토리오가 맡은 역할이다. 그러나 이 장소 자체를 의생활의 전모로 생각해서는 곤란하다. 자칫했다간 콘술토리오가 의생활의 '컨트롤 타워'라고 착각할 우려가 있기 때문이다. 의생활은 제도가 아니므로 관리나 통제 같은 위계 관계도 없다. 그렇다고 해서 의생활이 손 놓고 있어도 알아서 잘 굴러간다는 소리 또한 아니다. 동네 네트워크에 활기가 감돌기 위해서는 콘술토리오가 꼭 필요하다.

　비유하자면 콘술토리오와 의생활은 심장과 피의 관계를 닮았다. 혈액을 이루는 것은 혈구와 유기물질, 그리고 창자와 신장을 통해 들어왔다 빠져나가는 물이다. 이 5리터의 액체는 흐르지 못하는 순간 죽는다. 따라서 피는 운동에너지를 얻기 위해 심장이라는 '빈 주머니'를 주기적으로 경유해야 한다. 피가 만들어지는 장소가 심장이 아님에도, 심장이 없으면 피 역시 존재할 수 없게 된다.

콘술토리오도 마찬가지의 역할을 한다. 주민들은 생로병사라는 행사를 치를 때마다 꼬박꼬박 콘술토리오를 방문한다. 이벤트의 주인공은 그들 자신이요, 이벤트의 무대는 자기들의 생활이지만, 이 일을 치르기 위해 도움의 손길을 얻을 수 있는 곳은 콘술토리오인 것이다. 생로병사의 리듬을 쫓아갈 수 있도록 마을의 '운동에너지'를 충전해 주는 곳, 이곳이 네트워크의 심장이다.

따라서 의사는 마을의 심장을 지키는 자다. 의사의 주업무는 진단과 치료다. 한데 콘술토리오 가족주치의에게 '진단'과 '치료'는 아주 넓은 맥락에서 이루어진다. 그는 매일같이 콘술토리오의 문을 열고 닫는 '주인장'이자, 주민들의 생활 습관을 주도하는 '분위기 메이커'다. 또한 물자 부족 때문에 의료 체계에 구멍이 날 때면 이를 메울 묘수를 짜는 '해결사'도 되어야 한다. 때때로 근무 영역은 콘술토리오 바깥으로 확장된다. 의사가 지나갈 때면 자연스럽게 그 주위로 사람들이 몰리고, 생활에 꼭 필요했던 의학 정보를 묻는다. (주치의가 같은 마을에서 오래 일하면 흰 가운이 별 의미가 없어지는데, 모든 이가 의사의 얼굴을 알아보기 때문이다.)

콘술토리오가 의생활의 심장이라면, 의사는 의생활의 촉매제 같은 존재다. 촉매란 자신은 변하지 않으면서 주위의 변화를 촉진시키는 물질을 말한다. 의사가 주민들의 일상을 책임질 수는 없다. 그러나 의사가 마을 안으로 진입하는 순간, 사람들은 의사와의 접촉을 통해서 스스로 변화를 꾀하게 된다. 대화, 문답, 진단, 처방, 때로는 의사가 마을 내에 존재한다는 안도감만으로도 생활의 질이 개선된다.

촉매제로 산다는 것은 어떤 삶일까? 결코 쉽지 않다. 아니, '극한 직업'이라 해도 무방하다. 24시간 내내 주위 환경과 긴밀하게 연계되는 생활을 한번 상상해 보라. 가족주치의의 희생과 노고는 쿠바인이라면 누구나 인정한다. 콘술토리오를 며칠만 견학해 보면 이를 금세 이해하게 된다.

다음은 내가 어느 콘술토리오에서 직접 겪은 일이다. 그곳의 가족주치의는 환자들 사이에서 인기가 유독 좋았다. 한 할머니 환자는 나에게 이렇게 말씀하시기도 했다. "이 의사 선생님은 우리 동네에 20년 동안 계셨지. 내가 만나 본 의사들 중에 최고로 헌신적이야!" 그런데 그 환자가 자리를 뜨자마자 의사는 잠시 문을 닫아 달라고 나에게 부탁했다. 그리고 서랍에서 라이터와 담배 한 개비를 꺼냈다. 내 동공에 지진이 일어났다. 아니, 내가 지금 무엇을 보고 있는 것인가? 모든 의료 기관은 금연 구역이다. 주민들의 건강한 삶을 촉진시켜야 할 가족주치의가 모범이 되기는커녕 진료소에서 담배를 피우다니, 이런 '불량 의사'는 당장 해고되어야 마땅하지 않은가? 그러나 20년간 이 콘술토리오를 이용한 환자의 증언에 의하면 이 의사는 '최고로 헌신적인 의사'였다.

진실은 양쪽 모두 가족주치의의 얼굴이라는 것이다. 성실한 의사와 불량한 의사, 이 두 얼굴 사이에 가족주치의의 일상이 자리하고 있다. 쿠바 의사의 입체적인 캐릭터는 하루아침에 탄생하지 않았다. 여기에도 나름의 역사가 있다.

1959년 혁명 이전, 쿠바에서 의사는 극히 '귀하신 몸'이었다. 쿠바의 총 인구가 600만 명이었던 그 시절에 의사의 숫자는 고작 6천 명이었다. 게다가 의사 중 3분의 2가 수도 아바나에 몰려 있었다. 당시 아바나의 인구는 쿠바 인구의 6분의 1인 약 100만 명이었다. 바꿔 말하면 지방에서는 의사 한 명이 2천 명에서 3천 명에 가까운 인구를 감당해야 했다는 소리다. 심지어 아바나에서도 병원을 이용하는 사람은 의료 혜택이 사적으로 보장된 고용주들뿐이었다.Claro Cole, Jose Luis Di Fabio, Neil Squires, Kalipso Chalkidou, Shah Ebrahim, "Cuban Medical Education: 1959 to 2017",

Journal of Medical Education and Training (Vol.2), SOAJ–Scientific Open Access Journals, 2018.

변화의 시발점은 혁명이었다. 의료는 '만인이 마땅히 누려야 할 권리'로 헌법에 명명되었고, 근본적인 보건 개혁이 시작되었다. 그러자 1년 사이에 절반 가까이 되는 의사들이 혁명의 방향성에 동의하지 못하고 쿠바를 떠났다. 당시 전국을 통틀어 유일한 의대였던 아바나의과대학에는 고작해야 스물세 명의 교수만이 남아 있을 뿐이었다.Ibid.

남아 있던 교수들과 학생들은 기죽지 않았고, 기적이라 해도 좋을 만한 성과를 냈다. 배움의 열정이 폭발했고, 떠난 자들의 빈자리는 새 사회가 양성해 낸 젊은 의사들로 빠르게 채워졌다. 이들은 졸업과 동시에 현장으로 투입되었다. 보건 정책이 방향을 바꿀 때마다 의대 커리큘럼 역시 변화하면서 '맞춤형 의사'를 양성해 냈다.Ibid. 환자의 필요를 의학의 마지막 고려 사항이 아닌 최초의 출발점에 배치시킨 것이다. 처음부터 환자에게 맞춰서 훈련된 사람을 '의사'로 정의하기로 합의한 셈이다.

그렇다면 오늘날 쿠바에서는 어떤 맞춤형 의사가 형성되고 있을까? 이들에게 가장 중히 요구되는 능력은 무엇일까? 환자의 일상과의 접점을 최대한 늘리는 것이다. 더 쉬운 말로는 '오지랖을 부리는 것'이다. 쿠바에서 병은 철저히 사회적인 것으로 이해된다. 병과 삶은 따로 존재하지 않는다. 개인에게 발생한 병의 서사를 쫓아가다 보면 라이프 스타일의 문제, 가족의 문제, 커뮤니티의 문제, 사회 및 국가의 문제까지 통과하게 된다.

기령, 콘술토리오 앞집에 사는 카를로스는 당뇨를 겪고 있다. 당뇨병은 단 음식을 좋아하는 그의 개인적인 성향에만 기인하는 게 아니다. 스페인의 설탕농장으로 기능해야 했던 쿠바의 식민지 시절부터 설탕 사업에 뛰어들었다가 크게 실패한 20세기까지, 무려 500년의 시간이 그의 지병에 통째로 녹아 있다. 그러므로 '당뇨병'을 '근치根治하기' 위해서는 카를로스 개인의 습관뿐만 아니라 그가 속해 있는 가족 관계, 커뮤니티 관계, 사회 환경까지 치료의 맥락으로 고려해야 한다.

문제는 이런 방향이 힘에 부친다는 것이다. 해외 의료 미션을 위해 의사들이 대거 빠져나간 탓에 국내 의사 한 명이 담당해야 하는 환자 수는 늘어나고 있다. 게다가 환자와 유연하게 관계를 맺어야 하는 현실과 달리, 콘술토리오를 관리하는 관료기관은 경직되어 있다. 관료주의의 한계와 매번 부딪히는 것도 의사의 몫이다. 제도를 등에 짊어진 채 전 국민을 상대로 오지랖을 부리려면 의사는 거의 슈퍼맨처럼 살아야 한다. 6년의 의대 생활과 3년의 전공의 기간을 마치고 마침내 한 명의 독립적인 의사로 우뚝 섰을 때, 이들을 기다리는 것은 동네 주민들의 일거수일투족을 쫓아다니는 생활이다. 언제까지? 은퇴할 때까지.

의사의 사생활은 자연스럽게 사라지게 된다. (쿠바의 문화에서는 '사생활'이라는 개념이 희박하기는 하다.) 주민들은 당신이 어디 사는지 알고 있다. 혹시 모를 응급 상황에서 당신을 찾기 위해서다. 응급과 일상의 경계가 대체 어디인지 의문이 들 테지만 말이다. 당신이 가족주치의라면 새벽 다섯 시에 혈압 좀 재 달라고 문 두드리는 이웃집 할아버지를 맞이하는 데 익숙해질 것이다. 병원 당직을 마치고 나오는 새벽길에 갑자기 처방전을 써 줄 수 있느냐고 부탁하는 아줌마를 만나더라도 놀라지 않을 것이다.

의사는 공무원의 의무도 다해야 한다. 쿠바 대부분의 직업군이 공무원이긴 하지만, 의사-공무원의 경우 주 임무가 필사라는 게 문제다. 의사가 기관에 제출해야 하는 종이서류의 양은 엄청나다. 모든 기록은 손으로 일일이 다 써야 한다. 환자 보는 시간보다 보고서 쓰는 시간이 더 길다는 말은 농담이 아니다. (컴퓨터가 보급되는 그날이 쿠바 콘술토리오 해방의 날이다!)

의사는 교육자도 되어야 한다. 콘술토리오, 폴리클리니코, 오스피탈, 의사가 가는 길목에는 항상 학생들이 우글거린다. 다른 나라에서는 졸업할 때쯤에나 가는 실습을 쿠바에서는 1학년부터 시작한다. 병원이 학교이고 학교가 곧 병원이다. 당신이 의사 가운을 입었고 젊은이가 의대 교복을 입고 있다면, 미래 의사가 요청하는 대로 가르침을 제공해야 한다. 이미 한 배에 탄 '동지'이기 때문이다.

여기에 화룡점정이 될 사실을 추가해 보자. 이 슈퍼맨들은 돈을 못 번다. 국가에서 지정한 월급은 쿠바의 다른 전문직들과 비교하면 높은 수준이지만, 만만찮은 생활 물가를 고려해 보면 한 가족의 생활비로 쓰기에도 빠듯하다. 쿠바 의사가 낮에는 병원에서 일하고 밤에는 택시 운전사로 일한다는 농담 같은 진담이 나오는 데도 다 이유가 있다.

진짜 미스터리는 따로 있다. 이 모든 장애물에도 불구하고 쿠바는 여전히 수많은 의사를 배출하고 있다는 것이다. 체 게바라의 카리스마가 빛바랜 과거가 되고, 인터넷으로 타국 의사의 평균 월급을 검색할 수 있는 21세기지만, 매년 수천 명의 쿠바 젊은이들이 의醫의 길에 오른다. 왜 그런가? 어떤 연유로 청년들은 의사의 길에서 매력을 느끼는 것일까?

각자의 동기는 다양하겠지만, 공통적인 동기는 명예일 것이다. 쿠바에서 '의사'란 가장 고귀한 인간상이다. 그들은 안팎으로 쿠바를 지탱하는 존재들이다. 비유가 아니라 실제로 그러하다. 근거리에서 만인의 불행을 돌보는 것은 물론이요, 당장 수입이 없는 쿠바에 가장 많은 외화벌이를 해 주고 있다. 누구보다 공부를 많이 한 지식인이고, 두 손으로 사람을 살리는 노동자이며, 타인의 고통을 덜어 주는 윤리의 실천자다. 그리고 온갖 종류의 사람들과 연결될 줄 아는 소통 능력을 갖추고 있다. 이 정도 능력자는 되어야 '네트워크를 살리는 촉매제'가 될 수 있다. 한 번 사는 인생, 보람차게 살고 싶다면 의사가 되는 것보다 더 확실한 길은 없다.

그래서 의사들은 존경받는다. 아니, 받아야만 한다! 그렇지 않으면 이들이 고된 가시밭길을 갈 이유가 사라진다. 수많은 의무, 소소한 혜택, 그리고 이 간극을 보상하는 자긍심과 무한한 존경이 지금까지 '겸손하고 명예로운 쿠바 의사'의 얼굴이 되었다.

쿠바의 의료 제도를 비판하는 측에서는 쿠바 정부가 의사를 노예처럼 착취한다고 주장하기도 한다. 이 표현은 부적절하다. 착취란 타인의 노동으로 부당한 이익을 얻는 행위다. 그런데 콘술토리오에서 부당하게 이윤을 취하는 자가 누구인가? 의사들의 노고는 고스란히 국민 모두의 혜택으로 돌아간다. 그러나 의사 또한 노동자이고, 이들의 노동 강도가 보통 사람이 감내하는 수준을 능가한다는 것 또한 사실이다. 이들의 피로가 누적되면 의생활 전체에도 부담이 된다. 사회적 명예와 주민들의 존경이 젊은 의사를 재생산하는 동력이 되지 못하는 날이 온다면, 그때는 의료인의 노동 조건 역시 개선되지 않으면 안 될 것이다.

이런 복잡한 상황 속에서 쿠바 의사들은 뼈저리게 느낀다. 좋은 의사기 되기 전에 건강한 의사가 되고, 능률을 올리기 전에 지구력부터 갖춰야 한다. 삶의 문제를 매달고 끝없이 밀려오는 환자들과 성심성의껏 연결되기 위해서는 체력과 지력, 거기에 심력心力까지 있어야 한다. 힘이 떨어졌다면 재빠르게 재충전하는 자기만의 요령도 개발해야 한다.

그 요령은 때때로 환자 몰래 피우는 담배 한 개비가 되기도 한다. 그때 내가 콘술토리오의 노의사를 감히 평가하지 않았던 것은 옳은 일이었다. 반평생 콘술토리오를 지킨 이 슈퍼맨 의사에게 대체 누가 토를 달 수 있겠는가? 영화 〈극한 직업〉의 주인공인 형사는 "너 누구야!"를 외치는 범죄자에게 "나는 대한민국 자영업자, 닭집 사장"이라는 멘트를 날린다. 한국 최고의 극한 직업이 자영업이라는 풍자가 담겨 있는 대사다. 만약 이 영화를 쿠바에서 찍는다면 대사는 이렇게 바뀌어야 하리라. "나는 콘술토리오 가족주치의다!" 단언컨대 이들이 쿠바 최강의 인간이다.

3. 주민 : 모두가 주인공이 되는 자리

콘술토리오에 앉아 있으면 정체불명의 사람들을 발견하게 된다. 이들은 나눠 마실 커피를 보온병에 담아 가져오고, 부서진 선풍기를 고치겠다며 가져간다. 전구를 갈거나 문짝을 고쳐야 하는 일이 생기면 어디에선가 동네 기술자를 데려온다. 또 의사와 간호사가 너무 바쁠 때는 그들의 허락하에 치료의 영역으로 불쑥 들어온다. 엑스레이 사진을 장치에 부착한 후 전원을 미리 켜 놓거나, 상처를 소독하거나, 하다못해 바닥 청소를 도울 때도 있다.

이들은 매니저가 아니라 환자들이다. 이토록 적극적으로 병원을 휘젓고 다니는 환자를 본 적이 있는가? (나는 없다. 쿠바에 오기 전까지는 말이다.) 그 위풍당당한 모습을 보고 있으면 절로 알 수 있다. 이들은 스스로를 '환자'의 정체성에 가두고 있지 않다. 같은 마을에 사는 사람으로서, 마을의 생로병사를 책임지는 콘술토리오를 돌볼 의무와 권리를 주장하고 있다. 이러니 태도가 능동적일 수밖에 없다. 환자의 역할이 '의사에게 진찰받는 것'으로 정해져 있는 반면, 주민들은 현장의 필요에 따라 자기 역할을 그때그때 만들어 낸다.

이런 능동성은 가족주치의에게 반가운 소식이다. 상명하복의 관계로는 예방을 효과적으로 실천할 수 없기 때문이다. 마을 주민이라는 정체성은 누구든지 동등한 입장에 서게 한다. 의사와 환자는 모두 같은 마을에 산다. 치료는 의사의 의무지만, 동시에 의사는 이웃이자 친구로서 환자에게 사적인 충고를 얹어 줄 수 있다. 환자 역시 더 편안한 태도로 문제를 공유할 수 있다. 의사가 자신의 맥락을 이해해 줄 것이라는 신뢰가 있기 때문이다. 때로는 관계가 역전되기도 한다. 자기 몸을 돌보지 않고 업무에 매달리는 의사에게 환자가 잔소리를 해댄다. 주민이 별건가? 어쩌다 보니 같은 장소에서 함께 늙어 가게 된 인연 아닌가.

쿠바 주민들의 능동적인 캐릭터는 어떻게 만들어졌을까? 세 가지 정도의 가설을 생각해 볼 수 있다. 첫째는 의사들의 계략(?)이 반영되었다는 것이다. 가족주치의의 임무는 건강한 생활습관을 '촉진하는 것'promoción이다. 이 가르침은 의대생이 한 명의 의사로 거듭나는 긴 시간 동안 귀에 피가 나도록 거듭 반복된다.("프로모시온, 프로모시온!") 그런데 이 미션은 의사가 환자에게 일방적으로 '잔소리'를 하거나 '지시'를 내린다고 해서 완수될 수 없다. 이 또한 의사들이 학창 시절부터 선배의 콘술토리오에서 똑똑히 목격해 온 사실이다. 가정의학의 목표가 달성되는 길은 환자 스스로 일상을 바꾸는 것뿐이다. 이런 '자발적 변화'를 끌어내기 위해서는 대화가 필수다. 관심을 주고, 의견을 듣고, 설득하는 과정이 필요하다.

둘째로는 각박한 환경이 주민들을 각성시켰다는 것이다. 쿠바의 의료 환경은 빈말로라도 괜찮다고 할 수가 없다. 경제 위기에 장기간 영향을 받고 있는 탓이다. 이때 의료가 가장 아쉬운 것은 치료받는 당사자인 주민들이다. 그래서 쿠바인들은 의료 상황에 문제가 발생했을 때 직접 나선다. (원칙적으로는 정부가 나서서 문제를 해결해야 하겠지만, 이 경제 위기가 언제 끝날지 누가 알겠는가?) 보통 두 가지 전략이 있다. 병원과 의사의 애로 사항을 적극적으로 해결하는 협조 전략, 그리고 의료인과의 개인 친분을 활용하여 우회적으로 필요한 의약품을 얻는 생존 전략이다. 자기가 할 수 있는 선에서 시스템에 난 구멍을 메우면서, 동시에 그 구멍을 통해 이득을 보는 것이다.

마지막으로 생각해 볼 수 있는 것은 원체 수다떨기를 좋아하는 쿠바인들의 성정이다. 쿠바에는 텔레비전의 채널이 다섯 개밖에 없고, 인터넷은 사용료가 비싼 탓에 아직 보편화되지 않았다. 그렇다면 남은 소통 수단은 육성에 담긴 이야기뿐이다. 오프라인 세계에서 수다는 그 자체로 공중에 흘러 다니는 정보요, 모두를 즐겁게 하는 예능이다. 그러므로 콘술토리오에서 수다 한마당이 열리는 것은 자연스러운 일이다. 주민들은 의사에게 마을 소식을 물어다 주는 민첩한 정보원, 발이 달린 '소셜 네트워크'다. 길거리에서 즉석으로 벌어지는 의사와 환자의 상담 코너 역시 이상할 것 없다. 의사는 언제든지 모임에 초대받을 준비가 되어 있는 '셀럽'이기 때문이다.

물론 이 둘의 만남이 동화처럼 아름다우리라는 달콤한 환상을 가져서는 안 된다. 콘술토리오의 현장은 전투적일 때가 더 잦다. 원래 공동체는 원초적인 감정을 지지고 볶는 곳 아니겠는가? 자율성이 커지면 주민의 고집도 강력해지고, 이들을 상대해야 하는 의사의 내공 역시 자란다. 이 팽팽한 긴장감 속에서 별별 일이 다 생긴다. 합병증으로 병원에 입원했다가 집밥이 그리워서 탈출한 어린 임산부를 잡으러 가족주치의와 간호사가 마을을 들쑤시고 다니는 것은 예삿일이다. 환자가 과로로 쓰러진 의사를 발견해서 들쳐 업고 병원으로 달려가는 경우도 있다. 하지만 원래 소동으로 가득 찬 것이 삶이 아니겠는가?

소동의 한복판에서 얻어지는 결실도 있다. 바로 의학의

대중화다. 아니, 대중의 '의학-화化'가 더 정확한 표현일 테다. 쿠바인들은 의학 지식이 풍부한 편이다. 병명은 물론이요, 전문적인 의약품 이름도 곧잘 외운다. 의사의 진단에 견해를 보태거나 반문을 제기하는 일도 잦다. 의사와의 잦은 만남이 저절로 교육 현장이 되는 것이다. 지식은 쿠바인들이 소통의 주체로 설 수 있는 근간이 된다.

이런 집단지성은 의醫가 제도의 울타리를 넘어 생활 속으로 스며들었다는 확실한 증거다. 쿠바인들의 사적 네트워크에는 늘 의사가 포함되어 있다. 가족 중에 없다면 친구 중에, 친구들 사이에도 없다면 이웃 가운데 의사가 꼭 한 명은 있다. 그 정도로 이곳에는 의사가 많다. (의사와 환자 모두가 '주민'이라는 말이 과장이 아니다.) 쿠바인들은 몸이 아프면 가장 가까이 사는 의사를 찾는다. 그리고 오래도록 이야기를 나눈다. 땅에 스며든 빗물이 뿌리를 통해 나무를 키우는 수액으로 바뀌듯이, 쿠바 땅에 흩뿌려진 의학 지식은 대화를 매개로 삶으로 스며든다. 이런 과정을 통해 주민들은 의생활의 주인공으로 우뚝 선다.

그렇다면 이 주인공들은 어떤 드라마를 쓰게 될까? 각자 디테일은 다를지 몰라도 주제는 공통된다. 돌봄과 연결이다. 새로 태어나는 아이를 돌보고, 나이가 들어 가는 노부모를 돌보고, 노부모는 손주를 돌본다. 돌봄의 순환을 통한 세대의 연결은 의생활의 진면목이다.

이 드라마를 꼭 가족끼리만 찍으라는 법은 없다. 쿠바에서 '가족'의 범위는 매우 넓은 반면 '혈연'의 개념은 옅어서, 의외의 사람들이 의생활을 공유하는 경우가 많다. 같은 골목에 사는 할머니와 아줌마는 자식들이 모두 미국으로 건너간 후 혼자가 되었다. 그 후 이들은 함께 콘술토리오를 방문하고 서로 건강을 챙겨 주는 '팀'을 이루었다. 반면 관심을 기울이지 않는 가족 구성원은 자연스레 가족의 경계 바깥으로 밀려난다. 호적에 함께 있더라도 정작 의생활을 공유하지는 않기 때문이다.

이 드라마는 존재의 본질이 순환이라는 진실을 가르쳐 준다. 우리가 숨을 들이쉬고 내쉴 때마다 육체는 늙어 간다. 매 숨이 남기는 활성 산소 때문이다. 그러므로 '살아 숨 쉬는' 모든 생명체는 노화를 피하지 못한다. 그럼에도 이 사실이 충격으로 다가오는 이유는, 지금껏 이룩해 온 자립 상태를 포기해야 한다는 사실이 도통 받아들여지지 않기 때문이다.

여기에 쿠바의 일차보건의료는 이렇게 응수한다. "노인 치료의 목적은 수명 연장이 아니라, 독립적인 삶을 최대한 유지하도록 돕는 것이다." '독립적인 삶'을 풀어서 생각해 보면 이는 관계를 생산할 수 있는 삶이다. 인간은 관계 맺는 능력을 통해 저하된 육체 능력을 보상받는다. 관계에는 동질의 사람들이 모여서 외로움을 달래는 정서적인 기능만 있는 것이 아니다. 이질적인 사람들이 모여 더 큰 세상을 보는 통찰의 발판을 마련하기도 한다. 가령 노인과 아이의 시간이 다르게 흘러가지만, 노인과 아이가 공존하는 일상에서는 이 두 개의 시간 선이 이어진다. 그러면 자연히 이해하게 된다. 한쪽이 나이가 들기 때문에 다른 쪽이 자랄 수 있다. 태어나고 성장하는 생명의 기쁨은 주체를 옮겨 갔을 뿐, 여전히 '내'가 사는 세상 안에서 존속되고 있다. 시간은 만인을 동시에 관통한다. 이 운동 덕분에 우리는 육체의 한계에 구애받지 않고 '세상'을 실감할 수 있다.

언젠가 기적 같은 의료 기술이 나타나서 '영원한 청춘'을 보장하고 '노년의 시간'을 제거할는지 모른다. 그러나 그 기술이 관계에 대한 통찰과 그로부터 얻어지는 행복을 보장하지는 않는다. 올더스 헉슬리의 『멋진 신세계』를 보면 노화의 개념을 모르는 사람들이 나온다. 죽음이 찾아오기 전까지 이들은 언제나 젊고 아름다운 육체를 유지한다. 그러자 정서와 욕망 역시 유아 상태에 머무른다. 이들은 하나같이 사소한 고통도 참을 수 없어 하고, 당장 눈에 보이는 현상 너머의 관계를 이해하지 못한다. 외부에서 온 야만인 존은 이를 '거짓된 행복'이라 칭한다. 모든 것이 계산되고 통제된 관계 속에서 얻어지는 위안일 뿐, 이 중 누구도 독립된 존재로 살아가지 못한다. 이들은 늙어 가게 될 육체의 유한성이 지독하게 두려운 나머지 의료 기기에 영혼을 팔아 버렸다. 이것이 '영원한 청춘'의 진면목이다. 노화의 흐름을 거스르기 위해 반대 방향으로 빠르게 달리면 달릴수록, 그 뒤에 버려 두고 온 '모자란 육체'는 사라지기는커녕 무의식에 남아 불안과 공포의 뿌리가 된다.

그러므로 '스스로 서는' 독립獨立의 힘은 육체를 변화시키는 시간의 순환을 긍정할 때에만 가능하다. 노인뿐만 아니라 청년도 마찬가지다. 육체 능력이 월등한 시기에 삶을 끌고 갈 수 있는 속힘을 길러야 한다. 이 힘은 돌봄의 관계로 진입할 때, 즉 돌봄을 받기만 하는 게 아니라 돌봄을 베푸는 자리에 설 때 키워진다. '어른이 된다'는 것은 생명의 순환을 이해하고 실천할 준비가 되었음을 뜻한다.

능동적인 의생활은 행복의 발원지다. 하버드대학의 신경정신과 교수인 로버트 월딩어Robert Waldinger는 TED 강연에서 이렇게 발표했다. 800명 가까이 되는 사람들을 대상으로 75년 동안 최장기 행복 연구를 진행했는데, 결론이 간단명료했다. 삶을 행복하게 만드는 데 있어서 사랑과 우정의 관계를 유지하는 것보다 더 대단한 묘수가 없다는 것이다.

"75년간의 연구에서 우리가 얻은 가장 분명한 메시지는 좋은 관계가 우리를 건강하고 행복하게 만든다는 것입니다. (……) 50대의 그들에 관해 우리가 아는 모든 것을 종합해 본 결과 중년기의 콜레스테롤 수치는 노년의 인생과 관계가 없었습니다. 중요한 건 그들이 얼마나 만족스러운 관계를 맺고 있느냐였죠. 50세에 관계에 대한 만족도가 가장 높았던 사람들이 80세에 가장 건강했습니다." Robert Waldinger, "What Makes a Good Life? Lessons from the Longest Study on Happiness", TED강의*

쿠바인들도 월딩어와 똑같은 연구를 행한다. 연구의 주인공이 자기 자신일 뿐이다. 이웃들이 매일 얼굴을 맞대고 안부를 묻는 환경에서는 고독사가 일어날 수 없고, 노인의 이야기에 귀 기울이는 사람들이 많아질수록 치매에 걸릴 확률은 줄어든다. 오후 두 시, 앞마당 그늘에서 나뭇가지처럼 마른 할아버지를 의자에 앉혀 놓고 이발시켜 주던 손자의 모습을 나는 잊을 수가 없다. 때마침 그 길을 지나가던 주민들은 할아버지와 손자 모두에게 인사를 건넸다. 이 관심은 노인이 어른의 시간에서 부드럽게 '아웃'out될 수 있도록 도

* TED 강의 영상을 보고 싶은 분들은 옆의 큐알코드를 찍으세요.

와주는 손길이자, 비로소 어른의 자격을 얻게 된 청년을 응원하는 목소리다.

4. 세대 : 의생활의 역동성

의생활은 순환 운동에 기반한다. 그러므로 생명의 시간을 따라서 의생활도 세대교체가 된다. '세대교체'라는 말에서 '세대 갈등'을 읽어 내셨다면 세상 물정에 밝으신 분이다. 시대의 변화가 빨라질수록 부모 세대의 경험은 더 이상 자식 세대의 '참고 자료'가 되지 못한다. 그 순간부터 세대의 틈새는 벌어진다. 이제 세대의 정체성은 매번 다시 '발생'generation해야 하는 빈 공간이 된다. 시대의 변화와 갈등 모두가 이 틈에서 시작된다. 돌봄이라는 행위도, 쿠바라는 시공간도 이흐름을 피해 갈 수는 없다.

쿠바 청년들은 세계 여느 청년들과 마찬가지로 불만이 많다. 생계에 대한 불만부터 부모 세대에 대한 불만, 사회에 대한 불만, 불투명한 미래에 대한 불만까지 줄줄이 이어진다. 이런 불만들 아래에는 비슷한 정서가 깔려 있다. 강산이 여섯 번 변하는 동안 주야장천 이어진 혁명 구호에 대한 피로함이다. 이제 새로운 표어가 등장할 때도 되지 않았나? 언제까지 과거의 영광에 발목 잡혀 있을 텐가? 그러면 돌아오는 답변 역시 비슷하다. "혁명이 없었으면 네 녀석들이 이렇게 건강한 몸으로 불평할 수나 있었을 것 같아? 피델이 등장하기 전에는 어른이 되기도 전에 죽는 애들이 수두룩했어!"

이 말을 무작정 '꼰대의 답변'으로 취급할 수는 없다. 여기에는 중요한 생각거리가 담겨 있다. 쿠바는 왜 혁명을 한 것일까? 왜 그 당시 사람들은 숱한 희생과 고초를 감수하고도 변화를 꾀하려 들었을까? 생명 활동이 회복할 수 없을 만큼 망가지고 있다고 여겼기 때문이다. 자연스러운 죽음이 불가능해질 때, 지능적이고 조작적으로 생명을 파괴하는 인재人災가 잦아질 때 인간은 스스로가 야기하는 고통 때문에 비참해진다. 특히 그 화살이 태어난 지 얼마 되지 않은 어린 아이까지 향할 때면 저절로 반문하게 된다. 인간이라는 동물은 왜 스스로의 목숨에 수치羞恥를 더할까?

이런 생각이 흔하지 않다는 것은 그 사회가 '살 만하다'는 것을 뜻한다. 혁명 이전의 쿠바는 어떻게 보아도 '살 만한' 나라라고 볼 수 없었다. 세계보건기구WHO가 한 지역의 평균 건강을 평가할 때 활용하는 몇 가지 기준들이 있다. 평균 수명, 사망률, 영아 사망률, 말라리아(대표적인 전염성 질환), 그리고 당뇨(대표적인 비전염성 질환)가 이에 해당된다.

혁명 이전의 쿠바는 어땠을까? "치료가 가능한 말라리아, 기아, 결핵 등 전염성이고 풍토성에 해당하는 10여 개의 질병으로 많은 사람들이 죽어 갔으며 (······) 특히 농촌 지역 아이들의 90퍼센트는 같은 이유로 매해 수천 명이 죽어 가고 있었다." 정이나, 「쿠바 보건의료정책에 대한 고찰: 지역사회의학과 일차보건의료를 중심으로」, 『중남미연구』(제36권 2호) 2017, 168쪽. 따라서 어른 세대의 호통은 생명의 무게를 느껴 보라는 훈계다. 혁명이 얼마나 많은 아이들의 생명을 구해 냈는지, 오늘날 청년 세대가 당연하게 빚지고 있는 건강의 무게가 얼마나 무거운지를 생각해 보라는 것이다.

그렇지만 청년들도 하고 싶은 말이 많다. '건강 수치'를 달성하는 게 건강의 전부는 아니다. 많은 사람들이 애를 써서 건강하게 일궈 놓은 그 마을에서 청년들이 살고 싶어 하지 않는다면 어떡할 것인가? 아이를 낳기를 거부한다면? 이 마을에는 분명 문제가 있는 것이다. 의생활의 역동성이 떨어지는 책임을 청년 세대에만 돌리는 것은 정당하지 않다.

이 역시 일리 있는 말이다. 의생활은 남녀노소의 생로병사가 엮이면서 저절로 형성되는 네트워크다. 특정인 혹은 특정 세대가 책임져야 하는 현장이 아니다. 청년들은 단지 이 현장의 최전선에서 변화를 겪고 있을 뿐이다.

그렇다면 왜 청년들은 가정을 꾸리기를 거부할까? 되돌

아오는 답은 '먹고살기 힘들어서'다. (매우 익숙한 대답이 아닌가?) 소련 붕괴 이후로 쿠바 경제가 곤두박질쳤고 그 후로 도저히 회복의 기미가 보이지 않으니, 쉽사리 가족을 꾸릴 용기가 나지 않는다. 교육과 의료가 무상이라는 큰 장점이 있지만, 정작 어른이 된 후 사회에 나와서 보람차게 할 만한 일이 보이지 않는다. 어떤 개인도 경제봉쇄와 국제적 고립이라는 문제를 극복해 낼 힘을 갖고 있지 않다. 그러므로 이 땅에서는 아이를 낳아서 키우고 싶지 않다!

쿠바가 청년의 목소리를 잘 반영해 주는 사회는 아니다. 반향 없는 사회 속에서 청년들 역시 침묵의 해결책을 강구한다. 떠나는 것이다. 쿠바는 청년층 인구 유출이 유달리 심하다. 인구 유출은 소련이 무너진 90년대부터 시작되었고, 최악의 고비를 넘긴 지금도 감소할 줄을 모른다. 90년대의 탈출이 굶주림을 벗어나기 위한 어쩔 수 없는 선택이었다면, 21세기의 이동은 이 나라에 희망이 보이지 않는다는 청년의 절망을 반영하고 있을 터다.

그 결과 쿠바는 급격히 노화되고 있다. 통계를 보자. 2014년에 60세 이상의 노인 인구는 쿠바 전체 인구의 17.8퍼센트를 차지했다. 만약 고령화 속도가 현재처럼 유지된다면 이 수치는 2025년에는 26퍼센트를 찍고 2050년에는 30퍼센트에 육박할 것이다. Enrique Vega García, Jesús Menéndez Jiménez etc.

"Atención al adulto mayor", *Medicina General Integral* Vol. II, ECiMED, 2014, p.488. 반대로 출산율은 낮아지고 있다. 2016년 쿠바 여성 1인당 출산율은 1.72명으로, 낮은 순위로는 전 세계 10퍼센트 안에 들어간다. 80년대 초반부터 쿠바 출산율은 이미 두 명 이하로 떨어졌고 지난 40년간 한 번도 오르지 않았다.World Bank 통계 참고.

그런데 한 가지 짚고 넘어가야 할 사실이 있다. 의생활의 역동성이 감소하는 원인이 반드시 물자 부족이라고 말할 수는 없다는 것이다. 현재 출산율이 가장 빠르게 감소하고 있는 곳은 선진국이다. 높은 실업률과 빠듯한 생활비 앞에서 결혼과 출산을 미루는 젊은이들이 증가하고 있다. 그럴수록 '청년의 시간'은 길어진다. 병원이 육신의 기능을 유지하는 기술을 더 정교하게 개발할수록 '노년의 시간' 또한 길어진다. 대학살을 자행하는 인재人災를 제거하고, 대다수의 주민들이 의료 서비스에 접근할 수 있고, 청년들에게 교육을 제공하는 유복한 땅만이 '늙을 수 있는' 것이다. 경제는 난파 상태지만 의료와 교육만은 선진국인 쿠바도 이 대열에 합류한다.

평균 수명은 길어지는데 생명의 역동성이 떨어진다. 여기서 끌어낼 수 있는 결론은 다음과 같다. 20세기 세계인이 욕망했던 '선진국'이라는 환경은 활발한 생명 활동의 조건이 되지 못하고 있다. '행복한 다음 세대'를 키우고 싶다는 마음이 변혁의 동력이 되었을지는 몰라도, 정작 변혁의 결과가 다음 세대를 창출해 내지 못한다. 눈부시게 발전한 기술 문명이 무색하게, 욕망과 현실 사이의 간극은 점점 벌어진다. 생존의 가격은 비싸지고, '욕망'이라는 이름하에 결핍이 증식하며, 생명을 키우고 거두는 데 필요한 관계들은 얄팍해진다.

물론 번식이 인간의 의무는 아니다. 스님이나 신부님처럼 자발적으로 독신의 삶을 택하는 경우도 있고, 혈연에 매이지 않고 자유롭게 '대안 가족'을 구성하고 살 수도 있다. 그러나 삶의 소신을 따라 자발적인 행보를 취하는 것과, 구석에 몰려서 선택하기를 포기하는 것은 근본적으로 다른 문제다. 죽음과의 대면을 무작정 미루는 것이 행복을 가져다주지 않듯이, 생명 활동을 무조건 회피하는 것 또한 자존감을 깎는다. 건강한 생명은 생성을 원한다. 내 손으로 일궈서 그 결과를 만끽하는 것, 누가 그것을 원하지 않겠는가? 세대를 잇는 것은 그 자체로 고강도의 창조다. 반드시 '생식'으로 '생성'을 하지 않더라도, 내가 일군 작품이나 활동이 다음 세대를 통해 이롭게 이어지기를 바라는 것은 누구나 품는 바람이다. 인간의 시간은 사회의 기준을 통해 계산될지 몰라도, 사피엔스의 시간은 자연에서 함께 사는 타他생명들을 통해 흘러간다.

의생활의 균형이 깨지면 사람의 마음도 불안정해진다. 아이가 태어나지 않고 노인이 죽지 않는 곳에는 활기가 없다. 생활이 유지되기 위해서는 청년과 노인 양쪽 다 필요하다. 청년이 있어야 노인을 돌볼 수 있고, 노인이 있어야 청년도 지원받을 수 있다. 또한 탄생과 죽음이 맞물리는 입체적인 관계가 있어야 삶의 원리도 터득할 수 있다. 모든 존재는 죽음에 이를 수밖에 없다는 공감의 영역이 두터워질수록, 멀리 갈 필요 없이 바로 옆 사람을 통해서도 윤리를 익힐 수 있다. 이 현장이 사라지면 삶의 기본을 익히는 데 많은 길을 돌아가야 한다.

현재 쿠바에서 불안하게 흔들리는 의생활의 중심은 콘술토리오가 잡아 주고 있다. 콘술토리오에서 일하는 의사와 간호사 중에는 유달리 청년들이 많다. (모든 의대 졸업생들은 의무적으로 가정의학과 레지던트 과정을 밟아야 하기 때문이다.) 이들은 동네 어르신들이 소외되지 않도록 막대한 노력을 기울인다. 주기적으로 전화 통화를 하고 왕진을 간다. 또한 노인 세대가 참여할 수 있는 주민 활동을 개발하는 데도 힘쓴다. 아침마다 공원에서 열리는 태극권 수업은 이 프로그램의 일환이다.

그렇지만 콘술토리오에 세대 문제를 근본적으로 해결할 능력이 있는 것은 아니다. 마을의 갈등을 임시로 완화시키고 있을 뿐이다. 노인의 건강은 가까스로 돌본다지만, 청년의 건강은 어찌할 것인가? 사회 속에서 출구를 찾지 못하고 헤매는 우울한 청춘을 어찌할까? 이 우울증을 치료할 처방약이 콘술토리오에는 없다.

이제는 새로운 비전이 필요한 때다. 쿠바의 보물 같은 의생활이 고갈되지 않기 위해서 말이다. 쿠바에 가해진 경제봉쇄가 의식주 전반을 괴롭게 하고 있으니, 이를 해결하는 것이 첫번째 스텝인 것은 맞다. 그러나 풍족한 물자가 삶의 문제를 무조건 해결해 줄 것이라 순진하게 기대해서도 안 된다. '먹고살기'에 급급한 마음이 아니라 건강한 순환이라는 비전을 따라가야 한다. 이 시야를 잃어버린다면 쿠바의 운명은 끝없는 빚에 끌려다니는 여타의 약소국과 다를 바 없게 될 것이다. 설사 각고의 노력 끝에 기적처럼 경제발전을 이루더라도, 그 끝에는 선진국의 불행이라는 덫이 기다리고 있을 것이다.

의생활은 그 자체로 비전이다. 생명의 순환은 그 자체로 생명이 살아가는 방식이자 이유다. 시대가 제아무리 흔들려도 청년은 타자를 사랑하고 생명을 키우는 기쁨을 온전히 누리기를, 노년은 고독하지 않고 보람 있는 죽음을 맞이하기를 발원한다. 생명은 지구상에 첫번째 박테리아가 출현한 이후로 한 번도 멈춘 적 없는 장구한 운동이다. 인간사가 아무리 요지경 난장판이더라도, 몸의 시간은 문명의 시간보다 더 오래되었다. 세대의 소통과 행복은 이 시간 선 위에서만 가능할 것이다.

아바나 주택가에서 작게 쪼개진 공간마다 앉아 있는 노인들의 모습은 마치 오늘날 세계를 상징하는 듯하다. 점점 쪼그라드는 삶의 상상력 속에서 젊은이들은 떠날 준비를 하고, 그와 더불어 점점 더 적은 아이들이 태어나니, 과도한 인구밀도로 숨 막혔던 집은 한결 여유롭다. 그러나 노인들만 남을 세계가 과연 살기 쉬울 것인가? 행복할 것인가? 인구 증가와 고령화라는 변화는 삶의 지도를 흔들고 있다. 이는 쿠바뿐만 아니라 전 세계가 마주하고 있는 숙제다.

5. 공동체 : 최고의 의료 자원

오늘날 쿠바는 완벽하지는 않아도 '살 만한' 나라가 되었다. 자질구레한 문제가 끊이지 않을지언정, 목숨이 끊어질 내일을 걱정하지 않아도 되는 곳이 되었다. 국가가 부유할수록 국민 건강의 수준 또한 높아진다는 것은 거의 정설이다. 쿠바는 이 논리를 정면에서 깨뜨린다. 쿠바는 희소한 자원의 균형적인 분배와 만인의 협동으로 아이들의 생명과 노인의 고독을 구해 왔다. 인재人材로 인재人災를 막은 셈이다.

　이 눈부신 성과에 경의를 표하며, 쿠바 의료 제도에 대한 연구가 많이 이루어졌다. 그에 비해서 쿠바의 마을 공동체에 대한 소문은 크게 나지 않았다. 제도가 의도한 바를 실현해 낸 것은 간호사와 의사가 '전문가'이기 이전에 '주민'일 수 있도록 유도한 공동체 네트워크였다. 공동체는 최고의 의료 자원이다. 쿠바보다 이를 더 분명하게 보여 주기도 힘들 것이다.

마을의 와해는 세계적인 현상이고, 쿠바도 예외는 아니다. 그렇지만 '마을'이라는 개념 자체가 사라질 수는 없다. 기존 마을이 사라진 자리에는 마을의 재구성이라는 고민이 남는다. 어떤 조건에서든 인간은 관계를 필요로 하기 때문이다. '콘술토리오' 같은 사랑방이, '가족주치의' 같은 조언자가, 병원에 같이 동행해 줄 '친구'가, 세대 갈등을 뛰어넘는 생명의 순환이 필요하다. 그래야 삶이 재미있다. 소비 활동은 돈이 떨어지면 그만두어야 하고, 직업은 체력이 떨어지는 순간 그만둬야 한다. 그러나 일상을 공유하는 사람들이 시시콜콜 전해 주는 활기는 멈추지 않는다. '내'가 '그들'의 이야기를 나의 이야기의 일부로 여기는 한은 말이다.

쿠바인들의 유별난 가족 사랑도 이 깨달음을 바탕에 두고 있을 테다. 쿠바에서 가족은 혈연이기 전에 공동체다. 이혼과 재혼을 하는 과정에서 연을 맺은 아이들을 친자식처럼 받아들여 키우는 사람이 흔하고, 가정을 이루지 않고 사는 사람들은 조카나 이웃집 아이를 돌본다. 절친한 친구 역시 동고동락하는 가족의 범위 안에 들어간다. 중요한 것은 가족의 테두리를 지키는 것이 아니다. 관계 안에서 유의미한 상호작용을 만들어 가는 것이다.

관계의 역학이 삶을 바꾼다. 시간이 시작과 끝이 잘린 단선이 아니라 순환하는 원이 될 때, 삶의 초점이 다시 맞춰진다. 내일의 희망이 없다고 해서 아이를 포기할 필요는 없으니, 생명이 태어나 스스로 자라는 것 자체가 희망을 만드는 길이다. 남들과 무언가를 나누는 것을 억울해할 필요도 없으니, 삶을 생존이라는 협소한 우리 안에 가두지 않기 위한 본능적인 행동이다. 또한 고생했던 지난 시간을 원망할 필요도 없다. 내면화했던 고통이 시간 속에서 주위 사람들에게 되풀이되지 않도록 스스로를 변화시키는 편이 더 현명하다.

삶을 만끽하는 재미는 밖에서 오고, 재미있게 살아야 몸도 건강해진다. 삼척동자라도 아는 사실이 아닌가? 그러므로 마을은 그 자체로 의醫의 성격을 띤다. 쿠바처럼 의료가 항상 마을의 중심이 될 수 없다 하더라도 의醫가 완성되는 장소가 삶이라는 사실은 변함없다.

[덧달기 2] 세상의 의료들

어느 유튜브 영상에서 본 일이다. 유튜버는 쿠바 의료의 실상을 직접 보겠다는 목적으로 쿠바에 방문했고, 길거리에서 지나가는 쿠바인들을 인터뷰했다. "언제 마지막으로 병원에 가 봤는가?" 많은 이들이 이구동성으로 답했다. 오래전에 가서 기억이 안 난다, 심지어 평생 가 본 적이 없다! 유튜버는 영상 끝에서 결론을 내렸다. 쿠바가 의료 선진국이라는 말은 거짓이다. 이토록 많은 사람들이 병원 문턱도 밟아 본 적 없다는데, 어떻게 이곳의 의료 제도가 튼튼하다고 말할 수 있겠는가?

이 결론은 틀렸다. 질문과 대답이 호응했으나, 정작 가장 중요한 맥락이 사장되었다. 한국에서는 모든 의료 기관이 '병원'이라는 하나의 단어로 통칭된다. 하지만 한국어 '병원'을 직역한 스페인어 '오스피탈'hospital은 쿠바의 맥락에서 상위 진료 기관을 지칭힌다. 응급 상황에 처헀거나 중병에 길린 게 아닌 이상 갈 필요가 없는 곳이다. 대부분의 질병은 가족주치의를 통해 해결할 수 있다. 만약 유튜버가 오스피탈 대신 '폴리클리니코'나 '콘술토리오'에 가 봤느냐고 물어보았다면, 인터뷰에 응한 쿠바인들 모두가 태어난 순간부터 셀 수 없을 만큼 자주 다녔다고 답했을 것이다.

이 에피소드에서 우리는 한 가지 사실을 알 수 있다. 이 세상에 존재하는 의료의 형태는 개인의 상상력보다 더 다양하다. '병원에 간다'는 간단한 문장조차 오해를 살 정도로 말이다. 한국과 쿠바만이 아니다. 세상 어느 곳이든 국경을 넘을 때마다 의료 제도는 성격을 바꾼다. 물론 이 변화는 미묘하기 때문에 그곳에서 일정 기간 살아 보지 않으면 포착하기 어렵다. 슬쩍 훑어보면 어느 나라나 병원 풍경이 비슷해 보인다. 흰 가운을 입은 의사, 지쳐 보이는 환자, 바쁜 응급실, 소독약 냄새. 그래도 그 안에서 사람들이 실질적으로 맺고 있는 관계는 동일하지 않다. 의료 제도 속에는 그 사회가 공유하는 의醫의 모습이 반영된다.

모든 나라의 경우를 다 알 수는 없고, 또 알 필요도 없다. 그래도 의료에 대한 시야를 넓히는 경험은 해볼 만하다. 쿠바만 짚고 넘어가기에는 아쉬워서 미국과 독일 그리고 브라질의 사례를 맛보기로 소개해 보려 한다. 미국과 독일은 둘 다 '선진국'으로 일컬어지지만 양국이 완성해 온 의료 제도는 매우 다르다. 브라질은 '중진국' 중에서 선두주자로 손꼽히는데, 성공과 실패를 모두 겪으면서 1980년대부터 의료 제도를 정비해

오고 있다.*

미국 의료를 요약하는 키워드는 단연 '시장'market이다. 미국은 전 국민에게 공공 의료보험을 보장하지 않는 보기 드문 나라다. 선진국 사이에서는 더욱 희귀한 경우다. 의료 제도의 주도권은 전적으로 시장이 쥐고 있다. 이때 시장이라 함은 의료 시장뿐만 아니라 고용 시장을 뜻한다. 고용주가 직원들에게 제공하는 형태로 민간 의료보험이 구매되기 때문이다. 달리 말하면 실업자가 되는 순간 월급뿐만 아니라 의료보험 혜택도 박탈당한다는 뜻이다. 의료의 접근성은 경제 활동의 접근성과 직결된다.

물론 미국에 공공 의료보험이 부재하는 것은 아니다. 보편적으로 실행되지 않을 뿐, 경제 활동에 참여하기 어려운 취약 그룹을 선별하여 의료 혜택을 제공한다. 가령 2010년 '오바마 케어'라고 불리는 건강보험개혁법Affordable Care Act이 실행되면서 의료보험이 없는 인구가 총 인구의 16퍼센트에서 8.5퍼센트로 절반 가까이 줄어들었다. 오바마케어 전에도 저소득층 인구에 의료비를 보조지원해 주는 메디케이드Medicaid, 65세 이상의 고령 인구에게 소득과 상관없이 보험을 적용해 주는 메디

---

* 여기서 소개하는 내용은 런던 정치경제대학교(London School of Economics and Political Science)에서 출판한 리포트 "2020 International Profiles of Health Care Systems"(『2020 전 세계 의료 보험 제도의 개요』)에 기반하고 있다.

케어^{Medicare}가 존재했다.

그러나 기본적으로 의료보험은 '선택의 여부'이고 '개인의 책임'이기에, 정부 혜택의 어느 조건에도 해당되지 못하는 사각지대가 존재할 수밖에 없다. 따라서 정부는 보편적인 의료권을 강제할 수 있는 몇 가지 상황을 법적으로 보장해 두었다. 의료 응급 상황에서는 의료보험의 여부와 상관없이 누구나, 어느 병원에서나 치료를 받을 수 있어야 한다는 것이다. '자선 의료'가 의료 제도의 구멍을 막는 마지막 방어선인 셈이다.

독일의 경우는 미국과 크게 다르다. 독일의 의료 제도는 튼튼한 공공 의료보험에 기반하고 있다. 모든 독일인은 의무적으로 의료보험에 가입해야 한다. 기본임금의 14.6퍼센트가 보험비로 징수된다. 연 소득이 6만 유로 이상인 사람에게만 공공 보험 대신 민간 보험을 전면 선택할 자유가 주어지는데, 전체 인구의 10퍼센트가 해당된다. 물론 공공 보험에 가입한 사람도 민간 보험을 추가적으로 구매할 자유가 있다.

재미있는 점은 공공 의료보험의 운영 주체가 정부가 아니라는 것이다. 독일 내에는 110여 개의 비영리 질병 기금^{sickness fund} 단체가 존재한다. 이 단체들은 환자들의 다양한 상황에 초점을 맞춘 보험 플랜을 만들고, 더 나은 플랜을 만들기 위해서 서로 경쟁한다. 정부가 하는 일은 질병 기금 단체들이 공통으로 따를 수 있는 가이드라인을 설정하는 것이다. 그것도 정부가 일방적으로 결정하는 것이 아니라, 보건복지부의 감독하에 의료 공급자(병원), 의료 실행자(의사), 질병 기금 단체의 대표들이 모여서 연방 공동 위원회Federal Joint Committee를 구성한다. 어떤 의료 서비스를 공공 의료의 영역에 포함시킬 것인지 위원회가 합의하면, 정부는 이 합의 사항을 독일 전역 병원에 전달한다.

이처럼 독일은 안정성과 편리성이라는 두 마리 토끼를 동시에 잡고자 한다. 의료 자금과 수가는 정부에서 통제하되, 의료 서비스의 초점과 제공 경로는 다중화하는 것이다. 이런 노력은 유의미한 결과를 내고 있다. 2017년 독일에서 필요한 의료 처치를 받지 못했다고 신고한 인구가 총 인구의 0.3퍼센트로 잡혔다. 이는 유럽 내에서도 매우 낮은 수치다.

브라질 역시 독일처럼 전 국민에게 의료보험을 보편적으로 보장하는 나라다. 공공 의료의 확장을 요구하는 움직임은 1980년대에 사회 운동으로 시작되었고, 1988년에 새로 개정된 브라질 헌법에 건강이 '천부적 권리'Universal right로 천명되면서 공공 의료보험이 공식적으로 출범되었다. 그 후로 국민 건강은 크게 증진되었다.

브라질 의료 체계는 쿠바와 비슷하게 1차, 2차, 3차로 나뉜다. 의료 운영은 지방 정부가 주도적으로 도맡는다. 특히 2011년부터 보건부가 1차 의료를 개선하는 국가 프로그램을 진행하면서 지역 내 의료 불평등이 많이 해소되었다. 집 없는 노숙자나 정글에 사는 원주민들도 손쉽게 의료 서비스를 이용할 수 있도록 이동식 클리닉도 운영하고 있다.

브라질 의료 제도의 문제점은 제도 외부에서 발발한 위기에서 비롯된다. 브라질의 경제 불황으로 인한 공공 의료의 자금 부족, 그리고 사회 양극화 진행으로 인한 빈곤층의 증가다. 이런 상황에서는 의료 제도가 아무리 안정적으로 설계되었더라도 계속 사각지대가 발생하게 된다. 가령 브라질에서 대부분의 약은 공공 의료보험의 지원을 받아 구매할 수 있다. 그러나 보험이 약값을 경감해 주기는 해도 전면 무상으로 제공하지는 않는다. 절대적으로 빈곤한 사람에게는 '상대적으로 저렴한' 약값조차 부담이 될 수밖에 없다. 실제로 2014년의 조사에 따르면 브라질 가정의 5.4퍼센트가 약값을 부담하기 위해서 다른 지출을 줄여야 했던 경험이 있다고 답했다.

건강한 삶은 제도 하나만으로 보장될 수 없다. 치료가 삶의 복합적 맥락 속에서 진행되지 않는 한, 건강은 현실과 분리된 추상적인 목표로만 남는다. 잘 정비된 의료 제도 안에서 정작 의생활은 가난할 수도 있는 것이다. '병원에 간다'는 말 한마디가 무슨 뜻인지 알기 위해서 주민들과 함께 살아 보지 않으면 안 되는 이유도 여기에 있다.

3부.
학교

해가 뜨고 길거리가 어슴푸레 밝아 오면, 흰 셔츠에 파란 바지와 치마를 입은 청년들이 하나둘씩 나타난다. 책가방 옆에 물통을 끼워넣고 버스 정류장을 향해 걸어간다. 가는 길에 이웃이 보이면 반갑게 인사를 주고받는다.

흰 상의와 파란 하의는 의대생 전용 교복이다. 하의가 갈색이면 간호대 교복이다. 의대, 치대, 간호대는 쿠바 대학에서 유일하게 교복을 고수하는 곳이다. 미래의 의료인으로서 짊어져야 할 책임을 학부 때부터 각인시키기 위해서다.

의대가 상대적으로 많은 아바나에서는 이 교복들을 거의 모든 길거리에서 볼 수 있다. 지방에서는 의대가 중심 도시 한 곳에만 있다. 지방 의대생들은 기숙사 생활을 하다가 방학이 되면 다들 집으로 돌아간다. 어느 마을에든 의대생과 간호대생이 있다. 물론 입학한 학생 전원이 다 졸업하는 것은 아니다. 체 아래로 촘촘히 떨어지는 밀가루처럼 학년을 거듭할수록 자격 미달의 학생들이 걸러진다. 앞으로 6년간 몇 번의 낙제와 유급, 전과의 유혹이 기다리고 있을지는 아무도 모른다.

그렇지만 미래는 열려 있는 것이고, 이 친구들이 학업을 마치고 의젓한 의사가 될 가능성 역시 열려 있다. 학교로 출근하는 '미래의 의사들'은 동네 사람들의 관심을 한몸에 받는다. 주민들이 틈틈이 돌봐 주던 아이는 청년이 되었고, 의대를 졸업한 후에는 자신이 자란 마을로 돌아올 예정이다.

주민들의 희원은 이 땅에 그토록 많은 의대생이 생겨나는 원동력이다. 의사는 누구에게나 유용한 존재다. 내가 의사가 되면 가족과 이웃이 기뻐할 것이고, 그보다 더 많은 이를 도울 수 있다. 단순하지만 견고한 사실이 청년들의 마음을 움직인다. 아침 일찍 버스 정류장으로 가는 발걸음에 힘이 실린다.

1. 배움, 최선의 생명 활동

쿠바에서 의대의 존재감은 크다. 의대는 학교인 동시에 상징이다. 의대는 가장 성실한 사람들에게만 허락되지만, 또한 성실하게 살겠노라 다짐한 자 모두에게 문을 열어 준다. 이 다짐은 공부의 길이 거듭될수록 끊임없이 시험받을 것이다.

이 가능성은 그대로 희망이 된다. 마을 아이들이 삶의 지표로 삼고 따를 만큼 가치 있는 길이 존재한다는 사실이 사회에 안도감을 준다. 물론 모든 아이들이 의대에 가는 것도 아니고, 그럴 필요도 없다. 수많은 배움이 '더 나은 삶'을 향한 길이 되어 줄 수 있다. 다만 쿠바에서는 의학이 그 길을 가장 널찍하게 닦아 놓았고, 이 사회가 이해하는 '완성형 인간'의 모델이 의사일 뿐이다.

덕분에 의대는 의생활에서 중요한 역할을 맡게 된다. 만족스러운 의생활과 믿음직스러운 교육은 불가분의 관계다. 아이가 자라려면 의식주를 확보하는 것만으로 충분하지 않다. 아이가 스스로의 삶을 꾸려 갈 수 있는 힘을 키워 줘야 한다. 그런데 부모 개인이 이 막중한 과업을 떠맡는다면 경험치가 제한될 수밖에 없다. 마을 네트워크에만 맡기자니 이 또한 훈련의 밀도가 떨어질 우려가 있다. 가정 및 마을과 중첩되면서도 아이를 더 넓은 세상으로 이끌어 줄 지성의 네트워크가 필요하다. 교육의 필요성은 여기서 시작된다.

쿠바 현대사에서 교육은 의료와 함께 발전해 왔다. 혁명 이후 쿠바 교육은 무상으로 전환되었을 뿐만 아니라 양질로도 크게 성장했다. 특정 계층만 누렸던 교육의 특권은 사라졌고, 활짝 열린 대학의 문은 새로운 세대를 키워 냈다. 교육의 공로는 쿠바혁명에 비판적인 자들도 인정하는 바다. 쿠바의 유명한 영화 〈딸기와 초콜릿〉Fresa y Chocolate을 보면 이런 장면이 나온다. 정부의 경직된 시야를 비판하는 친구 예술가에게 대학생 주인공이 답한다. "네 말도 맞아. 하지만 모든 것을 부정할 수는 없어. 나는 소작농의 아들이고, 혁명이 없었다면 대학에서 공부조차 할 수 없었을 거야."

요즘 대학생들은 이 청년처럼 대답하지 않을지도 모른다(이 영화가 나온 게 벌써 40년 전이다). 대졸자의 특권은커녕 생계조차 기대할 수 없는 게 직금의 현실이기 때문이다. 쿠바 '전문직'의 월급은 쥐꼬리만 하다. 자영업자와 달리 부수입을 얻을 길이 여의치 않아서 최종 소득은 비전문직보다 적다. 상황이 이렇다 보니 지식인이 갖는 긍지가 예전 같지 않다. 쿠바인들은 자기 전공을 살려서 찾은 직업은 '일한다'trabajar고 표현하고, 그 외에 생계비를 버는 방법은 '해결한다'resolver고 표현한다. 일하는 법과 해결하는 법을 동시에 익혀야 하는 쿠바 청년의 심정은, 학자금 대출을 껴안고 경쟁 사회에 진입한 한국 청년만큼이나 막막할 것이다.

그럼에도 교육은 아직까지도 쿠바를 지탱하는 힘으로 남아 있다. 배움이 생계와 긴밀하게 연결되지 못하는 것은 현재 쿠바가 처해 있는 특수한 상황 때문이다. 그렇다고 해서 배움이 함양한 자신감과 능력까지 사라지는 것은 아니다. 지성은 외부 조건에 구애받지 않는 자존감의 뿌리다. 살아 있다면 누구나 창조의 욕구를 느끼는데, 배움은 이 욕구에 가장 부합하는 활동이다. 스스로를 재창조하는 과정이기 때문이다. 시선을 넓히고, 기술을 익히고, 관계를 만드는 것까지도 배움에 속한다. 배울 준비가 된 사람은 어떤 상황에서든 불안에 쉽게 빠지지 않는다.

배움이 곧 생명력이라는 사실을 단적으로 보여 주는 사연이 하나 있다. 머신 러닝 소프트웨어 개발자인 라모나 피어슨은 TED에서 자신이 청년 시절에 겪은 사고에 대해 들려주었다.Ramona Pierson, "An unexpected place of healing", 2011.* 그는 스물두 살에 음주운전자의 차에 치여서 대동맥 파열을 겪고 1년 반 동안 식물인간 상태로 병원에서 지냈다. 의식이 돌아온 후에도 근손실과 시력 상실로 정상적인 생활을 영위하기가 어려웠다. 결국 의사들은 그를 병원과 연계된 양로원에 보냈다. 그런데 그 순간 양로원은 팔딱팔딱한 배움의 현장으로 탈바꿈했다. 죽어 가는 청년을 살리기 위해서 노인들이 너도나도 스승을 자처했던 것이다. 이들은 삶에서 익힌 온갖 기술을 동원하여 라모나에게 먹는 법, 말하는 법, 웃는 법까지다시 가르쳤다. 몇 년이 지난 후 라모나는 이들의 후원을 받아 맹인학교에 가게 되었고, 공부가 막힐 때마다 창의적으로 우회하여 지식을 소화해 냈다.

라모나는 TED 강의에서 무엇을 말하고 싶었던 걸까? '인간 승리'를 이룬 불굴의 의지의 소유자로 자신을 소개하려는 것이 아니다. 그가 강의에서 강조하는 것은 배움과 관계의 저력이다. 삶의 의지를 잃어버린 순간에 생기를 되찾게 해준 배움의 힘, 그리고 이 기적 같은 기회를 선물해 준 관계의 힘이다. 배울 줄 아는 생명은 힘이 꺾여도 다시 회복할 수 있다. 숨 쉬고 밥 먹는 것처럼 티 내지 않고 스스로를 조금씩 바꿔 나간다.

* 라모나 피어슨의 TED 강의 영상을 보실 분은 큐알코드를 찍으세요.

그러므로 배움은 가장 바람직한 생명 활동, 즉 최선最善의 생명 활동이다. 자라나는 아이가 배움을 구하는 것처럼 자연스러운 일은 없고, 나이 든 사람이 교육 활동에 참여하는 것처럼 즐거운 일도 없다. 게다가 몸과 인생을 동시에 배울 수 있는 의-학교라면 더 말할 것도 없다.

2. 학생 : 백인백색(百人百色)의 미래

쿠바 의대는 세상의 '보통 의대'와 다른 면모가 많다. 한국에서 의대에 들어가기 위한 첫번째 관문은 성적이다. 수많은 청년들이 의대 진학을 희망하는 반면 정원은 한정적이기 때문에 경쟁이 치열해진다. 두번째 관문은 돈이다. 의대는 등록금이 비싸다. 학비가 저렴하다는 유럽에서도 의대는 등록금이 제일 비싼 학과다. 등록금이 원체 비싸기로 소문난 미국 같은 경우는 의대생이 학자금 대출을 받으면 평생 의사로 일해야만 갚을 수 있다는 말이 있을 정도다.

이런 풍경은 쿠바에서 찾아볼 수 없다. 쿠바 교육은 전면 무상이므로 등록금은 애초에 걱정거리가 아니다. 교과서도 무료로 빌릴 수 있고, 심지어 교통비에 보태 쓰라며 학생들에게 매달 소액의 돈도 지급된다. 입학 경쟁도 세지 않다. 쿠바에서 정원이 가장 많은 학과가 의대다. 물론 지방은 의대가 하나씩밖에 없기 때문에 경쟁이 뜨거운 편이다. 그러나 의대가 아홉 곳이나 있는 아바나에서는 의대 지망생들 대부분이 무난하게 입학한다.

왜 쿠바는 의대의 문턱을 낮췄을까? 의사는 많을수록 좋다는 믿음 때문이다. 의사 숫자가 늘어날수록 혜택을 입는 것은 주민들이다. 주민의 범주 안에는 의사 자신도 포함되는데, 동료 의사가 늘어나면 개인당 업무 강도가 줄어들면서 '워라밸'Work-and-life Balance이 좋아진다. 입학 문턱을 낮춘다고 해서 의대의 가치가 떨어지는 것도 아니다. 입학을 쉽게 하되 졸업을 어렵게 만들면 된다. 의사가 되기에 부적합한 학생들은 이 과정에서 알아서 걸러진다. 첫해에는 절반의 학생이, 그다음 해에는 다시 3분의 1이 낙제를 한다. 의사 숫자가 늘어나면 전문성이 떨어진다는 주장이 반드시 사실은 아니다(특권이 줄어든다는 주장은 사실이겠지만 말이다).

매년 쿠바는 만 명 이상의 새 의사를 배출한다. 그럼에도 여전히 의사가 부족하다. 의료 미션 때문이다. 경제적 자립을 꾀해야만 했던 1990년대부터 쿠바는 의료팀을 해외로 파견 보내는 국제 교류를 늘렸다. 쿠바 의사가 가는 곳은 현지 의사들이 가고 싶어 하지 않는 오지와 험지다. 의사가 많을수록 좋다는 것은 쿠바뿐만 아니라 온 세상에 다 해당되지만, 이를 실천하는 곳은 쿠바가 유일하다. 세상의 빈자리를 채우는 일이 힘에 부치지 않을 리가 없다.

쿠바 청년들은 이런 현실을 잘 알고 있다. 쿠바에서 의사가 된다는 것은 소처럼 일한다는 뜻이다. 의학은 공인된 가시밭길과 다름없다. 열여덟 살, 의대 응시를 앞두고 있는 예비 의대생들은 스스로에게 묻는다. 난 정말 의사가 되고 싶은 걸까? 생고생을 평생 할 자신이 있나? 망설이는 청년들을 설득하기 위해서 정부는 열심히 홍보를 한다. 젊은이여, 의사가 돼라! 쿠바를 안팎에서 일으키는 영웅이 돼라! 매년 수천 명의 학생들이 의대로 몰리는 것을 보면 홍보가 먹히는 것 같기는 하다.

진로를 선택하는 청년들도 나름의 계산을 하고 계획을 세운다. 이 동기에 따라서 의대생의 유형도 몇 가지로 나뉜다. 첫번째 유형은 '폼생폼사형'과 '현실도피형'이다. 전자는 '의사'라는 타이틀이 멋져 보여서 입학한 경우다. 후자는 대학은 가야겠는데 무엇을 공부해야 할지 모르거나, 원했던 전공 입학에 모두 실패한 후 마지막 선택지로 의대에 오는 경우다. 하지만 이들이 끝까지 의대를 완주하는 일은 없다고 봐도 좋다. 십중팔구 낙제생의 대열에 합류한다.

두번째 유형은 해외 진출을 꿈꾸는 '야심가형'이다. 쿠바의 젊은이라면 누구든 외국으로 떠나는 인생역전을 상상한다. 이 모험에서 의사 면허는 든든한 보험이 된다. 이런 계획은 섣불리 공개되지 않는다. 세금으로 운영되는 무상 교육을 개인의 영달을 위해서 악용한다고 비난받기 때문이다. 한마디로 '먹고 튄다'는 것이다. 하지만 모든 수단을 동원해서 인생을 개척해 보겠다는 청년의 의지를 무슨 수로 막겠는가? 이러한 도전정신마저도 쿠바 교육이 함양한 청년의 생명력인데 말이다.

세번째 유형은 가족과 이웃의 사랑을 한몸에 받는 '인성형'이다. 이들은 의사가 되고 싶어서라기보다는 마을 사람들을 돌보고 싶어서 의대에 왔다. 만약 쿠바 마을이 의료를 중심으로 조직되지 않았더라면 굳이 의사의 길을 택하지 않았을 친구들이다. 공부 머리가 좋지 않더라도 끈기로 밀어붙이는 노력파이기 때문에 대개 졸업을 해낸다.

마지막 유형은 순수하게 의학에 끌려 의대에 온 '지성형'이다. 누가 뭐래도 그들은 공부가 즐겁다. 의사의 길은 지식을 통해 더 가치 있는 사람이 되어 가는 길이다. 의사 면허가 생계의 어려움을 막아 내는 방패가 되어 주지는 못하겠지만, 어떤 고난도 그들로부터 의학이라는 힘을 앗아 갈 수는 없다. 이런 귀한 배움을 위해서라면 고생은 감수할 만하다.

각자의 동기가 어떠하든 간에, 학교에 모인 학생들은 금세 서로 친해진다. 청년들이 떠드는 자리를 따라 활력이 생긴다. 실로 의대 교정은 쿠바 청춘의 광장이라 해도 무방하다. 온갖 종류의 청년들이 의대에 섞여 있기 때문이다. 10대

내내 공부에 전념한 모범생뿐만 아니라 학창 시절 실컷 놀다가 뒤늦게 정신 차린 청년도 있고, 아직도 정신 못 차리고 춤추러 학교에 오는 청년도 있다. 자기 잘난 맛에 사는 청년, 선의가 넘치는 청년, 야심을 숨기는 청년도 있다.

다양성은 쿠바 의대의 낮은 문턱이 만들어 내는 또 다른 효과다. 의대가 전문화되고 입학 조건이 까다로울수록 의대생들의 성장 배경도 엇비슷해지기 쉽다. 동일한 교육과정, 비등한 가정환경, 유사한 가치관을 가진 사람들이 의대라는 좁은 틈을 통과하여 동질한 '의사 집단'을 이룬다. 반면 쿠바 의료계의 인재 풀pool은 몇 가지 키워드로 요약되기에는 너무 넓다. 하나의 정체성으로 묶이지 않는 인간 군상은 그 자체로 의학의 역동성과 창의력이 된다.

쿠바 의대는 이 섬나라를 둘러싼 바다를 닮았다. 누구에게나 열려 있는 공간이지만, 모두가 수영하는 법을 터득하는 것은 아니다. 그래도 최소한 시도해 볼 수 있는 기회는 있다. 광대한 지식의 물살과 거친 노동의 파도를 경험해 보기 위해서 수많은 청년들이 의대 정문을 두드린다. 이들은 각자의 스타일대로 '수영법'을 익힐 것이고, 그중 일부가 바다를 유영하는 자유를 얻게 될 것이다. 학생들이 지닌 백인백색의 개성은 훗날 독창적인 의학계를 탄생시킬 잠재력이 될 것이다.

3. 교수 : 낭만닥터의 하루

학생이 많다고 해서 교육의 전문성이 떨어지는 것은 아니다. 그러나 말하는 것과 실천하는 것 사이의 무게는 천양지차다. 의대 교수들의 어깨가 무거운 까닭이 여기에 있다. 거칠고 어리숙한 학생들을 다듬는 일은 이들의 몫이다. 학생들의 기질이 각양각색인 만큼, 교수들 또한 이들을 이끌어가기 위한 요령을 다양하게 준비해야 한다.

의대 첫날부터 교수들은 기선 제압을 한다. 입학식 날 강단에 대표로 선 교수는 겉치레 인사 대신 촌철살인의 진실을 고한다. "의대에 온 것을 환영한다. 너희들의 의무는 첫째도 공부, 마지막도 공부다. 너희가 흰 가운 벗고 죽을 때까지 공부는 안 끝난다." 학생들은 이게 '의대식 농담'이라고 생각하겠지만, 30분 남짓의 입학식이 끝나자마자 곧바로 교실로 끌려가면서(?) 깨닫게 된다. 아, 저건 농담이 아니다. 첫날부터 공부할 것들이 폭포처럼 쏟아진다. 스무 명씩 묶인 그룹별로 담당 교수가 배정되고, 이들은 한 학기 동안 학생들과 합을 맞춘다. 우선 학생들의 성향을 파악한다. 그리고 공부를 다 소화하지 못하고 허덕이는 청년들을 어르고, 달래고, 때로는 윽박지르면서 1년을 통과할 때까지 옆에서 보조한다.

외부인들은 이런 각별한 대학 풍경을 낯설어한다. 교수들의 '케어'가 지나친 것은 아닌가? 대학이 유치원은 아니지 않은가? 하지만 쿠바인들의 상식으로 봤을 때는 크게 이상한 일이 아니다. 어떤 학과든 교수와 학생 사이에 벽이 없는 편이고, 지식 자체보다는 이 지식을 전달해 주는 교수의 역량을 더 중요하게 여긴다. 특히 의대는 타과보다 이 경향이 더 강하다. 졸업 후 진로가 여러 갈래로 나뉠 수 있는 여타의 학과와 달리, 의대생들의 진로는 의사라는 직업으로 모이기 때문이다. 교수의 입장에서 학생은 '미래의 동료'인 셈이다.

의대에는 학생 수만큼 교수 숫자도 많다. 덕분에 학생 한 명마다 비교적 더 많은 관심을 기울일 수 있다. 의대뿐만 아니라 병원에도 의사는 넘쳐 난다. 콘술토리오와 폴리클리니코에서 매주 당직을 서는 동안 학생들은 수많은 의사들과 접촉하게 된다. 배우는 입장에서는 이런 호사가 없다.

숫자보다 더 중요한 것은 관계의 밀도를 유지하려는 의

지다. 대부분의 교수들이 후학 양성에 진심으로 임한다. '나는 이토록 교육에 애쓰는 훌륭한 사람'이라는 자의식조차 없이, 그렇게 행동하는 것이 매우 당연하다는 듯이 학생에게 다가간다. 카리스마 넘치는 스타 교수 한 명보다는 진솔한 교수들 여러 명이 배움터를 더 풍요롭게 만든다. 가랑비에 옷 젖듯, 일관된 배움의 태도로써 학생들을 자연스럽게 감화시키기 때문이다. 쿠바 교수들에게 '낭만닥터'라는 별명을 붙여도 무리는 아닐 것이다. 정작 본인들은 이게 왜 낭만인지 납득하지 못하겠지만 말이다.

낭만닥터들의 첫번째 지도 원칙은 질문을 거절하지 않는 것이다. 쿠바처럼 인터넷 사용이 용이하지 않은 곳에서는 정보의 원천이 책 아니면 사람뿐이다. 교과서를 읽어도 수업 내용을 이해할 수 없다면 교수님께 여쭤보는 수밖에 없다. 덕분에 의대에서 사제 간의 문답은 장소를 가리지 않는다.

예를 들면 버스 정류장이다. 자동차가 귀한 쿠바에는 자차가 없는 교수가 많은데, 수업 후에는 학생들과 함께 땡볕 아래에서 버스를 기다리곤 한다. 이 틈을 타서 학생들은 교수에게 슬쩍 다가간다. 수업 시간에 이해가 되지 않았던 부분을 이것저것 물어보기 위해서다. 요령 있게 시험 정보를 얻어 가기도 한다. 이 부분이 중간고사에 나올까요? 아하,

직접 답해 줄 수 없지만 교수님이 저였다면 공부했을 거라고요? 사랑합니다, 교수님….

낭만닥터의 두번째 원칙은 의학을 향한 사랑을 행동으로 보여 주는 것이다. 열정과 활기가 있는 강의를 통해서 말이다. 교수들이 처해 있는 조건을 생각해 보면 놀라운 일이 아닐 수 없다. 이 강의 하나를 하기 위해서 교수들은 드문드문 오는 마을버스를 꼭두새벽부터 잡아타야 한다. 강의를 마치고 집에 돌아가면 돌봐야 할 아이들과 해치워야 할 집안일이 기다리고 있다. 심지어 월급은 쥐꼬리만 하다. 이런 일상에는 특혜가 없다. 교수의 삶은 편안한 삶이 아니라 공부를 좋아하는 삶일 뿐이다.

공부를 사랑하는 마음은 환자를 향한 공감과 함께 간다. 이 공감 능력은 의료 현장에 대한 생생한 기억을 통해 드러난다. 가령 어떤 생리학 교수는 발효의 원리를 식량난이 심각했던 쿠바의 특별시기와 함께 추억한다. 절대다수의 주민들이 영양결핍에 시달렸던 그 어려운 시기에 요구르트 발효법을 더 효과적으로 바꾸는 연구에 착수했었기 때문이다.

또 어떤 유전학 교수는 매 학기마다 마지막 강의 주제로 '상담'을 택한다. 그는 유전학자가 삶의 불확실성을 존중하는 태도를 배워야 한다고 생각한다. 장애의 유무와 상관없이 새 생명을 축복하고 싶은 부모의 심정을 헤아릴 때, 유전학은 진정한 의학이 될 수 있다. 병을 예측하는 유전학이 예측 때문에 마음의 상처를 남긴다면 오히려 병을 더 얹어 주는 꼴이 된다.

　교육의 마지막 원칙은 학생들에게 꾸준한 관심을 기울이는 것이다. 물론 이 관심은 일방통행일 때가 많다. 교수가 학생들에게 기울이는 관심이 8할이라면, 학생에게서 돌아오는 관심은 2할 정도 되겠다. 교수의 짝사랑과 관련해서 재미있는 에피소드가 많은데, 그중 하나를 공개하겠다.

　쿠바에는 외국인 의사를 양성하는 라틴아메리카의과대학ELAM, Escuela Latinoamericana de Ciencias Médicas이 있다. 이곳의 1학년 학생들이 생화학 수업 세미나에 들어갔을 때의 이야기다. 깐깐해 보이는 할머니 교수가 들어왔다. 그리고 '헬게이트'가 열렸다. 노교수는 화학 전공 수업인 양 까다로운 질문 공세를 이어 갔다. 본 강의 때와는 차원이 다르게 높아진 세미나 수준에 학생들은 혼비백산했고, 대답하지 못하는 청년들을 향해 교수는 의대를 장난으로 다니지 말라며 욕을 했다. 학생 중 한 명이 용감하게 항의를 했다. 교수님, 이것은 저희의 공부 범위에 나와 있지 않은 내용입니다! 부당합니다! 교수는 코웃음을 치며 대꾸했다. "교과서 XX쪽 X번째 문단에 나와 있거든. 너희는 책도 안 읽나 보구나." 학생들은 그의 말을 따라 책을 폈다. 그랬더니 노교수의 말이 사실임이 밝혀졌다. 학생들은 정신이 멍해졌다. 이 할머니는 누구시지? 책을 통째로 외우기라도 했나?

나중에 밝혀진 사실이 학생들을 더 큰 충격에 빠뜨렸다. 그는 이 교과서의 저자였다! 쿠바에서 '살아 있는 레전드'라고 불리는 생화학계의 대모였다. 학생들은 혼란스러웠다. 이렇게 대단한 사람이 왜 우리 같은 조무래기 수업에 들어온단 말인가? 은퇴를 해도 이상하지 않을 나이에, 쿠바 청년도 아니고 외국 청년들이 모인 학교에, 그것도 기초 중의 기초를 배우는 1학년 세미나에 들어오다니? 이유가 어찌 되었든 간에 한번 지정된 교수는 한 학기 동안 바꿀 수 없었다. 모두들 교과서가 너덜너덜해질 때까지 공부에 매진해야 할 운명이었다.

학생들이야 괴로웠겠지만, 사실 이는 학생들을 향한 교수의 관심과 사랑의 표현이다. 관록의 노교수가 귀찮은 일을 자처할 까닭이 없다. 청년들을 귀하게 여기는 마음이 아니라면 말이다.

학생들은 이런 낭만닥터들의 마음을 알까? 지금이야 모를 것이다. 머지않아 이들도 '닥터'가 될 것이고, 자기보다 한참 어린 힉생들을 필히 만나게 될 것이다. 난관에 부딪힐 때면 교수에게 뭐든지 물어볼 수 있었던 의대 시절이 그리워질 것이다. 끝까지 기억에 남는 것은 시험 직전에 밤새 외윘던 지식이 아니다. 오히려 이런 것이다. 과거의 환자를 추억하면서 교수가 지었던 표정, 환자 가족의 심정을 묘사할 때 교수가 선택했던 단어, 공부를 게을리하는 제자에게 잔소리를 하던 교수의 목소리. "제발 책을 한 줄이라도 더 읽으렴. 성적을 위해서가 아니라 네가 미래에 만나게 될 환자를 위해서!"

4. 의대 : 실용주의의 참의미

치열한 배움의 순간은 꿈꾼다고 해서 곧바로 이뤄지지 않는다. 가르치는 자와 배우는 자의 열정, 거기에 현장의 원활한 운영까지 맞물려야 한다. 마지막 부문이 의대의 임무다. 의학의 사제 관계에서 배움의 밀도가 떨어지지 않도록 알맞은 조건을 조성해야 한다.

잠깐 시야를 '줌아웃'하여 쿠바 바깥을 바라보자. 세계에서 쿠바 의대의 수준은 어느 정도일까? 전 세계 의대를 비교할 때, 가령 하버드대학이 그중 1위라고 말할 때, 그 기준을 쿠바 의대에도 적용할 수 있을까? 쉽지 않다. 쿠바 의대가 처해 있는 조건이 워낙 특이하기 때문이다. 특이성을 고려하지 않고 똑같은 기준을 적용한다면 쿠바 의대는 랭킹에서 주르륵 미끄러질 것이다. 선물과 연구실은 낡았고, 학생 수는 너무 많으며, 세계에 큰 영향력을 끼치고 있는 것도 아니니까 말이다.

그런데 만약 '줄 세우기'가 아니라 '학풍'을 논한다면 쿠바 의대도 할 말이 많아진다. 이곳의 공부 방식은 독보적으로 실용적이다. 물론 의학이라는 학문 전반이 실용적인 성격을 띠고 있다. 하지만 쿠바 의대의 실용주의는 평균 이상으로 치밀(?)하다. 학생들을 졸업하자마자 제구실을 하는 독립적인 의사로 키워 내야 하고, 6년이라는 시간을 한순간도 낭비하지 말아야 한다. 빠른 시일 내에, 최대한 많은 수의 의사를, 수준급 이상으로 훈련시키겠다는 목표는 쿠바 내 모든 의대가 공유하는 방향이다. 쿠바 의대의 정체성은 학문의 전당보다는 직업 훈련소나 무술 수련장을 더 닮았다.

언제부터 이런 경향이 시작되었는지 나는 모른다. 하지만 이것이 쿠바의 현 상황에 매우 알맞은 조치라는 것은 알겠다. 쿠바가 가진 자원은 인적 자원뿐이다. 양질의 의사를 배출하는 것은 쿠바 국민들의 사활이 걸린 문제다. 빈곤한 살림으로 최대한 많은 의사를 키워 내려면 의대를 전략적으로 운영할 수밖에 없다.

실용주의 커리큘럼은 실습을 최우선으로 삼는다. 우선 쿠바 의대에는 예과가 없다. 처음 2년간 배우는 이론은 한국으로 치면 본과 수업에 해당되는 내용이다. 실습은 의대에 입학하는 순간부터 시작된다. 매주 콘술토리오에서 네 시간, 폴리클리니코에서 네 시간, 도합 여덟 시간의 현장 학습을 해야 한다. 콘술토리오에서는 가족주치의가 동네 주민들과 교감하는 방법을 배운다. 폴리클리니코에서는 밤에 찾아오는 응급환자들을 처치하는 방법을 익힌다. 이때 정해진 매뉴얼은 없다. 간호사나 의사 근처를 배회하면서 학생들이 '알아서' 배워야 한다. 주사기를 쓰는 법, 피를 뽑는 법, 자주 쓰는 약 이름 같은 것 말이다.

때로는 환자가 학생들을 가르치는 경우도 있다. 만성질환 환자들은 자신의 몸 상태와 치료 방식에 해박하다. 이들은 불안으로 얼굴이 벌겋게 익은 학생들에게 선심 쓰듯이 몸을 내준다. 주사 한번 놔 보렴, 이 약물은 너무 빨리 넣으면 안 돼, 천천히 주사기를 눌러야지…. 미래의 의사 한 명을 키우는 데 의사, 간호사, 환자까지 모두가 동원되는 셈이다.

이 실습은 당직, 과르디아Guardia라고 불린다. 이 표현은 종종 오해를 낳는다. 의사들이 밤 새워 근무를 서는 것을 보통 '당직'이라고 부르기 때문이다. 그러나 미숙한 학생들을 업무에 투입하는 경우는 없다. 당직 업무를 맡는 의료인들은 학생과 별개로 확보되어 있다. 하지만 학생들 또한 '예비 의료인'인 만큼, 졸업 시기가 가까워질 즈음에는 학생과 의사의 경계가 흐려지기 시작한다. 인력이 부족한 폴리클리니코 같은 경우에는 은근히 고학년들의 당직을 기다린다. 반면 1학년부터 3학년은 도움이 되기는커녕 짐만 안 돼도 다행인 시기다.

당직과 관련해서 재미있는 에피소드가 있다. 어느 날 여덟 명의 의대생들이 폴리클리니코에서 당직을 서고 있었다. 그날 밤은 유달리 평화로웠다. 환자는 한 명도 오지 않았고, 의사들과 의대생들은 구석에서 밀린 잠을 자거나 책을 읽었다. 그런데 갑자기 바깥에서 시끄러운 소리가 나더니 남자 두 명이 뛰어 들어왔다. 근처에서 교통사고가 나서 보행자가 다쳤다는 것이다.

모두가 비상사태에 빠졌다. 의사가 진료실에서 뛰쳐나왔고 간호사는 혼비백산하여 들것을 찾으러 달려갔다. 돌아오는 길에 간호사는 구석에서 발만 동동 구르고 있는 의대생 무리들을 보더니 외쳤다. "너희 5학년이지? 왜 멀뚱히 서 있어, 얼른 와서 돕지를 않고!" 안타깝게도 이들은 2학년이었다. 진실을 파악한 간호사는 가슴 앞에 십자가를 빠르게 그린 후 사라졌다. 학생들은 극심한 죄책감을 느꼈다. 그들의 잘못은 하나도 없었고 도와야 할 의무도 없었지만, 그 순간만큼은 스스로의 무용함에 무릎 꿇고 머리라도 조아려야 할 것 같았다.

그때 멀리서 간호사의 외침 소리가 들렸다. "가위 어디 있어? 누구든 좋으니 가위 좀 가져와!" 그 순간 여덟 명의 학생들이 벌떡 일어났다. 그리고 좁은 폴리클리니코를 사방

팔방 뛰어다니기 시작했다. 한목소리로 한 단어를 외치면서 말이다. "티헤라(가위)! 티헤라(가위)!"

쿠바 의대생이라면 누구든지 이 이야기를 듣고 폭소할 것이다. 극도의 당황함, 할 줄 아는 게 없다는 난감함, 어떻게든 (설사 그것이 가위를 가져다주는 간단한 일일지라도) 쓸모 있고 싶다는 간절함이 남 일 같지 않기 때문이다. 이런 우여곡절 속에서 학생들은 한 발짝씩 성장한다. 실습을 잘하는 길은 자주 해보는 것밖에 없다.

쿠바 의대의 실용주의 커리큘럼이 주력하는 또 다른 능력은 창의력이다. 쿠바 의사라면 물자부족으로 생기는 '현장의 구멍'을 그때그때 막을 줄 알아야 한다. 펜라이트가 없으면 스마트폰 불빛을 켜서 후두를 진찰하면 된다. 처방전을 쓸 때는 근처 약국에 전화를 돌려서 지금 무슨 약이 있는지 확인한 후 최선의 조합을 골라낸다. 엑스레이 전광판이 망가졌다면 개인 노트북에 엑스레이 사진 파일을 띄워서 환자에게 설명할 수도 있다. 당직을 서는 학생들은 선배 의사의 임기응변도 보고 배운다. 꿩 대신 쓸 닭을 찾아라!

물론 쿠바 의사들이 이런 '발명'을 좋아할 리가 없다. 매번 임기응변을 생각해 내는 게 얼마나 피곤하겠는가. 선진국처럼 안정된 환경에서 진료에만 집중할 수 있으면 훨씬 좋을 것이다. 그렇지만 관점을 바꾸면 해석도 달라진다. 쿠바보다 의료 환경이 더 열악한 국가에서 온 유학생들은 이런 모습에서 전율을 느낀다. 환경이 완벽하게 세팅된 후에만 의료 진료가 가능하다는 고정관념을 깨뜨리기 때문이다. 분쟁 지역과 오지에서 쿠바 의사가 인기가 많은 것도 같은 이유에서다. 이들은 기계가 없으면 능률이 떨어지는 미국 의사보다 유용하다는 평가를 받는다.

쿠바의 '짠한 창의력'이 실력 발휘를 폼 나게 하는 분야도 있다. 제약 산업이다. 미국의 경제봉쇄 때문에 쿠바는 의약품 수급에 오랫동안 차질을 겪어 왔다. 미국이 아닌 다른 나라에서 약을 구매하면 될 문제 아니냐고 반문할지도 모르겠지만, 상황은 간단하지 않다. 오늘날 전 세계 신약의 50퍼센트, 생명공학 생산품의 80퍼센트가 모두 미국에 적을 둔 회사에서 판매되고 있다._{"Industria Médico Farmacéutica", Ecured, https://www.ecured.cu/Industria_Médico_Farmacéutica} 유통 경로도 문제다. 쿠바는 미국 남부 마이애미에서 고작 40킬로미터 떨어진 곳에 위치해 있다. 미국을 통과하지 않고 쿠바에 물자를 조달하기가 어렵다. 엎친 데 덮친 격으로 미국은 의약품뿐만 아니라 제약에 필수적인 원재료의 매매도 제한하고 있다. 쿠바의 제약 산업을 싹수부터 자르겠다는 의도다.

봉쇄 조치는 쿠바를 독하게 키웠다. 쿠바 연구원들은 약을 국산화하기 시작했다. 가장 급했던 것은 백신이었다. 백신의 국산화는 1962년 쿠바의 예방접종 프로그램Programa de Immunización Cubano의 공식 출범과 함께 핀라이 연구소Instituto Finlay의 주도로 진행되었다. 오늘날 쿠바 국민들은 총 열한 개의 백신을 접종받는데, 이 중에서 세 가지 백신(MMR백신, BCG백신, 소아마비백신)을 제외하면 모두 쿠바 내에서 생산된다. 소아마비, 디프테리아, 파상풍처럼 개발도상국에서 흔한 질병들은 이제 쿠바에서 근절되었다. 쿠바가 다른 국가보다 더 발 빠르게 취한 조치도 있다. 아기가 태어난 후 24시간 내에 B형 간염 백신을 맞히는 조치는 WHO가 공식적으로 권고하기 19년 전부터 이미 쿠바에서 실행되고 있었다.Lena López Ambrón, Liudmila Ibelin Egües Torres, etc, "Cuban experience in immunization, 1962~2016", *Pan American Journal of the Public Health*, Pan American Health Organization, 2018.

쿠바는 자생 식물을 약재로 개발하는 일에도 심혈을 기울인다. 쿠바가 개발한 약 중에서 가장 유명한 상품은 PPG라는 이름으로 알려진 폴리코사놀이다. 이 약의 원료는 쿠바에서 흔한 작물인 사탕수수에서 나온다. 또 최근에는 폐암을 예방하는 백신(CIMAvax)을 세계 최초로 출시하여 특허를 따냈다. 2016년부터 미국과 일본을 비롯한 여러 국가에서 임상 실험이 진행 중이다.

실습을 통해 기른 행동력, 그리고 문제 해결을 통해 훈련된 창의력. 이 두 가지를 겹쳐 보면 쿠바 의대의 실용주의

의 진가가 보인다. 이 노선의 목표는 명백하다. 현실에 간극 없이 밀착하는 것이다. 마을 콘술토리오에는 주치의가 늘 부족하므로 졸업하자마자 곧바로 일할 수 있는 행동력을 키워야 하고, 세계사의 잔물결에도 크게 기우뚱거리는 게 쿠바의 처지이므로 이에 굴하지 않을 창의력을 키워야 한다. 단순히 최소의 자원으로 최대 숫자의 의사를 뽑아내는 게 실용주의가 아니다. 실용주의의 참의미는 나를 필요로 하는 자에게 가장 도움될 수 있는 방식으로 유용해지는 것이다.

그러므로 쿠바 의대가 시대에 뒤처졌다는 판단은 옳지 않다. 이곳의 풍경은 몇십 년 전에 멈춰 있는 것 같다. 교과서는 흑백이고 지식은 입에서 입으로, 손에서 손으로 전수된다. 그러나 이 느린 속도가 쿠바의 실제 시간이다. 의사는 주민과 같은 시간을 살아야 한다. 나와 함께 사는 사람들의 고통을 구체적으로 덜어 줄 게 아니라면 왜 의학이 존재하겠는가? 쿠바라는 현실의 맥락과 분리된 '순수 의학'은 의미가 없다. 콘술토리오, 폴리클리니코, 마을의 주민들까지 모두 의대생의 교육에 참여하는 것 역시 이상하지 않다. 의생활은 교육의 존재이유인 동시에 생산지다.

쿠바의 실용주의는 현대 의학의 고질적인 문제를 거울처럼 비춘다. 의학의 원리와 생활의 원리 사이에 간극이 존재한다는 것이다. 의학은 인체를 해체해서 이해하는 분석

대상으로 삼는 반면, 의료는 일상에서 살아가는 사람을 상대한다. 그렇다면 이 두 영역의 교집합은 어떻게 가능한가? 살아 움직이는 생명을 어떻게 구체적으로 해체할 수 있는가? 첫발을 내딛는 순간부터 모순이 발행한다. 실험실의 과학자는 관찰대상object과 객관적 거리를 유지해야 한다. 그렇지만 측정 가능한 상수로만 구성된 '대상'은 자율성을 가지고 움직이는 '생명'과 다르다. 그러므로 의사는 실험실의 과학자처럼 처신하기가 곤란해진다. 환자는 살아 있는 생명체고, 그런 환자를 다루는 의사 자신도 생명체다. 의사들은 현대 의학이 근대 과학의 방법론을 따르고 있음을 인정하면서도, "자신에게도 생명이 관통하고 있는 생명체의 자격으로 생명을 바라"조르주 캉길렘, 『정상적인 것과 병리적인 것』, 253쪽.봐야 한다.

이 간극 앞에서 의사는 끊임없이 균형을 잡아야 한다. 누구는 이것이 현명한 '의사-환자 관계'를 통해 극복될 수 있는 문제라고 두리뭉실하게 넘길지도 모르지만, 이는 근본적으로 방법론의 문제다. 생명체-환자의 역동적인 생활과 맞물리기 위해서 지식-의학이 얼마만큼 변용될 수 있는지의 여부다. 의학 지식은 닫힌 체계를 지향하기 때문에 이는 의사스스로 발명해야 하는 여백으로 남는다. 현명함이 정녕 해답이라면 지식, 지성, 지혜가 모두 맞물린 매우 '고등한 현명함'이 요구될 것이다.

쿠바의 의醫에는 이 간극을 종합할 수 있는 이론은 없다. 『통합 일반 의학』Medicina General Integral 같은 교과서를 보면 쿠바 의학의 기본 정신이 서술되어 있기는 하지만, 임상 노하우는 풍성한 반면 이론은 심히 투박하다. 대신 이곳은 현장성으로, '의생활 밀착형' 교육으로 승부를 본다. 임상 기술은 책보다는 스승과 동료를 통해 직접 전수받는 편이 빠르다. 의료계 종사자들은 서로에게 분명하게 일러 준다. 의醫의 현장에는 신체의 생리, 현실의 논리, 생활의 윤리가 공존하고 있다. 의사의 할 일은 이 세 가지 요소를 아우를 수 있는 치유의 길을 제시하는 것이다.

현실은 각개 요소가 논리적으로 연결된 책과는 다르다. 굴곡져 있고 구멍도 많다. 하지만 모자라게 하느니 아예 안 하고 만다는 완벽주의는 의학에서 아무짝에도 쓸모가 없다. 생명에게 생명보다 더한 중대사는 없고, 쿠바 사람들 누구도 이 문제를 포기할 생각이 없다. 애초에 포기하지 않을 문제라면 불평하는 마음조차 낭비일 터다. 이것이 실용주의 노선을 택하는 쿠바 의대의 마음가짐이다.

5. 의학 : 세계와 연결되는 길

공부의 힘 덕분에 쿠바인들은 숱한 위기 속에서도 지금까지 결속해 왔다. 가난해도 건강하게 살겠다는 진심이 있었기 때문에 공부의 현장은 동력을 잃지 않았다. 이것이 쿠바 의학의 진가다. 학문 자체의 정교함보다는 현실과의 접속 능력으로 승부를 본다.

그렇지만 쿠바 케이스에 관심을 가지는 이가 과연 얼마나 될까? 쿠바는 세상의 변두리다. 무관심은 사람들이 잘 모르는 세계를 접할 때 습관처럼 착용하는 마음의 안경이다. 처음부터 시야 바깥에 놓여 있으니, 이것이 사각지대라는 인식조차 없다. 알아야 할 가치가 없다고 여기기 때문에 관계 형성도 불가능하다.

이런 태도를 '무지'라고 부른다. 정보가 부족해서 생기는 무식보다 외부와 관계를 차단시키는 무지가 더 해롭다. 바깥 정보를 자기 세계와 연관시켜 이해하려는 노력이 없다면 제아무리 정보가 많아도 무용지물이다. 쿠바뿐일까? 지구에 가난한 땅은 너무나 많고, 동물, 식물, 자연, 우주 역시 사각지대에 놓여 있다. 이런 무지는 필히 위기를 낳는다. 타자의 고통이 나와 아무런 관계 없다는 식으로 구는 것은 기득권의 보호를 받을 때만 가능하다. 그렇다고 해서 고통이 없는 일이 되는 것은 아니다. 권력과 자본을 독점하는 사회의 기득권자도, 탄소 에너지와 식량을 독점하는 환경의 기득권자도 모두 불균형의 세상을 산다. 불균형이 심화될수록 재난과 폭동이 터질 가능성도 높아진다. 세상을 향한 무지는 부메랑처럼 언젠가 세상으로부터 돌아오게 된다.

위기에서 벗어나려면 끊어진 관계를 다시 복원해야 한다. 의학은 효과가 좋은 복원 수단이다. 쿠바가 산증인이다. 쿠바 의학은 국내 위기만 극복해 낸 것이 아니라, 의료 미션을 통해 전 세계 위기 해결에도 기여하고 있다. 세계에서 고립되어 살아가는 쿠바가, 자신들과 마찬가지로 험지와 오지에서 고립되어 살아가는 사람들에게 도움의 손길을 보내는 것이다. 아마존의 산골 마을에 사는 주민부터 앙골라의 수도 루안다에서 열병을 앓는 아이들까지, 쿠바를 알고 또 쿠바 의사를 안다. 이들은 쿠바 의사에게 '치료받은 적이 있다'. 천금과도 바꿀 수 없는 묵직한 경험이다. 이들이 만날 수 있는 의사는 제1세계로 떠나 버린 자국의 의사나, 생명

기술의 최전선에 서 있다고 여겨지는 선진국 의사가 아니다. 환자 입장에서는 자신을 치료해 주는 의사가 무조건 최고다.

쿠바 의사들은 많은 환자들에게 최고로 남아 주었다. '메디컬 인터내셔널리즘'Medical Internationalism이라고도 불리는 이 프로젝트는 혁명 정부의 주도하에 60년대부터 시작되었다. 의료 사정이 열악한 남아메리카, 아프리카, 아시아의 빈국에 저렴한 비용을 받고 쿠바 의료 종사자들을 파견하는 것이 골자였다. 교육받은 자들은 살고 싶어 하지 않는 척박한 오지에 흰 가운을 입은 사람들이 나타났다는 사실만으로 이미 스캔들감이었다.

재난 현장에도 쿠바 의사들이 있었다. 2012년 아이티 대지진 때도, 2020년 코로나19 팬데믹 앞에서 의료 체계가 무너진 이탈리아에도 쿠바 국기가 박힌 흰 가운을 입은 의사들이 나타났다. 1961년부터 2009년까지 통계를 보면 총 13만 명의 쿠바 의료 종사자들이 102개국에서 일했다.John M. Kirk, "Cuba's Medical Internationalism: Development and Rationale", *Bulletin of Latin American Research* (Vol. 28), Wiley, 2009, p.497. 같은 기간 동안 G8 국가가 제3세계에 파견한 의료 인력을 다 합쳐도 이보다 많지 않다.Robert Huish, John M. Kirk, "Cuban Medical Internationalism and the Development of the Latin American School of Medicine", *Latin American Perspectives* (Vol. 34), Sage publications, 2007, p.82.

구호 활동은 쿠바 자신을 살리기 위한 선택이기도 했다. 재난 현장으로 봉사를 떠나는 경우를 제외하면, 의료 미션을 요청한 국가들은 쿠바에 합당한 금액을 지불한다. 현재 이 사업은 쿠바에 외화를 공급하는 수입원 1위다. 덕분에 쿠바는 미국의 서슬 퍼런 고립정책에도 국제 사회에서 영향력을 잃어버리지 않을 수 있고, 자력으로 생활비를 벌 수 있다. 이로써 일거양득의 관계가 성립된다. 사회 주변부에서 살아가는 가난한 환자들은 삶의 고통을 덜고, 세계 시장에서 고립된 쿠바인들은 경제력을 얻는다. 사각지대에 놓인 세상의 주변부는 서로를 연결하면서 고립을 해소한다.

누구는 이런 모습에 불신의 눈초리를 보낸다. 이 모든 게 '프로파간다'일 뿐이라고 말하는 사람도 있다. 쿠바 의료는 돈벌이를 위한 수단에 불과하고, 쿠바가 보이는 선의는 '이미지 메이킹'이라고 한다. 쿠바 의학은 엘리트 교육을 받은 전문가가 아니라 '3D 노동자'를 키워 내고 있고, 월급의 과반을 정부에게 원천징수당하는 쿠바 의사들은 '노예 신세'로 전락했다고도 한다.

말들은 많다. 다 허울뿐인 말놀이에 불과하다. 콘술토리오의 환자들처럼 생기 있는 수다가 아니라, 풍파 한 번 덮치면 다 꺼져 버릴 공허한 거품이다. 거품을 걷어 내고 현실을 보라. 거기에는 미화할 것도 왜곡할 것도 없다. 절대적 선의

나 악의도 없다. 단지 밥을 벌어먹어야 하고, 병의 고통을 덜어 내야 하고, 최선을 다해 살고 죽는 생활이 있을 뿐이다. 우아할 수 없는 생존이 생명의 숙명이다. 쿠바뿐만 아니라 지구상 어떤 땅이든, 의사뿐만 아니라 어느 직업이든 예외가 아니다. 타자에게 손톱만큼도 빚지지 않고 홀로 고고하게 '밥을 벌어먹을 수 있는' 길이 있는가? 운 좋게 시대와 장소와 천성까지 잘 타고 태어나 인기 좋은 직업을 가졌다면 남에게 아쉬운 소리야 덜하고 살 테지만, 그 행운마저도 타자와의 관계 속에서 생겨난 것이다.

생존이 자부심이 되기 위해서는 서로 '목숨 빚'을 지는 관계가 고착되지 않고 역동적이어야 한다. 그리고 이 빚이 배타적인 채무관계에 매이는 게 아니라 전방위로 순환한다는 사실을 꾸준히 일깨우는 윤리가 작동해야 한다. 정치 이데올로기보다 더 강력한 실존의 차원이 존재하기 때문이다. 실존은 수많은 관계들로 이뤄져 있다. 먹고살게 해 주는 환경과의 관계, 포만감과 배고픔을 나누는 식구의 관계, 인생의 길을 이끌어 주는 사제의 관계, 고통을 덜어 주는 의사와 환자의 관계. 이것은 누구에게나 간절한 인생의 인연이다.

의술가 놓이는 지리 역시 이 인연 속이다. 현실에서 동떨어져 '나는 생명을 살리는 존재'라며 도덕적 무결함을 주장하는 게 아니라, 악다구니를 쓰는 삶의 밑바닥에서도 '생명은 다른 생명을 필요로 한다'라는 원칙을 되새기는 자리다. 의사 역시 생활의 현장을 떠날 수 없다. 밥값을 해야만 하고, '밥값'을 결정하는 사회의 배치에서 자유로울 수가 없다. 그러나 이는 모든 노동자가 짊어지고 있는 공통 조건이다. 의사가 이 조건에서 예외여야 할 이유는 없다. 이 조건 때문에라도 의학은 서로를 살리는 관계에 활기를 불어넣는 방향으로 나아가야 하고, 현실과의 접속 능력을 잃어서는 안 된다.

세상은 명明과 암暗이 교차한다. 수많은 사람들에게 자국의 망가진 의료 체계는 깊은 어둠이다. 그들 앞에 쿠바 의사들은 빛으로서 나타난다. 쿠바 의사들의 값싼 노동력은 여러 국가의 부패한 의료 정책을 유지시키므로, 이는 어둠이기도 하다. 그러나 이 빈틈 덕분에 수많은 쿠바인들이 생활을 꾸릴 수 있으니 이는 또한 빛이다. 쿠바 의사들의 생활 역시 마찬가지다. 그들은 월급에서 빠져나가는 원천징수 금액이 너무 크다는 것에 불만을 품고, 노동의 가치가 평가절하된다고 느낀다. 어둠이다. 하지만 만약 자신이 쿠바에서 태어나지 못했더라면 의사로 교육받을 기회를 얻지 못했을 가능성이 크며, 미션을 계기로 바깥 세계를 경험해 보는 것은 꽤나 행운이라고 생각한다. 빛이다.

사람들은 어둠을 피해 빛을 좇는다. 빛이 드는 양지에서 더 밝은 미래를 쌓아 올릴 수 있도록 노력한다. 어떤 사람은 모든 곳에 빛이 있지만 그림자는 존재하지 않는 '파라다이스'를 꿈꾼다. 또 다른 이는 평생 어둠을 외면한 채 반쪽짜리 세상에서 살고 싶어 한다. 그러나 우리가 사는 곳은 천국도 지옥도 아닌, 태양계의 세번째 행성인 지구다. 이곳에서는 태양의 빛 앞에 서는 순간 그 뒤로 그림자가 생긴다.

명암을 가로질러, 모든 생명은 살기 위해 연결되고자 한다. 따라서 치유를 바란다면 명암이 뒤섞인 생존을 '함께 그리고 동시에' 도모하는 길밖에는 없다. 신체의 원리가 실제로 그러하기 때문이다. '원하는 세포'만 '취사선택하는' 일은 가능하지 않다. 고립된 자리에서는 병이 자라기 때문에, 한 부분을 치료하려고 해도 다른 부분이 전부 협력해야 한다. 배움이 생명력으로 전환되는 원리도 마찬가지다. 공부는 멀고 깊게 시선을 던지는 법을 가르친다. 겉으로 드러난 현상과 달리 세상의 저변에서는 모든 존재가 연결되어 있음을 이해할 때, 우리는 '보고 있는 나'와 '보이는 타자' 양쪽 모두를 사각지대로부터 구출하게 된다. 이 구출 작업은 '관계 맺기'라고도 불린다.

구출해야 할 것은 많다. 돌보지 않고 방치해 온 신체, 공평하지 않은 굶주림, 오랜 시간 고여 있는 감정, 주변에 대한 무관심, 고통받고 있는 수많은 種들. 이 길을 앞서가고 있는 선배들이 많으면 많을수록 든든하다. 어차피 쿠바에는 의사도 많지 않은가. 아니, 꼭 쿠바일 필요도 없고 의학도일 필요도 없다. 일상에 활기를 불어넣고 존재를 연결하는 치유 능력자들은 세상 곳곳에서 크고 작게 활약하고 있으니 말이다. 이들은 흰 가운을 입지 않은 '또 다른 의사들'이다. 의醫를 배울 수 있는 가장 거대한 학교는 세상인 셈이다.

[덧달기 3] 세상의 의대들

쿠바 의대가 워낙 특이해서 그렇지, 사실 전 세계 의대들은 차이점보다 공통점이 더 많다. 우선 입학 문턱이 높은 탓에 그 앞에서 좌절한 학생들이 흘린 눈물의 양이 어마어마하다는 점이 닮았다. 의대에 들어가고 싶다고 재수에 삼수를 거듭하는 학생들은 어느 나라에서나 볼 수 있다. 학창 시절 내내 시험에 치여 살아야 한다는 것도, 면허증과 함께 특권이 생긴다는 것도 닮았다. 게다가 전 세계 의대생들은 거의 동일한 몇 권의 텍스트를 읽고 쓰고 외운다. 현재 의학이라는 학문은 서양 현대 의학으로 통일되어 있다. 쓰는 언어가 달라도 '의학'이라는 언어는 공통된 것이다.

세상에 의과처럼 '글로벌하게' 대동단결할 수 있는 학과가 또 있을까 싶다. 커리큘럼은 물론이고 입학 전과 졸업 후의 라이프 스타일까지 비슷하다. 이유는 간단하다. 의대는 의사가 될 수 있는 유일한 길이다. 그리고 의사는 사람을 치료할 수 있다고 사회로부터 공인받은 유일한 직업이다. 오늘날 '치료'는 고도로 발전된 생명기술과 대규모의 자본, 고통을 피하는 인간의 욕망이 맞물린 치열한 현장이다. 이 현장을 이끌어 가는 자리는 극소수에게만 열려 있다. 의대에 들어간다는 것은 인생에서 이 좁디좁은 길을 걸어가겠다는 뜻이다.

이 길은 멀리서 보면 특권이지만 가까이서 보면 고행이다. 화려한 평판을 걷어 내고 보면 의대생의 일상은 고강도 노동의 연속이다. (의대생들이 입학 전에만 눈물을 흘리는 게 아니다!) 가장 필요한 것은 개인의 의지와 능력이고, 그다음으로 필요한 자원은 시간과 돈이다. 얼마가 들까? (등록금이 가장 비싼 학과와 장학금이 제일 적게 제공되는 학과를 골라 보면 십중팔구 의과다.) 어느 정도의 시간을 투자해야 할까? (단 한 번의 휴학도 없이 학교를 다닌다고 해도 한 명의 학생이 전문의가 되기까지는 10년 이상이 걸린다.) 사정이 이렇다 보니 의대생들은 타국의 의대 학제와 등록금 정보에 귀를 쫑긋 세운다. 세상의 의대가 전부 가시밭길은 아닐 것이라는(?) 별 소용 없는 바람 때문이다.

우선 기간부터 보자. 의대는 4년제, 5년제, 6년제로 구분될 수 있다. 4년제가 가장 짧아 보이지만 숫자에 속으면 안 된다. 4년제를 택한 국가는 의과를 일종의 대학원 과정으로 여기기 때문에 입학 자격으로 학사 졸업증을 요구한다. 학사 4년과 의대 4년을 합쳐 보면 사실상 8년의 과정이 있어야 의대를 마칠 수 있다는 말이 된다. (그 후로 하게 될 인턴과 레지던트의 연수까지 더해 보면 거의 15년이다.) 4년제를 택한 대표적인 국가가 미국이다. 이 학제의 장점은 의대생들의 배경이 다양해진다는 것이다. 고등학교 시절 내내 비슷한 공부 내용에 힘 쏟은 학생들과 비교한다면 의전원(의학전문대학원) 학생들은 인생 경험이나 소양이 더 풍부한 편이다.

5년제 의대는 영국 시스템이다. 역시, 6년제보다 짧다고 좋아할 필요가 없다. 졸업 후에는 2년의 인턴 과정^{housemanship}이 기다리고 있기 때문이다. 심지어 영국의 레지던트 과정은 타국과 비교했을 때 더 길기로 악명 높다. 두 명의 의대생이 각각 한국과 영국에서 같은 해에 입학했다 하더라도 영국 의대생이 더 늦게 전문의가 된다.

6년제는 가장 흔하게 찾아볼 수 있는 학제다. 하지만 같은 6년제라고 해서 구성이 다 동일한 것은 아니다. 한국과 스페인의 예를 들어 보자. 양국에서 의대는 모두 6년제다. 하지만 한국 의대는 예과 2년과 본과 4년으로 구성되어 있는 반면 스페인 의대에는 예과가 별도로 없다. 5년 동안 본과를 공부하고, 졸업 전 마지막 해에는 인턴 과정을 띈다. 졸업 후에 별도의 시험 없이 의사면허가 나오는 것 역시 한국과는 다르다. 대신 스페인에서는 전문의 과정에 들어가기 위해서는 어려운 레지던트 시험을 거쳐야 한다.

그다음으로 중요한 자원은 돈이다. 의대 등록금이 비싼 것은 세계적인 추세다. 이 경향을 정당화하는 이유는 많다. 병원 실습을 병행해야 하는 전공의 특성이나 훗날 의사가 되었을 때 벌게 될 엄청난 수입 등등이 언급된다. 이 현상이 가장 극대화 된 국가가 미국이다. 미국 의사 한 명이 졸업할 때 은행에 쌓인 학자금 빚이 평균 20만 달러라고 한다. 물론 미국에서도 공립 대를 가면 사립대보다 절반가량 저렴하게 학교를 다닐 수 있 다. 그러나 절대 금액이 상당하기 때문에 '저렴하다'는 표현은 이미 틀렸다. 집안이 원래 부자가 아닌 이상, 빚을 지지 않는 선 택지는 처음부터 없는 셈이다.

물론 세상 모든 곳이 다 이렇지는 않다. 쿠바와 아르헨티 나, 유럽처럼 의대 등록금 부담이 상대적으로 적은 국가도 있 다. 쿠바와 아르헨티나의 의대 교육은 무상이다. 심지어 아르 헨티나는 쿠바와 달리 내국인과 외국인 구별 없이 의대 입학의 문을 활짝 열어 놓았다. 유럽의 경우는 공립대와 사립대를 엄 격하게 구별한다. 사립 의대는 1년 등록금이 한국 의대의 두 세 배에 육박할 만큼 비싸지만, 공립 의대는 사립대의 5분의 1에 서 10분의 1만 받는다. 혹은 아예 무상인 경우도 있다. 가정 형 편이 넉넉하지 않은 사람이라면 공립 의대에서 기회를 찾을 수 있다.

자, 그렇다면 이 중에서 내가 원하는 의대를 골라 갈 수 있 다면 어떨까? 교양을 풍부하게 쌓은 후 미국 의전원에 가거나,

유럽의 공립 의대에서 저렴하게 의대 공부를 한다면? 안타깝게도 이 소망은 현실에서는 실현될 수 없다. 의학의 내용과 의대의 체계는 전 세계 공통일지 몰라도, 졸업 후에 받게 되는 면허증은 국가별로 매우 특수하게 관리되기 때문이다. 의사가 국경을 넘는 것은 생각보다 훨씬 어렵다. 시험의 장벽이 매우 높고, 어쩔 때는 아예 불가능한 경우도 있다. 결국 의대 선택을 좌지우지하는 가장 큰 요소는 '내가 어느 의료 제도에 속해야 하는가'의 여부다. 한국에서 살고 싶은데 타국에서 의대를 나왔다면 상황이 꽤나 곤란해진다. 역시, 의대는 입구뿐만 아니라 출구도 좁다.

이런 제한이 존재하는 이유는 역설적으로 의醫의 보편적 필요성 때문이다. 만약 의사들에게 국경의 문턱이 낮아진다면, 그리하여 수많은 의사들이 연봉과 취향에 따라 자리를 옮겨 다닌다면 의료의 빈익빈 부익부 현상은 더욱 심해질 것이다. 공동체 입장에서는 반드시 의사를 잡아 둘 장치를 마련해야 하는 것이다.

어떤 학생들은 이 사실을 불편해한다. '내'가 '개인 자원'을 들여서 '의사'가 되었는데 이 '성과'에 사회가 간섭하는 것이 부당하다는 것이다. 물론 의료 제도에 부당한 왜곡이 있다면 문제를 제기하고 수정해야 한다. 그러나 '공公 대 사私'의 논리로 의학의 세계에 접근하는 순간 불필요한 어폐만 생길 뿐이다. 의醫는 본질상 사회에서 가장 밀도 높은 관계의 한복판에 놓이게 될 운명이다. 만인이 공유하는 사건인 병病을 업으로 삼고 있는데, 어떻게 그 일이 오롯이 사적일 수 있겠는가? 신체는 공과 사가 교차하는 현장이다. 의학이 지금까지 발전하기 위해 활용된 자료도 전부 '수많은 인간의 몸들'에서 온 것이고, 의사가 밥을 먹고 사는 것 역시 몸이 존재하기 때문이다. 의사에게 환자를 '취사선택할 자유'가 있다고 믿는 것은 시작부터 의醫의 기본을 부정하는 일이다.

의대의 좁디좁은 '출입구'는 학생들에게 끊임없이 메시지를 보낸다. 당신이 치료할 사람들과 함께 살라, 당신이 함께 살아가는 바로 그 사람들을 치료하라. 혹여 적성에 안 맞을 것 같으면 어서 빨리 직업을 바꿔라! 그러니 쿠바 의대가 학생들에게 공개적으로 요구하는 태도는 유별난 게 아니다. 의대생이라면 누구나 마주해야 하는 통과의례다.

4부.
세상

▶

지금까지 쿠바 의생활의 주 무대를 방문해 보았다. 집, 시장, 동네, 길거리, 콘술토리오, 학교. 일상을 굴리기 위해서 필요한 장소들과 고스란히 겹친다. 의생활은 말 그대로 생활 전반에 녹아들어 있는 의醫이기 때문이다.

이런 풍경을 보고 있으면 마치 의생활이 미시적인 생활공간에만 국한되는 것 같다. 거시적인 시스템을 담당하는 의-제도, 의-학문, 의-기술과 대조되게 말이다. 그런 오해가 생길 만도 한 것이, 의생활에서 언급되는 현장은 '내 팔다리'가 닿을 수 있는 영역일 때가 잦다. 다리가 부러지거나 폐렴에 걸렸다면 당장 내 생활공간 안으로 들어와서 도와줄 수 있는 사람이 필요해진다. 물리적으로 멀리 떨어진 관계로는 한계가 있다.

의생활의 중심에는 몸이 있어야 한다. 하지만 과연 몸의 경계는 어디까지인가? 신체의 경계가 피부의 경계, 팔다리의 경계와 반드시 일치하는 걸까? 몸을 구성하고 있는 주요 물질은 유기물질, 즉 탄소, 질소, 수소, 산소다. 이 물질의 기원을 쫓아가려면 '내 몸' 밖으로 나가야 한다. 이 물질들은 태어난 후에는 먹거리를 흡수하는 외부 환경에서, 태어나기 전에는 엄마의 몸체로부터, 지구가 존재하기 이전으로 거슬러 가 보면 우주의 별에서 나왔다. 몸의 기능도 마찬가지다. 몸의 특정 부분, 이를테면 오른쪽 두번째 손가락에 감각신경과 운동신경의 자극이 일정 기간 오가지 않으면 뇌는 이 자리를 인식의 지도에서 지워 버린다. 마치 원래부터 없었던 자리인 것처럼 말이다. 따라서 신체라는 개념은 피부 경계의 안팎을 넘나드는 과정에서 성립된다. 비유가 아니라 실제로 그러하다.

의생활의 현장 또한 미시-거시의 이분법에 갇히지 않는다. 존재는 신체를 통해 세상과 만나고, 세상의 역학 관계 역시 몸에 영향을 끼친다. 세상사에 휘말리다 보면 없던 병에 걸릴 수도 있고, 병을 정상이라고 여길 수도 있고, 정상 상태가 병이 되기도 하는 것이다.

쿠바인들의 의생활이 분명하게 보여 주지 않는가? 시대의 격랑 속에서도 몸을 건사하기 위해 최선을 다하는 이들의 드라마를 보라. 내가 겪는 배고픔이 먼 과거에서 시작된 메시지일 수도 있고, 오늘 찾아온 전염병은 미래가 현 세상에 보내는 메시지일지도 모른다. 의생활의 이야기는 시공간의 구석구석으로 뻗어 나간다. 몸을 품은 일상은 세상의 한 면만 비추는 미시微視가 아니라, 온 세상을 응축하고 펼쳐 내는 통시洞視의 영역이다.

1. 의(醫)의 이야기

일상의 숨은 면모를 발견하고 싶다면 이야기를 발굴하면 된다. 일상은 이야기로 가득 차 있다. 무엇이든 이야기의 주인공이 될 수 있다. 사피엔스가 아닌 동식물과 무정물에도 각자 자기만의 사연이 있다.

음식 아히아코Ajiaco를 예시로 들어 볼까? 아히아코는 쿠바인 모두가 즐겨 먹는 국민 찌개다. 온갖 종류의 고기와 야채를 넣고 끓이는 음식인데, 쿠바인들은 이 찌개에서 원주민, 유럽인, 아프리카인, 아시아인의 피가 섞인 자신들의 정체성을 발견한다. 원주민이 사라진 이 땅에 현존하는 사람들은 모두 세계 각지에서 넘어온 이민자의 자손들이다. 그러나 열대의 생명력은 마치 아히아코를 끓이듯이 이 땅의 사람들을 섞고 또 섞었고, 오늘날 쿠바인의 피부는 드넓은 스펙트럼을 가지게 되었다. 이런 이야기를 들으면서 아히아코를 먹으면 더 맛깔나게 느껴진다.

의생활에도 수많은 이야기가 숨어 있다. 이 이야기를 따라갈 때 반드시 '의학'이나 '의료', '의술'을 키워드로 삼을 필요는 없다. 의생활의 핵심은 병과 치유의 경험이지만, 치유가 반드시 의학과 등치되는 개념은 아니다. 의학이 과학의 테두리 내에서 생산되는 지식이라면, 치유는 병이 잠잠해지고 건강이 되돌아오는 경험이다.파울 U. 운슐트, 『의학이란 무엇인가』, 홍세영 옮김, 궁리, 2010, 28~29쪽. 다시 말해 치유는 의학적일 수도 있고 비의학적일 수도 있다.

비의학적 치유까지 고려한다면, 쿠바의 의醫 이야기는 아주 오래전으로 거슬러 올라가게 된다. 콜럼버스가 1492년에 대서양을 건너 카리브해에 도착하기 전, 쿠바에는 타이노Taíno와 시보네예Siboneye 원주민이 살고 있었다. 이들은 오랜 시간 자신들만의 치유의 노하우를 두텁게 쌓아 왔다. 의醫를 경험적으로 이해하되 학문으로서 구조화하지는 않았던 사회답게, 초자연적인 존재가 생사에 개입한다고들 믿었다. 해부나 생리에 대한 지식은 투박했지만 병리는 해박했다. 타박상이나 궤양을 능숙하게 치료했고, 쿠바의 대표 작물인 담배를 "신성한 식물"로서 마취제로 자주 활용했다.Dr. Enrique López Veitía, "Medicina de los siboneyes", *Cuadernos Historia de Salud Pública* (n.104), Ecimed, 2008. (현재 쿠바에서는 과거 원주민들의 '약초학'을 새롭게 재발견하는 연구가 진행 중이다.)

그러던 어느 날, 몸을 완전히 다르게 이해하는 이방인들이 도착한다. 스페인인이었다. 이들이 건너온 유럽이라는 땅은 당시 르네상스를 통과하고 있었다. 르네상스 의학의 뿌리는 그리스와 로마다. 고대 그리스의 의학자 히포크라테스는 병의 원인과 해결책을 일관된 체계를 따라 추적함으로써 서양 최초로 의학의 세계를 열었고, 그로부터 몇 세기 이후에 태어난 로마인 갈레노스는 히포크라테스의 후계자를 자처하며 그리스 의학을 정교하게 구조화했다. 히포크라테스와 갈레노스의 의학은 초자연적 힘 대신 자연의 원리를 통해 생로병사를 이해했다. 그 원리란 균형이었다. 균형 잡힌 식단과 생활 습관, 거기에 균형을 잃지 않는 마음 상태가 더해질 때 인간의 건강이 완성된다고 보았다.

안타깝게도 이 균형의 의술은 쿠바 원주민들에게 전달되지 못했는데, 지식의 전파자가 될 수도 있었을 스페인인들이 학살자로 변모했기 때문이다. 이들에게 금 조각 하나를 선물해 주었던 것이 화근이었다. 스페인인들은 쿠바에 숨겨진 금을 채취하겠다며 원주민들을 가혹하게 착취했고, 이들이 과로로 죽어 나가든 말든 전혀 상관하지 않았다. (끝내 쿠바에서는 금광도 은광도 발견되지 않았다. 진짜 '잭팟'은 옆나라 멕시코에서 터졌다.) 또한 원주민들은 스페인인들과 함께 찾아온 유럽발 전염병의 습격을 받았다. 면역력이 없으니 몰살될 수밖에 없는 운명이었다. 이 피비린내 나는 관계에서 '균형'이라고는 손톱만큼도 찾아볼 수 없었다. 쿠바에 도착한 유럽인은 의사가 아닌 살인자의 얼굴을 하고 있었다.하

워드 진, 「1. 콜롬버스, 인디언, 인간의 진보」, 『미국민중사 1』, 유강은 옮김, 이후, 2008.

원주민이 멸종된 후 남은 빈자리는 외부인들로 채워졌다. 섬을 지배한 스페인인, 노예로 팔려 온 아프리카인, 인생 역전을 꿈꾸던 유럽인과 중동인, 훗날에는 일자리를 찾아 온 중국인까지 이 먼 땅에 정착했다. 그러자 유럽의 생활양식이 본격적으로 섬에 수입되었다. 쿠바 거주민을 치료하기 위한 병원도 생겼다. 이 당시 의학은 이미 르네상스 의학과는 크게 달라져 있었다. 히포크라테스와 갈레노스의 비전은 폐기되었고, 생리학과 해부학을 중심으로 한 근대 실험주의 의학이 대세를 이뤘다.

특히 19세기에는 미생물이 전염병의 원인으로 밝혀지면서 극적인 사회 변화가 일어났다. 상수도와 하수도의 분리는 콜레라 감염률을 급격하게 떨어뜨렸다. 가브리엘 가르시아 마르케스의 대표작 중 하나인 소설 『콜레라 시대의 사랑』은 당시 사람들이 겪었던 충격을 생생하게 그려 낸다. 책의 배경은 19세기 콜롬비아의 한 마을이다. 여주인공은 자신에게 오랫동안 구애했던 동네 청년과 헤어지고 전도유망한 의사와 결혼을 한다. 이 의사는 프랑스에서 공부한 유학

파였는데, 고향에 돌아온 후 콜레라를 근절시키면서 주민들을 놀라게 했다. 근대 의학의 힘이 머나먼 식민지 일상까지 거침없이 파고드는 순간이었다.

쿠바의 근대 의학도 유럽 본토 의학에 견줄 만한 실력을 쌓아 나갔다. 황열병의 병인이 모기라는 사실을 최초로 밝혀 낸 이가 쿠바 의사 후안 핀라이Carlos Juan Finlay (1833~1915)라는 점만 봐도 알 수 있다. 그러나 근대 의학이 쿠바에서 직면했던 과제는 근본적으로 유럽과는 달랐다. 식민지의 시간은 유럽과 다르게 흐르고 있었다. 식민지의 신체가 겪어야 했던 병 또한 다를 수밖에 없었다.

2. 설탕의 이야기

'식민지'라는 개념이 부각된 것은 1492년 콜럼버스의 모험 이후부터다. 식민植民은 글자 그대로 뜻을 풀면 '사람을 심는다'는 뜻이다. 그 전에도 식민 활동이 없지는 않았다. 로마인들은 지중해를 따라 항구마다 자신들의 도시를 세웠고, 고대 그리스인들도 소아시아 섬으로 자국민을 이주시키곤 했다. 하지만 근대 식민지는 성격이 달랐다. 유럽인들이 '빈 땅'에서 바랐던 것은 '공짜 자원'이었고, 원주민과 노예는 철저히 자원으로 취급받았다. 착취 관계는 새 사회의 기본전제였다.

균형이 깨진 세상은 균형이 깨진 인간을 만들어 낸다. 불균형은 신체의 병적 상태로 드러난다. 그간 쿠바는 균형을 맞추기 위해 독립과 혁명을 거치며 먼 길을 돌아왔지만, 불균형의 흔적은 오늘날에도 여전히 드러난다.

보데가Bodega가 좋은 예시다. 보데가는 쿠바인들이 개인에게 할당된 식품을 수령하거나 저렴하게 구매할 수 있는 배급소다. 경기가 좋았을 때는 기본 식품뿐만 아니라 생선과 고기까지 보데가에서 보급되었다고 한다. 지금은 시대가 바뀌었다. 쌀, 소금, 설탕, 커피처럼 기본적인 식료품밖에는 찾을 수 없다. 쿠바의 낮은 식량 자급력을 생각한다면 이 정도 배급이 유지되고 있는 것만 해도 기적이다. 그럼에도 절대로 동이 나지 않는 식품이 딱 하나 있다. 바로 설탕이다. 아수카르Azúcar, 설탕은 쿠바의 유일한 자족 상품이다. 근 400년간 이 땅에서 설탕이 부족했던 적은 없다. 스페인 지배하에서 농민과 노예가 신음했었던 식민지 시기에도, 구소련이 붕괴되었던 90년대에도, 외국 자본이 침투하고 있는 21세기에도 말이다.

쿠바와 설탕의 질긴 인연은 간단히 설명된다. 쿠바는 처음부터 스페인의 대규모 설탕 농장으로 개발된 섬이었다. 스페인 제국은 원주민들을 몰살시키고 나서야 이 아름다운 카리브해 섬이 황금 없는 '빈 깡통'이라는 것을 알게 되었다. 그 후 제국은 이 섬 전체를 설탕 플랜테이션으로 바꾸기로 결정했다.

긴 시간이 흐르고 쿠바가 스페인에서 독립을 쟁취하자, 경제학자들은 입을 모아 걱정했다. 이 효자 상품이 쿠바 경제의 자립과 다양화를 막는 장애물이 되고 있다는 것이다. 하지만 독립 정부와 혁명 정부 모두 설탕의존도를 낮추는

데 실패했다. 1959년 혁명 정부는 단일 작물 경제에서 벗어나겠다며 극단적인 농업 개혁을 실시했지만 실패의 고배를 마셔야 했다. 그 후 쿠바는 설탕 재배로 되돌아갔다. 세계 시장에서 설탕 가격이 곤두박질치는 순간 쿠바 경제도 함께 곤두박질친다는 것을 알면서도 말이다.

자연과 식물과 인간이 함께 자아낸 기구한 역사. 이 카르마가 오늘날 쿠바인들의 신체를 무겁게 만들고 있다. 설탕이 들어가지 않은 음식이 없고, 설탕에 잠식되지 않은 건강한 몸이 드물다. 아침마다 마시는 에스프레소 한 잔에 설탕 두 스푼, 간식으로 마시는 요거트에 설탕 세 스푼, 온 가족이 즐기는 디저트에는 세기도 힘들 만큼 많은 설탕 스푼이 들어간다. 쿠바에서 설탕 없이 맛을 낸다는 것은 상상할 수 없는 일이다. 가족주치의들은 '설탕은 건강의 적'이라고 틈이 날 때마다 주지시키지만, 아는 것과 사는 것은 다른 문제다. 알면서도 못 끊는 습관이 얼마나 많은가? 낡은 습관은 세대에서 세대로, 부엌에서 부엌으로 전해진다.

그러니까 콘술토리오와 폴리클리니코에 설탕을 먹고 자란 병들이 활개를 치는 것은 자연스러운 일이다. 가장 대표적인 병은 비만이다. 각 세포들은 당糖을 저장하는 공간을 가지고 있다. 하지만 흡입된 설탕의 양이 저장 공간을 초과하면 여분의 당은 지방으로 변한다. 지방 세포는 일반 세포보다 더 쫀득쫀득하게 잘 늘어나기 때문에 저장고로 딱 알맞다. 지방 조직이 늘어나는 만큼 몸은 과체중이 되고, 비만이 된다. 2012년 기준으로 쿠바의 비만과 과체중 인구는 전체 인구의 44퍼센트에 육박한다.Eduardo Rivas Estany, Reinaldo de la Noval García, "Obesidad en Cuba y otras regiones del Mundo. Consideraciones generales y acciones nacionales de prevención", *Anales de la Academia de Ciencias de Cuba* (Vol. 11), Revista Academia de Ciencias de Cuba, 2021.

지방 저장에도 한계가 있다. 저장고까지 포화 상태가 되면 여분의 지방은 핏속을 떠돌다가 혈관 내벽에 주저앉는다. 이것이 소위 '나쁜 콜레스테롤'이라고 알려진 LDL이다. 오래된 LDL은 산화되면서 몸속의 청소부인 대식大食세포를 끌어들이는데, 대식세포는 LDL을 잡아먹다가 혈관 벽에 상처를 낸다. 그 상처 위에 근육섬유질과 칼슘 덩어리가 엉키면서 딱딱한 조직이 형성된다. 이것이 바로 죽종粥腫, atheroma이다.

죽종이 생기면 혈관은 경직된다. 심장에서 혈액을 받아 온몸으로 뿜어내야 하는 동맥이 경화되면 치명적이다. 동맥경화증은 설탕이 유발하는 또 다른 고질병인 고혈압으로 이어진다. 혈관의 저항력이 세지는 만큼 심장도 압력을 올려야 하기 때문이다. 쿠바 보건부가 공식적으로 운영하는 사이트인 인포메드infoMed가 2017년 출판한 『쿠바 동맥성 고혈압 안내서』Guía Cubana de Hipertensión Arterial를 보면, 15세 이상인 쿠바 인구의 세 명 중 한 명이 고혈압이다. 심장 질환에 의한 사망률은 10만 명당 218.8명으로 사망 순위 2위를 차지하고 있다.

당뇨병도 큰 문제다. 당뇨 2형은 설탕에 탐닉한 대가를 세포들이 대신 치르다가 생기는 후천적 질병이다. 설탕을 흡수하기 위해서는 세포가 인슐린 신호를 인식해야 한다. 그런데 높은 혈당치가 지속되다 보면 어느 순간부터 세포가 인슐린을 무시하기 시작한다. 세포에 진입하지 못하고 핏속을 떠도는 당은 독으로 변한다. 2020년 기준으로 쿠바 전체 인구의 7퍼센트가 당뇨병 환자다.Ministerio de Salud Pública de República de Cuba, "Diabetes Mellitus: comorbilidad a tener en cuenta en tiempos de COVID-19", 2021. 05. 06, https://salud.msp.gob.cu/diabetes-mellitus-comorbilidad-a-tener-en-tiempos-de-covid-19/

비만, 당뇨병, 고혈압은 쿠바인들이 지닌 질병 '3종 세트'다. 콘술토리오에서 진료 차트를 훑어보면 '3종 세트'가 없는 가족이 없다시피 하다. 가족주치의는 하도 자주 반복해서 잠꼬대로도 읊을 수 있는 진단을 내놓는다. 설탕 섭취를 줄이십시오. 기름 섭취도 줄이십시오. 걷는 시간을 늘리십시오…. 모두가 다 아는 이야기다. 그리고 대부분의 환자가 이 말을 따르지 않으리라는 것도 다들 알고 있다. 진정한 병은 진료 기록에 적히지 않기 때문이다. 그 병의 이름은 중독이다.

중독은 근대 제국주의가 만인의 신체에 물려준 뿌리 깊은 유산이다. 세계적으로 대히트를 친 식민지 상품을 떠올려 보라. 커피, 설탕, 담배, 아편, 하나같이 중독성이 강하다. 식민지에서 산출된 이국적인 수입품은 계급의 구별 없이, 동서의 경계를 넘어 일파만파 퍼졌다. 18세기 무렵이 되자 가난한 영국 가족의 식탁 위에도 커피가 올라갈 정도였다.Anne E. C. McCants, "Poor consumers as global consumers: the diffusion of tea and coffee drinking in the eighteenth century", *Economic History Review* (61), Wiley, 2008, p.172. 세계는 점점 '평등해졌고', 오늘날 우리는 돈만 있으면 누구나 중독 물질을 구매할 수 있게 되었다. 남미에서 수입되는 커피 없이, 동남아에서 수입되는 설탕 없이 사는 일상을 상상해 보라. 우리 역시 설탕을 금지당한 쿠바인들처럼 온몸을 비틀면서 못 살겠다고 외치지 않을까? (인터넷 짤 중에 이런 게 있다. 만약 500년 전 유럽인이 타임머신을 타고 21세기로 여행 온다면, 가장 충격받을 물건은 스마트폰이 아니라, 전 세계 향료와 식재료를 모아 놓은 슈퍼마켓일 거라고.)

가난이 병을 부르고 병이 가난을 만드는 쌍방 관계는 누구나 쉽게 동의한다. 그렇지만 가난을 꼭 물자의 결핍으로만 이해할 필요는 없다. 다양성의 박탈 또한 가난이다. 중독은 신체가 외부와 소통하는 채널이 하나로 좁아지는 것이다. 이 '채널화'는 반생명적이다. 병은 삶 속에서 다양한 경로로 표현될 수 있다. 태아가 자궁에 있을 때 끼어들었던 한 번의 우연 때문에 장애를 안고 태어날 수도 있고, 유전자에 대대로 전해져 온 병을 물려받았을 수도 있으며, 예기치 못한 사고로 신체의 일부와 작별할 수도 있다. 이것들은 모두 생명이 존재할 수 있는 방대한 스펙트럼 안에 속해 있다. 그러나 중독은 몸의 주도권을 외부 물질에 내준다는 점에서 앞서 언급한 병과 성격이 다르다. 이 '병'은 몸을 외부에 소유당하는 것과 다를 바 없다. 이것이 가난한 생명이 아니면 무엇일까? 물자의 풍요 속에서도 신체는 얼마든지 가난해질 수 있다.

쿠바에서 설탕이 세를 키운 것이 하루아침의 일이 아니듯이, 설탕의 늪에 빠진 몸도 하루아침에 구조되지는 않는다. 쿠바 의료는 설탕과 짝지어진 병을 거의 풍토병으로 취급한다. 풍토병이라니, 참으로 적확한 표현이다. 이것은 이 땅이 켜켜이 쌓아 온 역사의 지층 속에서 만들어진 병이다. 존재는 백지에서 시작하지 않는다. 내가 태어난 땅, 그 땅이 겪은 시간, 그 시간을 소화해 내는 주변 사람들의 삶의 방식이 나를 구성한다. 내가 '나'라는 사실을 부정할 수 없듯이 내 몸에 체화된 시간도 무시할 수 없다.

희망이 있다면 조건의 한계가 치유의 가능성을 전부 차

단하지는 않는다는 것이다. 한 사람의 습관을 바꾸는 일조차 불가능하게 보일 때가 있다. 그래도 개중 어떤 환자들은 그 힘든 일을 해낸다. 좋아했던 음식을 끊고, 취침 시간을 바꾸고, 운동도 시작한다. 진정한 진료실은 의사가 앉아 있는 방이 아니라 환자의 일상이다. 이런 사례가 있는 한 이섬에서 설탕의 독을 빼내는 작업이 불가능하다고 단언할 수는 없다. 불가능처럼 보일 만큼 오랜 시간이 걸리더라도 말이다.

> "앞으로 우리는 보게 될 것입니다. 왜 의사가 또한 농부가 되어야 하는지, 어떻게 그가 새로운 영양 식품을 파종하는 법을 배우는지 말입니다. 그리고 농업과 가능성의 측면에서 볼 때 지구상에서 가장 풍요로운 나라 중 하나일지 모르는 작고 가난한 쿠바에서, 새 식품을 소비하려는 열정과 영양 구조를 다양화하려는 열망의 씨앗을 사람들 사이에 심는 법을 그가 어떻게 배우는지 볼 것입니다." Ernesto Che Guevara, "El Médico Revolucionario", http://www.cubadebate.cu/especiales/2020/06/14/el-medico-revolucionario/

위 인용구는 체 게바라가 1960년 의료계 종사자들에게 연설한 내용 중 일부다. 이 말은 혁명 60년을 맞이한 오늘날 더 크게 와닿는다. 쿠바의 의사들은 지금도 "새 식품을 소비하려는 (……) 열망의 씨앗"을 사람들 사이에 심기 위해 노력하고 있다. 이것이 쿠바 사회를 치유하기 위해 필요한 의술이고, 이 의술이 실행되는 장소는 병원이 아니라 식탁이다. 채소, 고기, 생선이 필요할 뿐만 아니라 이 재료를 다양하게 조리해 먹을 레시피가 필요하다. 새로운 부엌 풍경, 새로운 혀와 위장, 새로운 신체가 필요하다.

3. 전염병의 이야기

병은 인간사뿐만 아니라 자연사에서 유래하기도 한다. 쿠바
는 적도와 가까운 열대 섬이다. 그리고 역병은 열대지방이
라면 피할 수 없는 운명이다. 뜨거운 열기와 눅눅한 공기라
니, 미생물들이 사랑을 나누기에(?) 최적의 조건이다. 쿠바
도 굵직한 전염병들과 여러 번 싸워야 했다. 과거에는 콜레
라와 장티푸스였고, 요즘에는 이집트모기 퇴치 프로젝트에
심혈을 기울이고 있다. 이집트모기는 황열병은 물론이고 뎅
기dengue 바이러스와 지카Zika 바이러스까지 옮기는 골칫거
리다.

징글징글한 전염병의 역사 속에서 쿠바 의료는 나름의
전략을 개발했다. 이름하여 '페스키사'Pesquisa다. 페스키사
는 스페인어로 '조사, 탐구'를 뜻한다. 그런데 쿠바의 맥락
에서 이 단어는 특수한 뜻을 지닌다. 직접 찾아가는 진단,
즉 문진問診이다. 의료인의 임무는 병을 찾아내는 것이므로

조사가 곧 진단이라는 것은 쉽게 이해할 수 있다. 한데 이 작업은 진료소가 아니라 주민들의 집에서 이루어진다. 다시 말해 '페스키사'라는 단어에는 환자를 직접 찾아가겠다는 의지가 담겨 있다.

전염병이 시작되면 발병 지역의 모든 가정집은 노크 소리를 듣는다. 의료인의 방문이다. 전염병의 기세가 꺾일 때까지 매일 아침, 같은 시간, 같은 질문과 함께 방문이 반복된다. 집요한 태도는 전염병을 퇴치할 때 필수다. 전염의 연쇄 고리를 끊으려면 병인보다 더 빠르게 움직여야 하기 때문이다.

현관문이 열리면 문답이 시작된다. 질문 내용은 코로나 19 팬데믹의 대응책으로 발명된 자가 진단 앱과 비슷하다. 오늘은 기분이 어떤가요? 열이 있나요? 기침이 있나요? 본인 외에도 가족이나 이웃 중에 증상이 발현된 사람이 있나요? 대부분 '노'no라고 말하지만 가끔씩 '씨'si라고, 즉 맞다고 답하는 사람들이 있다. 그러면 다른 알고리즘이 작동한다. 증상이 언제부터 시작되었나요? 마지막으로 체온을 잰 것이 언제인가요? 최근에 여행을 했었나요? 구토, 어지러움, 출혈 같은 다른 증상도 있나요?

주민들의 의무는 질문에 답하는 것까지다. 문답이 끝나면 주민들은 아침부터 발품 파는 불쌍한 의료인들에게 물과 커피를 챙겨 주고, 막간을 이용해 잠깐 수다를 떨고, 인사한 후 문을 닫는다. 내일 또 봅시다!

그렇지만 의료인은 아직 '내일'을 말할 수 없다. 주민들과 달리 할 일이 산더미처럼 남았기 때문이다. 오전 내내 수집한 정보를 콘술토리오에 전달해야 한다. 정보는 추후 폴리클리니코에서 최종 취합된다. 의심 증상이 나타난 가정집을 추리고, 담당 가족주치의에게 연락을 해서 환자들이 평소에 어떤 기저 질환을 앓고 있는지 체크한다. 그러면 벌써 점심시간이다.

오후에는 선별 진료 시간이 돌아온다. 전문 의료진들이 역병이 의심되는 가정집을 재방문해서 진단 키트로 검체를 채취한다. 이때 양성반응이 확인되면 의료 조치가 취해진다. 필요하다면 그 블록 전체의 주민들이 다 함께 시설로 이동하기도 한다. 만약 결과가 음성이라면 환자가 증상이 비슷한 다른 병에 걸렸을 가능성을 염두에 둔다.

이 모든 과정을 종합해 보면 페스키사는 '아날로그 타가 진단 앱'이라고 해도 과언이 아니다. 페스키사는 규격화된 프로그램이다. 그러나 스마트폰의 앱과는 달리 사람이 직접 움직여야 하는 수동이다. 또 주민들 자신이 아니라 의료진이 움직이기에 '자가 진단'이 아닌 '타가 진단'이 된다.

스마트폰이 없던 시절에는 세계 어디서나 페스키사와

비슷한 방식으로 조사를 행했을 것이다. 21세기에는 구닥다리 취급을 받지만 말이다. 그러나 방역의 효과는 방역 기술이 사회적 조건과 얼마나 잘 호응하느냐에 달려 있다. 쿠바인들의 일상은 여전히 아날로그다. 스마트폰은 물론이고 컴퓨터 보급률도 높지 않고, 정보도 아직 전산화되지 않았다. 이런 곳에서 '디지털 어플리케이션'을 제작해 봤자 소용이 없다.

또한 쿠바는 페스키사를 대규모로 진행할 수 있는 인력을 보유하고 있다. 바로 의대생들이다. 전염병이 발생하면 그 지역 의대는 학사 일정을 멈춘다. 학생들은 '아날로그 타가 진단 앱'이 되기 위해 책과 펜을 놓고 길거리로 나간다. 페스키사는 정규 시간표에 삽입되어 있지는 않지만 연례행사나 다름없다. 모기가 번식하는 가을철이 되면 전염병이 꼭 번지기 때문이다. 인구 밀도가 높은 도시일수록 특히 더 취약하다.

쿠바 외부에서는 페스키사를 부정적인 시선으로 바라보기도 한다. 학업이 아닌 일에 학생들이 동원되는 게 부당하다는 것이다. 하지만 세금으로 학교를 전면 운영하는 쿠바에서는 학생들의 공석 노동을 이상하게 여기지 않는다. 주민들의 피해를 최소화하려면 페스키사를 최대한의 규모로 키워야 한다. 공무원의 노동력만으로는 역부족이다. 그렇다면 누가 이 일을 도울 수 있겠는가? 생명을 살리는 법을 배우겠다고 자발적으로 대학의 문을 두드린 의대생이 아니라면 말이다. 페스키사는 단순한 어플리케이션 하나로도 대체할 수 있는 반복 작업이지만, 이 지루한 일을 성실하게 수행하겠다고 나서는 사람은 생명을 살리는 것이 최우선이라는 대명제에 동의한 의사와 의대생들뿐이다.

페스키사의 효과는 정보 수집에만 국한되지 않는다. 자가 진단 앱이 작동할 때 교환되는 것은 정보뿐이지만, 사람과 사람이 말을 섞을 때는 정보 외의 에너지, 즉 정서와 감정이 함께 흘러간다. 덕분에 페스키사는 주민들의 불안을 진정시키는 효과를 낸다. 매일 동일한 시간에 방문하는 의대생들 덕분에 주민들은 역병의 시기에도 지역 의료에 문제 없이 연결되어 있다고 느낀다.

정기 방문은 특히 독거노인들에게 큰 도움이 된다. 역병은 사람들 사이의 교류를 줄인다. 하루에 한 번, 의대생이 규칙적으로 방문해서 잠깐 수다를 떠는 것만으로도 노인들의 우울증을 예방할 수 있다. 노인이 낙상을 입거나 독감에 걸렸다면 이 또한 가족주치의에게 곧바로 보고된다. 페스키사는 공동체의 건강이 취약해진 시기에 사회 안전망 기능도 겸하는 셈이다.

페스키사에는 정보를 퍼뜨리는 SNS 기능도 있다. 전날

한 동네에서 새 확진자가 나왔다면, 그다음 날 아침에는 옆 동네 사는 사람들까지 이 소식을 알게 된다. 학생들이 아침 방문마다 소식도 업데이트해 주기 때문이다. 인터넷 없이도 사람들은 실시간으로 정보에 접속할 수 있다.

쿠바 페스키사는 풍토병이 유행시키는 에피데믹Epidemic에 최적화되어 있다. 그러나 페스키사는 2020년 3월을 기점으로 새로운 국면을 맞게 된다. 코로나19발 팬데믹Pandemic 앞에서 역대 최장 기간 동안, 가장 많은 환자와 대면하게 된 것이다. 2019년 12월 중국에서 출발한 바이러스가 유라시아 대륙을 가로지르고 대서양을 건너 쿠바에 도착하기까지는 석 달이 채 걸리지 않았다.

처음에는 쿠바 정부도 공항에 열화상 카메라를 설치하는 수준의 조치를 취했지만, 지역 사회의 감염이 불거지자 결국 국경 봉쇄라는 초강수를 두었다. 국경 봉쇄를 나흘 앞두고 뉴스가 나오던 날, 외국인들은 패닉 상태에 빠져서 쿠바를 탈출했다. 테크놀로지로 무장한 한국과 중국이 겨우 코로나19의 불길을 잡았고, 의료 물자가 넉넉하다 여겼던 유럽은 역병의 페이스에 완전히 말렸다. 그런데 쿠바처럼 가난한 약소국이 어떻게 팬데믹을 감당할 수 있겠는가? 이곳에는 음압병실은 고사하고 기본적인 의료 물자조차 부족하지 않은가? 쿠바에는 파죽지세로 달려오는 바이러스를 막아

낼 무기가 없다. 이것이 많은 이들이 공유했던 믿음이었다.

그리고 반전이 일어났다. 다수의 예상을 깨고 쿠바가 방역에서 선방했던 것이다. 2020년 7월 초까지 쿠바의 누적 확진자는 2,400명 이하였고, 총 사망자는 86명이었다. 사망률도 WHO의 평균보다 낮은 3.6퍼센트를 유지했다. 중남미 대륙이 팬데믹의 새 진원지로 부상하고 있음에도 쿠바의 방역은 흔들리지 않았다. 2021년으로 해가 바뀌고 나자 쿠바도 빈사 상태에 빠진 경제를 살리기 위해서 불가피하게 국경을 열었다. 이에 발맞춰서 방역의 목표도 확진자 감소에서 사망률 감소로 옮겨 갔다. 이 역시 성공이었다. 누적 확진자 숫자는 급상했으나 평균 사망률은 1퍼센트 미만으로 유지되었으니 말이다.

어떻게 이런 성취가 가능했을까? 평소 튼튼하게 유지되어 온 의생활 덕분이다. 팬데믹의 큰 문제 중 하나는 이동이 차단된다는 것이다. 자차를 소유하지 못한 많은 쿠바인들은 그대로 발이 묶였다. 그럼에도 치명적인 문제가 생기지는 않았는데, 모두들 도보 거리 내에서 의사를 만날 수 있는 동네에 살았기 때문이다. 의료가 어느 때보다 필요한 대역병의 시기에 동네 의료팀은 대체 불가능한 자원이 되어 주었다. 가족주치의와 간호사들은 동네 상황을 시시때때로 살폈고, 주말에는 돌아가면서 당직을 섰다. 주민들이 자기 집에 머물고 있었기 때문에 사태 파악이 오히려 용이했다. 접근성 높은 의료 체계에 양질의 의료진이 더해지면서 이뤄 낸 쾌거였다.

주민들 간의 튼튼한 네트워크 역시 팬데믹에 대항하는 큰 무기가 되었다. 언뜻 보면 이 사실은 형용모순 같다. '거리 두기'는 팬데믹 때 세상 모든 곳에서 실천한 전략이었다. 사람 사이에 거리를 둘수록 바이러스로부터 더 안전하다는 것이다. 이 논리가 옳다면 쿠바는 역병에 매우 취약한 장소가 된다. 쿠바의 일상에서 마을 네트워크는 선택이 아닌 필수다. 팬데믹이라고 해서 공동체 내의 불가결한 소통까지 멈출 수는 없다.

그러나 여기에는 중요한 사실 하나가 빠졌다. 공동체는 사람들을 공간에 무작위로 몰아넣은 '익명의 집단'이 아니다. 또한 공동체 주민들은 가만히 앉아서 바이러스가 오기만을 수동적으로 기다리는 '사물'도 아니다. 주민들은 서로를 연결하면서 바이러스를 걸러 내는 '필터'가 되었다. 이 필터의 원리는 바이러스의 익명성을 해체시키는 것이었다.

바이러스에는 숙주의 이름을 지우는 힘이 있다. 전염의 물결 속에서는 행위의 주체와 객체가 불분명해진다. 전파자가 원해서 바이러스를 얻은 게 아니니 그 역시 피해자다. 확진자 역시 곧바로 전파자가 될 수 있으므로 그 역시 가해자다. 진정한 행위의 주체를 굳이 따지자면 바이러스겠지만, 바이러스라는 존재는 오로지 사람을 통해서만 실재하기 때문에 따로 분리해서 인식하는 게 불가능하다. 사람과 바이러스를 분리할 수 없다는 병리적 조건 때문에 확진자에게는 '반인반수'半人半獸도 아닌 '반인반균'半人半菌이라는 지위가 부여된다. 감염이 어디서 들이닥칠지 모른다는 정보의 공백 때문에 경계 범위는 '모든 타인'으로 넓혀진다. 의도와 상관없이 누구든 말려드는 전염병 속에서는 하나의 익명만 남는다. 확진자 n번.

그런데 모두가 모두를 아는 동네에서는 이 게임이 불가능하다. 정보의 공백이 생기기에는 서로의 삶이 너무 촘촘하게 얽혀 있고, 이웃을 '확진자 n번'으로 취급하기에는 서로를 너무 잘 안다. 이는 내가 직접 경험했다. 의대생으로서 페스키사에 참여하는 동안 나는 내가 맡은 구역 주민들의 이름을 다 외웠다. 세 달이면 충분했다. 이름뿐인가? 인원수, 연령대, 이웃 간의 관계, 가족 분위기까지도 대략 파악하게 되었다. 나만 해도 이러한데, 거의 평생을 함께한 이웃들의 정보력은 막강할 수밖에 없다.

가령 앞집에 사는 '안토니오'가 코로나바이러스에 걸렸다고 치자. 딱 봐도 엊그제 스페인에서 도착한 후 격리당한 사촌을 도와주러 갔다가 바이러스를 얻어 온 듯하다. 이웃들은 걱정에 휩싸인다. 그렇다고 해서 안토니오를 '몇 번째 확진자'라고 부르지는 않는다. 역으로 코로나바이러스가 '안토니오의 바이러스'라는 정체성을 얻게 된다. 이것은 그냥 바이러스가 아니라, '술을 좋아하고 어린 딸을 사랑하고 어제 앞집에 망고를 선물했고 요즘 일자리가 없어서 골머리를 앓고 있는 안토니오'에 탑재한 바이러스가 된다. 이 바이러스가 무사히 떠나야 안토니오의 어린 딸도 슬퍼하지 않고, 망고도 다시 선물받을 수 있고, 동네도 다시 안전해진다.

이것이 디테일의 힘이다. 인간은 추상적인 통계 수치보다 한 개인의 구체적인 일화에 더 쉽게 마음을 뺏긴다. 100년 전 스페인 독감이 그 당시 전 세계 인구 1퍼센트의 목숨을 앗아갔다는 정보는 잘 실감 나지 않지만, 인도에서 한 미혼모가 코로나19로 목숨을 잃으면서 아이 홀로 남겨졌다는 뉴스를 들으면 마음이 크게 요동친다. 이처럼 협소하지만 구체적인 공감 능력을 역이용할 수 있다. 공동체 네트워크 안에서 바이러스를 '디테일하게' 포위하는 것이다. 그러면 방역에서 몇 가지 유리한 고지를 점할 수 있다.

첫번째 장점은 공공의 정보력이 좋아진다는 것이다. 쿠바에는 신용카드도 없고 스마트폰 사용도 일반직이지 않다. 하지만 개인의 동선을 추적하는 데 반드시 테크놀로지가 필요한 것은 아니다. 우리의 '안토니오'가 평소에 어디를 돌아다니는지, 또 누구를 만나고 다니는지 같은 블록에 사는 이웃들은 이미 알고 있다. 이들의 협조를 받으면 손쉽게 확진자의 동선을 추적할 수 있다.[*]

두번째 효과는 공포에 뿌리를 둔 혐오를 막아 준다는 것이다. 인간은 상대를 모를 때 더 쉽게 원색적인 비난을 한다. 얼굴을 직접 보면 차마 꺼낼 용기도 없을 말들을 가볍게 던진다. 책임지지 않아도 되는 관계라는 이유도 있지만, 상대방의 정체를 모를 때 공포심이 더 강렬해지기 때문에 그렇다. 코로나19가 터진 후 이름 모를 확진자를 향해 집단적으로 감정을 분출하던 온라인 풍경을 떠올리면 잘 이해될 것이다. 그 안에는 비난과 분통과 피로와 공포가 뒤섞여 있었다.

하지만 바이러스에 걸린 사람이 가까운 이웃이라면 어떨까? 그 사람이 어떤 경로로 전염병을 얻게 되었는지 그 사정까지 눈에 훤하다면? 감정에도 자연스럽게 제동이 걸린다. 상대방에 대한 분노보다 걱정이 앞서고, 화가 나더라도 같이 감당해야 한다는 마음이 든다. 바이러스가 걱정스러운

---

[*] 첨언을 하자면 이것은 서구 언론과 아시아 언론 사이에서 벌어지는 '집단의 안전을 보장할 의무 VS 개인의 프라이버시를 보호받을 권리'라는 신경전과 상관이 없다. 쿠바에는 원래 사생활 개념이 희박하다. 신상 정보의 공유는 공동체 안에서 자생적으로 생겨난 현상이다.

것은 매한가지지만, 이 사건 때문에 앞으로도 계속 얼굴 보고 살 사람과의 관계를 끝장낼 수는 없기 때문이다. 이처럼 작은 공동체에 살면 쉽게 마음의 평정을 찾을 수 있다.

세번째 효과는 공동체가 주민들의 건강을 블록 단위로 묶어 준다는 것이다. 같은 공동체에 속한 사람들은 서로 끊임없이 접촉한다. '2미터 거리두기' 같은 지침은 이 안에서 아무 소용이 없다. 하지만 역으로 주민들은 자기 블록 밖으로 잘 움직이지 않는다. 가족과 이웃을 통해서 관계의 욕구를 충족시키기 때문에, 굳이 다른 사람을 만나러 멀리 나갈 필요가 없다. 이런 배치에서는 전염병의 확산이 자동적으로 차단된다. 바이러스가 공동체 안으로 침입해도 위기는 크게 번지지 않고 딱 그 블록 안에서만 끝난다.

한번은 한 진료소에서 확진자 아홉 명이 동시에 나온 적이 있었다. 몰래 파티를 했다가 사달이 났다고 했다. 그날 전국적으로 스물한 명의 확진자밖에 나오지 않았기 때문에 이 숫자는 충격적이었다. 앞으로 동네 이곳저곳에서 출몰할 환자들을 맞이하기 위해 의료진들은 마음의 준비를 단단히 했다. 하지만 예상과 달리 확진자가 세 명만 추가되고 사태는 그내로 종료되었다. 이렇게 이게 가능했을까? 그 시국에 파티를 할 만큼 무방비한 사람들도 자기 구역을 떠나지 않는다는 것 외에는 설명되지 않는다. 파티를 하더라도 '내

집'에서 '내 이웃'과 함께하겠다는 이 희한한 공동체 정신을 보라!

쿠바의 예시는 사회적 거리 0미터로 이뤄 낸 신기한 성공이다. 이 방역은 쿠바 맞춤형이다. 그대로 따라 할 수도 없고, 그럴 필요도 없다. 대도시의 개인주의에 익숙한 사람들은 테크놀로지에 기반한 대형 관리 시스템을 신뢰하는데, 이는 도시라는 환경이 익명성에 기반하고 있기 때문이다.

그렇지만 쿠바의 예시는 고정관념을 깨뜨려 준다는 점에서 의의가 있다. 많은 이들이 선진국에서만 과학과 의술이 발전할 수 있다고 생각한다. 수준급의 의료 기술을 갖추기 위해서는 경제 발전이 먼저 이뤄져야 한다고 여긴다. 그러나 바이러스가 세포 밖에서 살아남지 못한다면, 바이러스가 전염되는 양상도 사람 사는 모습을 따라간다. 바이러스에 대항하는 방법도 사람 사는 모습만큼이나 다양하다. 저개발로 치부되는 느린 사회에도 바이러스를 잡는 느린 전략들이 있는 것이다.

역병의 이야기는 몸의 이야기와 닮았다. 동일한 병에 동일한 프로토콜을 적용하더라도, 몸이 반응하는 방식은 환자마다 각양각색이다. 체질이 다르기 때문이다. 공동체 역시 '집합적 신체'다. 그렇다면 방역 전략을 세우기 전에 질문이 먼저 필요하다. 내가 속한 공동체의 체질은 무엇일까? 코로나19를 고립시키기 위해 서로 멀찌감치 뒷걸음질 칠 때조차, 스텝을 밟는 방법에는 여러 가지가 있다. 서로 다른 스텝을 조금씩 베끼고 훔치면서 최선의 안무를 짜려고 노력하는 수밖에 없다.

4. 배고픈 이야기

그렇다면 쿠바는 승리했는가? 코로나19발 팬데믹은 쿠바에게 영광스러운 시간으로 기억될 것인가? 안타깝게도 그렇지 못했다. 쿠바는 방역을 위한 대가를 철저히 치러야 했다. 바로 식량난이다. 쿠바인의 식탁이 넉넉한 적은 그간 한 번도 없었지만, 또 팬데믹처럼 상황이 어려웠던 적은 90년대 특별시기 외에는 생각할 수 없다.

전국적인 봉쇄가 실행되던 2020년 3월, 수도 아바나의 보데가에서는 쌀이 자취를 감추기 시작했다. 식량 위기의 신호탄이었다. 곧이어 쿠바에서 가장 흔한 식재료라는 설탕조차 찾아보기 어려워졌다. 마켓에 들어가기 위해 기다리는 줄도 어마어마하게 길어졌다. 냉동 닭이 들어오는 날이면 줄 경쟁은 더욱 심해졌다. 새벽 4시에 줄을 서는 사람은 물론이요, 아예 그 전날 밤 9시부터 가게 문 앞에 돗자리를 까는 사람도 있었다.

그 후로 국경 봉쇄가 풀리면서 고비는 한숨 넘겼지만, 경제 위기의 여파는 지속되었다. 가장 큰 문제는 돈벌이 수단이 사라졌다는 것이다. 쿠바처럼 자급자족이 되지 않는 국가들, 특히 경제 체제가 왜곡되어 있는 구舊식민지 출신 국가들은 외화벌이가 매우 중요하다. 그런데 외화벌이의 효자 산업인 관광업이 팬데믹과 함께 몰락했다. 당장 생계 수단이 송두리째 사라진 셈이다.

팬데믹발 식량 위기는 쿠바뿐만 아니라 전 세계 수많은 곳을 뒤흔들었다. 디지털 산업으로 급격히 부富가 쏠렸고, 돈이 떠나간 자리에서 사람들은 어떻게든 살아남기 위해 발버둥 쳤다. 굶주림은 팬데믹 기간에 퍼진 두번째 역병이었다. 코로나19는 항체라도 남겨 주지만 음식이 사라진 자리에는 병과 죽음만이 기다릴 뿐이다. 고립된 환경 속에서는 어떤 생명체도 살아갈 재간이 없다.

이 사태를 팬데믹 탓으로만 돌리는 것은 염치 없는 일이다. 굶주림은 코로나19 이전부터 이미 시급한 문제였다. 전 지구적으로 생산되는 식량의 양은 70억 인구를 다 먹여 살리기에 충분하건만, UN에 따르면 2021년 한 해 동안 아사한 사람들의 숫자가 8억 280만 명이다."UN Report: Global hunger numbers rose to as many as 828 million in 2021", https://www.who.int/news/item/06-07-2022-un-report--global-hunger-numbers-rose-to-as-many-as-828-million-in-2021 팬데믹의 시발부터 2022

년 8월 31일까지, 만 2년이 넘는 기간 동안 코로나19로 사망한 사람의 숫자가 1억 명이 되지 않는데 말이다."WHO Coronavirus (COVID-19) Dashboard", https://covid19.who.int.

먹이를 사랑하는 것은 생명의 본능이다. 단세포인 박테리아도, 땅에 단단히 뿌리를 내린 나무도 무기물과 햇빛을 향해 움직인다. 하물며 세상의 변화를 섬세하게 감지하고 움직이는 다세포 동물들은 말할 것도 없다. 이 본능을 거스르면 병이 난다. 건강한 육체를 소외된 노동 속에 '갈아 넣어야만' 간신히 먹이를 구할 수 있게끔 사회가 구조화되어 있다면, 혹은 반생명적 수탈이 정당화되고 있다면 이는 집단적 병증이라고 봐야 마땅하다.

쿠바는 지극히 소박하지만 실현시키기는 어려운 꿈을 오랫동안 품어 왔다. 아메리카 대륙에서 가장 먼저 식민지가 되고 또 가장 오래 식민지로 남아야 했던 이 땅의 팔자는 사람들에게 가난의 굴레를 씌웠다. 이 업장을 털어 내기 위해 1959년 쿠바혁명이 벌어졌다. 혁명의 대의는 거창하지만, 개인이 혁명의 대의에 동참하는 가장 강력한 동기는 '따뜻한 밥 한 끼'일 것이다. 하지만 쿠바혁명이 실패한 과업 또한 자족이었다. 식량 주권은 확보되지 못했다.

쿠바 정부가 10년을 주기로 개혁을 감행할 때마다 사람들의 식생활도 바다 위의 돛단배처럼 위태롭게 출렁거렸다.

노인들은 쿠바 경제가 비교적 안정적이었던 80년대를 '사과'로 기억한다. 쿠바에서 사과는 꿈의 과일이다. 열대 섬나라인 쿠바에서는 사과가 나지 않아서 외국에 나가지 않으면 평생 사과를 맛볼 수 없다. 소련의 원조를 받던 그 시절만큼은 예외였다. 동구권 시장이었던 불가리아에서 사과가 헐값에 수입되었다. '사과'가 상징하는 것처럼 당시는 풍족하지는 않았어도 그래도 살 만한 시절이었다.

그러나 소련과 함께 사과도 떠나갔다. 구소련이 공중 분해 된 후 영화 같은 1990년대가 시작되었다. 버스가 운행되지 않았으므로 사람들은 자전거를 타고 다녀야 했는데, 하루 종일 먹는 건 없고 운동만 하니 모두들 삐쩍 말라 갔다. 음식점은 치즈를 구할 수 없어서 하얀 플라스틱 조각을 얹어서 피자를 구웠고, '플라스틱 피자'를 사 먹고 병원에 실려 가는 사람들이 속출했다. 나중에는 고양이와 개마저 거리에서 사라지기 시작했다.

그리고 21세기가 왔다. 쿠바는 힘겹게 다시 일어섰다. 캐나다 자본, 중국 자본, 의료 인력 수출, 그리고 관광업을 통해서 어떻게든 수입을 만들어 내기 시작한 것이다. 그러자 쿠바인들의 식탁에서는 생선이 실종되었다. 쿠바에서 잡히는 해산물의 95퍼센트가 외국인이 투숙하는 호텔에 공급되거나, 수출용으로 따로 보관된다. 아이러니하게도 해산물이 섬나라에서 가장 찾기 힘든 식재료가 된 것이다.

　지난 반세기의 식탁을 요약한다면 '그리운 사과, 사라진 고양이, 빼앗긴 생선'이 될 것이다. 이 기막힌 식탁의 가장 큰 요인은 미국의 경제 봉쇄다. 글로벌 시대, 어떤 나라도 다른 나라 없이는 밥벌이를 할 수 없는 거미줄 같은 세상에서 고립은 곧 죽음이다. 미국이 가한 쿠바 봉쇄는 "근대사에서 가장 복잡하고 또 오래가는"Paul K. Drain, Michele Barry, "Fifty Years of U.S. Embargo: Cuba's Health Outcomes and Lessons", *Science* (Vol.328), American Association for the Advancement of Science, 2010, p.572. 봉쇄 조치다. 고립 상태에서 홀로서기라니, 말만 들어도 형용모순이다. 쿠바 사람들은 생존을 위해 창의력을 최대한 발휘하지만, 봉쇄가 풀리지 않는 한 모두 임시방편에 불과하다.

　쿠바의 가난한 밥상을 엎어 버리는 것은 미국뿐만이 아니다. 온 세계가 기후 재난을 앞당기고 있다. 이산화탄소를 배출하는 지역 중 다수가 북반구인 반면, 그 대가를 목숨으로 대신 치르고 있는 곳은 남반구다. 쿠바가 위치해 있는 카리브해 역시 이상기후로 인한 피해가 매년 점점 커지고 있다. 특히 2020년 중남미를 가로지른 태풍은 다른 해보다 더 가혹했다. 태풍의 속도는 느려졌으나 그 기간은 두 배 더 늘어났고, 수백 명의 사람들이 삶의 터전을 잃거나 죽었다. 니카라과는 태풍의 피해 때문에 국내 총생산의 6.2퍼센트를

잃었다고 발표했다.^{Sarah Marsh, Sofia Menchu, "Storms that slammed Central America in 2020 just a preview, climate change experts say", *Reuters*, 2020-12-04 (https://www.reuters.com/article/us-climate-change-hurricanes-idUSKBN28D2V6)}

이 사건은 같은 해에 벌어진 팬데믹과 대조되면서 더욱 참담한 메시지를 남겼다. 이 해 지구는 그 어느 때보다 더한 '쓰레기 몸살'을 앓았다. 세계 모든 곳에서 마스크와 포장 용기와 같은 일회용품 사용이 폭발적으로 증가했다. 반면 쿠바인들은 팬데믹 와중에도 천 마스크를 만들어 썼다. 그럼에도 쿠바는 태풍 시즌 내내 환경파괴라는 '업장'을 인류를 대표하여 정면에서 맞아야만 했다.

따라서 2021년 유엔기후변화협약 당사국총회(COP26)가 파장으로 끝난 것도 전혀 놀라운 일이 아니다. 핵심국인 중국, 러시아, 브라질은 참여하지도 않았다. 참여국들 사이에도 불신의 골이 깊어졌다. 선진국은 후진국들을 환경 파괴의 주범으로 지적한다. 미래를 고려하지 않고 근시안적인 경제정책을 밀어붙임으로써 소중한 자연을 파괴한다는 것이다. 그러나 후진국도 할 말이 많다. 경제구조는 선진국이 막대한 이익을 보도록 개편되어 있고, 후진국의 절대다수가 빈곤 속에 산다. 이 상황에서 자원을 팔아 먹고사는 마지막 생존 수단까지 버리라고 하면, 대체 어떻게 살라는 말인가?

먹고사는 게 우선이고, 밥상을 지키는 게 우선이다. 이 생명의 원칙을 만인이 존중할 때에만 기후변화를 막을 수 있다. 자원을 함부로 파괴하지 말라는 선진국의 주장은 후진국들 입장에서 보면 후안무치일 뿐이다. 이들이 후진국에서 자원을 갈취한 역사는 너무나 뿌리 깊다. 게다가 현시점에서 1인당 소비하는 자원의 양은 선진국이 월등히 많다. 기후변화라는 재앙은 피하고 싶으나 편안한 라이프 스타일은 바꾸고 싶지 않다는 게 선진국의 본심이다. 이런 사실을 솔직하게 인정하고 지금까지 일부가 독점해 온 부가 전 지구적으로 순환되도록 해야 한다. 세계 절대다수가 겪고 있는 '병증'인 '항구적 빈곤 상태'pauperism에 실천적 공감을 보여야 한다. 그렇지 않다면 후진국의 분노만 돋울 뿐이다.

밥상을 지키는 길과 환경을 지키는 길은 방향이 같다. 환경 보존과 경제개발은 대립되는 것처럼 보이지만, 이는 눈속임일 뿐이다. 기득권을 쥔 소수가 축적한 부를 포기하지 않기 때문에 나머지 절대다수는 아주 작은 파이를 나눠 가져야 하는데, 이 상황이 자연을 파괴하고서라도 파이를 늘리지 않으면 안 되는 것처럼 해석되는 것이다. 수많은 물자를 양손에 잔뜩 그러쥔 채 단 하나도 손해 보지 않을 방법에 골몰한다면, 당연히 가야 할 길이 보이지 않는다.

세계적인 환경운동가 제인 구달은 이 길을 직접 걸어 갔다. 구달은 탄자니아 침팬지들의 주요 서식지인 곰비Gombe

국립공원이 인근 마을에 의해서 급속도로 파괴되는 것을 보고 충격을 받았다. 그러나 마을을 방문한 후에는 더욱 큰 충격을 받았다. 사회에서 소외된 빈민들과 전쟁으로 살터를 잃은 난민들이 그곳에 모여 살고 있었다. 자연을 파괴하는 것 말고는 어떤 생계 수단도 남아 있지 않았다. 그때 구달은 깨달았다. 인간을 구하지 않으면 침팬지도 구할 수 없다는 것을 말이다.Jane Goodall, "How humans and animals can live together", TED, 2007-June*

그리하여 TACARE 프로젝트가 시작되었다. 구달은 밖에서는 자금을 끌어들였고 안으로는 현지 활동가들과 협력했다. 주민들이 자립 경제를 구축할 수 있도록 가축과 씨앗 종자를 구했다. 또한 젊은 여성들을 교육시키면서 지성을 키우고 출산율은 낮추는 일거양득의 효과를 유도했다. 생활에 여유가 생기자 주민들도 구달의 이야기에 귀 기울이기 시작했다. 막무가내로 벌채를 하면 산사태가 더 자주 일어나고, 장기적으로는 마을이 피해를 입는다. 자연의 혜택을 지속해서 누리기 위해서는 침팬지들이 뛰어놀 만큼 숲을 복원시켜야 한다. 이 사실에 설득당한 주민들은 그 후로 적극적으로 환경보호 운동을 주도하게 되었다. 이들이 어리석어 현실을

---

* 제인 구달의 TED 강의 영상을 보시려면 오른쪽 큐알코드를 찍으세요.

보지 못했던 게 아니었다. 먹고사는 문제가 훨씬 더 절박했을 뿐이다. 그러나 배고픈 사피엔스와 침팬지, 숲에 기거하는 무수한 종들 사이에 공존의 지대를 만드는 일은 불가능하지 않았다.

지구가 국경을 뛰어넘어 모두가 필요로 하는 공공재라면, 자연에 기대어 살아갈 수밖에 없는 사피엔스의 생존 또한 공공의 운명이다. 사피엔스뿐인가? 멸종되어 가는 지구상 생물들도 마찬가지다. 풍요는 축적이 아닌 연결에서 생긴다. 서로가 먹고 또 먹히며 생명을 이어 가는 자연의 이치는 만물이 연결되어 있다는 굳건한 증거다. 어떤 존재도 땅없이, 곡물 없이, 농부 없이, 사회 없이 먹고살 수 없다. 생명이 사랑해 마지않는 '먹기'라는 행위에는 온 세계가 함축되어 있다. 반대로 '굶주림'의 상황은 생명의 고립을 의미한다. 한 사람이 절망 속에서 굶고 있다면, 나머지 존재들도 '가난한 세상'에서 사는 것이 된다.

이 병을 치료할 '의사'는 어디에 있는가? 단 한 명의 명의가 고칠 수 있는 병세가 아니다. 쿠바처럼 안팎 전부가 외통수에 빠진 상황에서는 희망의 빛이 아예 꺼진 것처럼 보이기도 한다. 도대체 몇 명의 의사가 나타나야 상황이 바뀔것인가? 그럼에도 생존의 길을 열어 보려는 시도를 포기할수는 없다. 시도의 양태는 다양하겠으나 결국 동일한 통찰에 기반한다. 모든 생명은 세상과 맺는 관계가 제공하는 매 끼니에 스스로를 빚지고 산다. 누구도 예외가 될 수 없다.

희망은 더 많은 사람들이 스스로 '의사'가 되려는 마음을 품을 가능성에 달려 있다. 살리는 마음은 거창할 필요가 없다. 주위 사람이 밥을 잘 먹고 다니는지 걱정해 주는 마음, 배를 곯는 자에게 밥 한 끼 해주고 싶은 마음, 남의 밥그릇을 엎는 행동을 참지 않는 마음이 다 해당된다. '밥심'은 인류가 익혀 온 유구한 '의술'이고, 이 의술의 치유력은 첨단 의술에 뒤지지 않는다. 위장이 끼니때마다 밥을 부르고, 뇌가 식구들과 함께 둘러앉은 식탁 앞에서 행복을 느끼는한 그럴 것이다.

5. 끝이 있는 이야기

지금까지 본 의생활 이야기는 우리를 동네에서 세상으로, 쿠바 안에서 바깥으로 데려다 주었다. 신체는 빡빡하게 주름 잡힌 세상이고, 일상은 한눈에 담기지 않는 시공간이 빚어낸 작품이다. 이 역동성을 체득하는 만큼 의생활의 질도 향상된다. 세상과 연결되어 있다는 확신이 커질수록 생로병사가 행복해질 가능성도 커진다.

인간을 의미를 찾는 동물이라고들 한다. 그런데 의미는 어떻게 만들어지는 걸까? 내가 원하는 답을 찾아내면 끝인가? 아니다. 개인이 선호하는 답을 일방적으로 주장하는 태도는 의미가 아니라 명령이다. ("답은 정해져 있고 너는 말하기만 하면 돼!") 이 정신 승리법은 상대방이 눈치채지 못했을 때는 지질해지고, 상대방에게 강요할 때는 위험한 폭력이 된다. 의미가 실존이 되려면 그 안에 관계에 대한 통찰이 담겨야 한다. 관계 속에서 유효하게 작동하는 행동만이 진정

의미 있기 때문이다. 연결을 바란다는 것은 달리 말해 의미를 찾는다는 뜻이다.

의생활의 의미도 같은 방식으로 생겨난다. 환경을 무시한 채 자아의 입맛에만 맞는 삶의 의미를 구한다면 신체는 필히 소외된다. 몸은 물질일 뿐인데 무슨 의미를 구하느냐고 반문할는지 모른다. 하지만 신체가 겪는 일 중에서 순전히 개인적인 것은 없다. 유전병은 오랜 시간 동일한 병증을 버텨 온 가족의 시간이고, 직업병은 그 사회에서 노동이 어떻게 취급되는지에 대한 증언이다. 고질병은 내가 태어난 순간부터 축적해 온 습관의 발로다. 몸과 세상을 연결하는 시야가 넓어지면 병증 역시 어느 날 생뚱맞게, '하필이면 나에게' 찾아온 무의미한 불행이 아니게 된다. 삶의 수많은 의미를 발굴할 수 있는 '생물-휴먼 드라마'로 바뀐다.

이야기는 치료의 방향성도 결정한다. 치료의 목적은 손상된 신체가 다시 자율적으로 환경과 관계 맺을 수 있도록 최선을 다하는 것이다. 하지만 완벽한 원상복구는 불가능한 일이다. 부정할 수 없는 '한계' 앞에서 어떤 태도를 갖느냐, 어떤 이야기를 쓰느냐에 따라서 치료의 질이 달라진다. 고통에서 무조건 도망치려는 반사 반응보다는 능동적으로 구하는 의미의 실천이 덜 고통스러운 치료를 만든다. 환자에게도, 의사에게도 말이다.

그러므로 좋은 치유와 좋은 이야기는 분리될 수 없다. 언어의 힘은 동전의 양면과 같다. 한쪽은 존재를 고정된 상태로 정의하려는 '명령'이고, 다른 쪽은 존재가 변화할 수 있도록 돕는 '연결'이다. 이야기는 언어의 연결성을 증폭시킨다. 우리가 이야기하는 이유는, 자기 내면에 고여 있던 생각이 사람들 사이에 흘러 다니기를 바라기 때문이다. 소통이 차단되지 않고 전방위로 흘러가게끔 유도하는 이야기일수록 치유력도 높아진다.

그런데 생명의 이야기에서 명심해야 할 사항이 하나 있다. 신체는 생로병사의 단계를 밟는다. 따라서 신체를 긍정하는 이야기라면 생로병사와 공명하는 기승전결이 필요하다. 그런데 이때 주체를 강조하는 서사처럼 무용한 게 없다. 누구에게나 살아가면서 세상의 '원톱 주인공'이 되고 싶은 욕망이 있다. 하지만 만약 이야기의 전체 의미가 주인공의 존망에 달려 있다면, 주인공이 몰락하는 순간 이야기 역시 무의미해진다는 뜻이 아닌가? 누구에게나 죽음이라는 몰락이 예약되어 있다. 살아 있는 모든 것들은 언젠가 죽기에, 살아 있는 모든 이야기에도 엔딩이 존재한다. 이야기를 잘 마치려면 '나'라는 자아에만 좌지우지되지 않는, 그 후에도 세상과 연결될 수 있는 좋은 엔딩이 필요하다.

이야기를 잘 풀어내는 요령이 곧 지혜다. 지혜란 세상이라는 맥락 속에서 생명 활동의 의미를 만들어 내는 힘이다. 지혜가 부족할 때 병이 생긴다. 비유가 아니라 실제로 그렇다. 끝내고 싶어도 끝나지 않는 이야기, 세상의 변화와 무관하게 맥락 없이 반복되는 기억을 우리는 '트라우마'라고 부른다. 트라우마에 갇힌 생명은 더 이상 지금과 여기의 의미를 구하지 못한다. 삶 또한 주변 사람들과 나눌 수 없는 이야기가 되고 만다.

고립된 기억은 개인의 신체에만 기록되지 않는다. 때로는 사회 전체를 짓누르는 기억이 되기도 한다. 활기가 점점 떨어지는 오늘날의 쿠바도 이를 경험하고 있다. 혁명은 더 이상 신세대와 공감대를 형성할 수 있는 주제가 되지 못한다. 소통의 길이 막힌 기성세대는 지난날을 그리워한다. 지난 세기 쿠바는 숱한 역경에도 불구하고 활력이 있는 땅이었다. 쿠바가 꾸었던 꿈은 전 세계 수많은 사람들에게 희망이 되었다. 혁명을 꿈꾸던 한 청년은 이 어마어마한 활력을 '돈키호테'의 캐릭터에 빗대었다. 돈키호테는 모두가 '풍차'라고 말하는 물체에서 '거인'을 읽어 내고, 도저히 승산 없는 결투임에도 풍차-거인을 물리치기 위해 질주한다. 그가 보기에 이 스페인의 광인은 고귀한 이상주의자였다. 현실에서는 끝없이 패배할지언정 돈키호테처럼 꺼지지 않는 열정을 품는 마음이 곧 혁명가의 본질이었다.

나는 가끔 궁금하다. 이렇게 말했던 청년 체 게바라는
『돈키호테』 2권을 읽었을까? 읽으면서 무슨 생각을 했을까?
1권의 돈키호테는 전무후무한 기사가 되어서 온 세상에 공
훈을 떨치고 싶다는 꿈을 꾸었다. 2권의 돈키호테는 예상치
못한 방식으로 그 꿈을 이루게 된다. 문제는 그 이후다. 돈
키호테는 꿈의 실현에 집착한 나머지 종국에는 어디로도 나
아가지 못한다. 그사이에 자신이 오해한 세상과 실제 세상
사이의 균열은 점점 더 거대해진다. 결국 그는 고향으로 되
돌아온 후 제정신을 차리고, 스스로의 어리석음을 인정한
채 죽음을 맞이한다.

'쿠바혁명'도 비슷한 엔딩을 맞는 중이다. 세월의 물살
속에서 실리보다는 이름의 무게에 짓눌리는 유명무실의 상
태로 빠지고 있다. 그러나 쿠바혁명이 틀렸다거나 무의미
했다고 결론짓는 것 역시 허무한 일이다. 작품 『돈키호테』
가 비극이 아닌 것과 마찬가지다. 돈키호테는 무지 속에서
도 선의를 품고 세상을 탐험했고, 그가 친구들과 즐겁게 보
낸 시간은 실존했다. 무엇보다 돈키호테는 스스로에게 최고
의 엔딩을 선사했다. 자기 힘으로 무지를 깨닫고 인생 이야
기를 손수 마무리 지었다. 그는 회한 한 점 없이 담백한 유
언을 남긴다. 이 세상 모든 기사소설은 거짓이었으며, 자신
에게 시간이 조금만 더 있었더라면 영혼의 빛이 될 또 다른

책을 읽었을 것이라고. 이 소망은 그 자체로 생명력의 표현이다. 어떤 시도가 실패했다는 것은 다른 시도를 시작하라는 뜻이다. 설사 '나'에게 남은 시간이 없더라도 다른 이들은 이 기회를 누릴 수 있다. 그러므로 이야기의 끝을 두려워할 이유가 없다. 과거의 영광이 스러지는 광경에 허무를 느낀다면 생명의 이야기를 절반밖에 즐길 줄 모르는 것이다.

지난 반세기 동안 쿠바혁명은 의생활의 초석을 깔았고, 아이들의 건강을 지켜 내었다. 오늘날 혁명의 그림자에서 벗어나 보겠다고 발로 뛰는 쿠바 청년들 역시 의생활의 계승자다. 주어진 현실에서 새로운 시작을 꾀하는 힘이야말로 생명의 저력이기 때문이다. 계승되어야 할 것은 이념도 재산도 아닌 생명이다. 이 힘은 때와 장소를 가리지 않는다. 식민지의 땅, 혁명의 땅, 자본주의의 땅, 기후 위기의 땅에서도 사라지지 않는다.

그래서 우리는 더욱더 떠들어야 한다. 사람의 입보다 텔레비전과 핸드폰이 더 시끄럽게 떠드는 세상이다. 신체의 생로병사를 귀하게 여기는 이야기, '신체'의 경계를 세상과 피부 사이에서 자유자재로 변화시키는 이야기는 여전히 부족하다. 아니, 이런 이야기는 아무리 해도 부족하다. 온 세상에 생명의 기승전결을 뭉개 버리는 반생명의 조류가 거세게 분다. 이 조류에 속절없이 휘말리지 않기 위해서, 휘말리는 것밖에는 살아갈 방도가 없다고 믿지 않기 위해서 의생활의 수다는 끈질기게 이어져야 한다. 생로병사의 이야기는 삶에 생기와 향기를 불어넣는 의생활의 꽃이다.

몸과 삶과 세상에 대한 이야기가 범람하는 생활이라면, 어떤 위기가 덮치든 간에 '살맛'이 통째로 사라지는 일은 없으리라. 이 믿음을 쥐고 있다면 세상을 살아가면서 불안에 잠식되지는 않으리라. 쿠바인들이 삶을 향해 보여 주는 용기와 웃음이 우리에게 선사하는 통찰이다. 이 용기 있는 웃음을 닮을 때까지 정진할 뿐이다. 우리들의 의생활 이야기가 온 세상을 덮을 때까지.

[덧달기 4] 세상의 '의-사'들

구글에 '의대 졸업생이 의사 말고 무슨 일을 할 수 있나요'라고 영어로 검색을 해보면 영 시원찮은 답변들만 나온다. '별로 없습니다. 그래도 의대를 졸업했다는 것 자체가 열심히 살았다는 증명이니 찾아보면 또 새 길이 있을 거예요.' 그렇다, 나만 이렇게 생각한 게 아니다. 의학은 인생의 경로를 좁힌다!

그런데 세상에는 이 경로를 벗어나 굳이 새 길을 개척하는 사람들이 있다. 의사라면 모두가 선망하는 직업일 텐데 왜 굳이 어려운 길을 간 것일까? 이들은 애초에 뭔가를 이뤄야겠다고 생각하지는 않았을 것이다. 주어진 환경에서 살고 싶은 방식대로 살아 보려고 노력하다 보니, 자기도 모르는 사이에 '새로운 행로'가 열려 있었을 테다. 다른 삶을 꿈꾸는 길이 꼭 거창한 대의에서 시작하진 않는 듯하다. 희한한 의사들이 개척한 신종 커리어(?)를 감상하면서 이 책의 마지막 덧달기를 마무리하도록 하겠다.

의대생들에게는 매우 익숙할 사람부터 소개해 보자. 프랭크 네터^{Frank H. Netter}, 그는 20세기 초에 태어난 뉴욕 출신의 외과의사다. 그는 원래 미대생이었다. 뉴욕시립대학교에서 미술을 공부했고, 일찍부터 재능을 인정받아 뉴욕 타임스 같은 신문사에 그림을 그려 주는 아르바이트를 뛰곤 했다. 그러나 그는 가족들의 거센 반대로 화가로서의 커리어를 계속 이어 갈 수 없었다. 결국 청년 네터는 의대에 입학하고 외과 의사로 거듭난다.

그러나 인생은 네터를 말 잘 듣는 '착한 아이'로 내버려 두지 않았다. 네터가 의사로서 본격적으로 경험을 쌓아야 할 당시, 미국에서는 대공황이 시작되었다. 돈 없이 길거리에 나앉게 된 환자들은 병원을 찾지 않았고, 병원도 의사를 고용할 수 없게 되었다. 덩달아 수입이 없어진 네터는 먹고살기 위해서 임시직업을 찾아야만 했다. 그때 한 제약 회사가 네터에게 약품 광고를 그려 달라고 제안했고, 한 점당 1,500달러라는 거금을 주고 작품을 사 갔다. 앞으로 해부학계에 파란을 몰고 올 사건이었다. 이를 계기로 네터가 의사-화가로 전향하게 되기 때문이다. 그는 평생 동안 의대생들에게 구세주 같은 4천 점의 그림을 남겨 주었다. 3D 해부학 어플리케이션이 흔한 21세기에도 네터의 그림은 여전히 독보적이다. 얼마나 많은 학생들이 이 그림 덕분에 낙제의 위기를 면했던가!

그림 대신 글을 택한 의사도 있다. 의학계의 시인이라 일컬어지는 올리버 색스$^{Oliver\ Sacks}$다. 그는 평생 환자에 대한 수많은 책을 남겼는데, 대표작으로 『아내를 모자로 착각한 남자』가 있다. 영국 출신인 색스는 의사 집안에서 태어났다. 큰 고민 없이 가족들의 의사에 따라 의대에 진학했다가 공부가 맞지 않아 오랫동안 방황했고, 자신이 실패한 의사가 될 것이라는 생각을 떨치지 못했다. 스스로가 수많은 질병을 앓았을 뿐만 아니라 영국의 보수적인 사회에서 동성애자의 정체성을 드러내지 못한 채 불안정한 청춘을 보냈다. 결국 색스는 영국을 떠나 미국으로 건너간다.

색스가 인생의 길을 찾은 것은 뉴욕에 자리 잡은 후였다. 모든 종류의 인간이 모여 있다고 해도 과언이 아닌 대도시에서, 색스는 비로소 시선을 내면에서 외부로 돌린다. 병을 통해 삶을 사색할 수 있고, 환자를 치료하는 과정이 자가 치유가 될 수 있다는 사실을 깨달은 것이다. 그 후로 그는 스포츠와 마약을 쫓던 일상에서 완전히 벗어났고, 의사-작가로서 새출발을 했다. 습관처럼 끄적이던 일기 대신 환자들의 삶과 몸과 마음을 기록하는 글을 쓰기 시작했다. 색스의 책은 대단히 재미있다. 신체를 드러내는 투명한 시선과 인간을 향한 연민, 생사에 대한 통찰력이 촘촘하게 얽혀 있다. 삶과 글과 의학을 일치시키려는 태도가 굳건하기에 가능한 일이다. 색스는 환자를 치료하면서 동시에 스스로를 치료하고, 이 치유력을 글을 통해 순환시켰던 것이다.

　보다 학구적인 이유로 의학의 세계에 들어온 사람도 있다. 철학자 조르주 캉길렘Georges Canguilhem이다. 캉길렘은 20세기 프랑스 지성사를 뜨겁게 달구었던 구조주의의 선두주자 중 한 명이다. 사르트르와 동문지간이었으며, 철학계의 스타인 미셸 푸코와 알튀세르, 자크 데리다의 스승으로도 잘 알려져 있다. 그는 스물세 살의 나이로 철학 학위를 받고 강단에 선다. 그런데 같은 해에 그는 학생 신분으로 되돌아간다. 이번에는 의대였다. 전업하기 위해서가 아니라 학문적 호기심 때문이었다. 그는 과학과 윤리학이 갈마든 생명철학을 탐구하고 싶었고, 이를 위해서는 의학 공부가 필요하다고 느꼈다.

　학문을 위해 의사가 되겠다는 캉길렘의 마음은 진심이었다. 의대를 졸업한 후 그는 본업인 철학 교수로 되돌아갔지만, 그 후로 의학 공부를 손에서 놓지 않고 박사 학위까지 마친다. 이 저명한 철학자의 대표작 또한 의학 박사 논문이다. 이 논문에는 '이 글이 의학이 아니라 철학의 시녀에 더 가깝다는 것을 안다'고 고백한 부분이 있다. (의대 교수들이 캉길렘의 논문을 심사했을 때 과연 어떤 기분이었을까?) 그렇지만 영역을 나누는 것이 무슨 의미가 있겠는가? 이 의사-철학자는 20세기 내내 '구조주의자'라고 불리는 지식인들을 모으는 구심점 역할을 했고, 철학과 생물학, 과학사까지 두루 영향력을 끼쳤다. 게다가 캉길렘은 의학을 알면 인생에서 손해 볼 게 없다는 점을 보여 주었다. 1940년대에 프랑스 전역에서 반反나치 레지스탕스 운동이 일어나자, 그 역시 거리로 나가 의사로서 활약했던 것이다.

의대를 중퇴하고 완전히 다른 '치료법'을 개발한 사람도 있다. 루쉰魯迅이다. 루쉰은 20세기 초 중국과 동아시아를 대표하는 사상가다. 청년 시절 루쉰은 아버지의 죽음을 통해 중의학의 한계를 절감했다. 그 후 그는 국가 유학생으로 발탁되어 일본으로 건너가 의대생이 된다. 서양 과학을 배워서 중국 인민의 병을 치료하겠다는 원을 세운 것이다. 그러나 루쉰의 발심을 뿌리째 뒤흔드는 일이 생긴다. 미생물학 시간에 환등기로 미생물 표본을 비추던 중, 교수가 갑자기 시사 사진을 한 장 꺼냈다. 그 사진에는 러시아군의 스파이로 활동하다가 일본군에게 붙잡힌 중국인이 있었다. 그는 본보기로 처형을 당했고, 이를 구경하기 위해 모여든 사람들도 사진에 나왔다. 한데 놀랍게도 구경꾼들 역시 중국인이었다. 동족이 사살당하는 모습을 멍하니 바라보고만 있었다.

그 후로 청년 루쉰은 오랫동안 괴로워했다. 무지가 깨어지고 정신이 개혁되지 않으면 제아무리 건강한 몸을 갖추더라도 소용이 없겠다는 생각을 버릴 수 없었다. 결국 그는 의대를 중퇴한다. 메스를 내려놓고 대신 펜을 들기로 한 것이다. 군더더기 없이 핵심을 찌르는 루쉰의 문장을 읽고 있으면 칼이 정신을 헤집는 것 같다. 민중들이 체화한 옛 습속과 지식인들의 비겁한 면모, 껍데기만 남은 구舊사상까지 루쉰은 한 치의 연민 없이 비판한다. 생명을 살리기 위해 죽은 살을 도려내는 외과 의처럼 그 기세에 망설임이 없다. 의사-사상가라고 불려도 손색이 없는 삶이다.

마지막으로 빼놓을 수 없는 사람이 있다. 아르헨티나의 의사이자 쿠바의 혁명가, 체 게바라다. 의대생 시절, 청년 게바라는 친구와 함께 여행을 떠나 오토바이 하나로 라틴아메리카 대륙을 누볐다. (영화 <모터사이클 다이어리>를 보면 라틴아메리카의 환상적인 풍경과 패기 넘치는 청년 두 명의 동행을 동시에 감상할 수 있다.) 길 위에 나선 게바라는 똑똑히 보게 되었다. 대다수 민중들이 매일같이 싸웠던 가난과 배고픔은 아르헨티나 상류층 가정에서 자란 그로서는 상상할 수 없던 세계였다. 세상을 구하기 위해서는 의술만으로는 충분하지 않았다. 더 근본적인 변화가 필요했다.

여행을 마친 게바라는 아르헨티나로 돌아가서 학업을 마쳤다. 그리고 의대 졸업증 대신 배낭을 챙겨서 다시 길 위로 나섰다. 그 후 게바라는 멕시코에서 피델 카스트로와 만나게 되고, 여러분들도 잘 아시는 스토리가 펼쳐진다. 쿠바혁명이 일어났고, 현대사의 새 챕터가 쓰였다. 특히 의료 혁명은 쿠바혁명 가운데서도 가장 오랫동안 저력을 떨치고 있는 부문이다. 내가 의학을 공부하게 되고 결국 이 책을 쓰게 된 것 또한 체 게바라의 시작에 빚지고 있다. 의사-혁명가의 얼굴은 오늘날에도 수많은 이의 마음속에 강렬하게 기억되고 있다.

의사의 얼굴이 다양한 것은 어찌 보면 당연한 일이다. '의대'와 '의료'는 시작과 끝 모두가 결정된 좁은 길일지 몰라도, 의醫는 인생의 시선과 삶의 가능성을 무궁무진하게 넓혀 주는 창문이다. 몸은 하나의 세계처럼 드넓고, 몸의 이야기는 끝없이 이어지며, 이를 따라 살리는 마음이 전해진다. 나뿐만 아니라 내 주변 사람들, 세상의 타인까지도 말이다.

살아 있는 자는 누구나 몸을 지니고 있고, 몸을 짊어진 이상 생사의 과제와 대면해야 한다. 그러므로 꼭 의사가 될 사람만이 이 배움의 재미를 즐길 이유가 없고, 역으로 의학을 공부한 사람이 반드시 의사가 되어야 할 필요도 없다. 의사의 글자 '사師'는 선생님이다. 의사라는 단어를 그대로 풀이해서 '치유醫의 가르침을 베푸는 자師'라고 해석한다면, 우리 주변의 의-사는 수없이 많을 것이다. 또한 의사를 찾는 것만큼이나 내가 누군가에게 의-사가 되어 주는 것도 중요한 문제다. 세상에 의-사가 많아지기를 기원한다!

아우트로.

결핍 없는
생명의 시간

돌이켜 보면 나는 21세기에 쿠바가 가장 불행했던 시간에 그곳에 머물렀다. 좋은 모습보다는 나쁜 꼴을 더 자주 보았고, 단 한 해도 전 해와 같은 방식으로 산 적이 없다. 내가 쿠바로 건너가기 직전 트럼프가 미국 대통령에 당선되었고, 트럼프의 경제 제재로 쿠바의 관광업은 큰 타격을 입었다. 그다음 해에는 베네수엘라 사회주의 정권이 답보 상태에 빠졌고, 베네수엘라가 값싸게 공급해 주던 석유가 쿠바에 도착하지 않았다. 코윤투랄Coyuntural 시기가 시작된 것이다. 석유 부족의 여파로 통학할 버스가 사라졌다. 그뿐이 아니었다. 모기를 죽일 소독차가 충분히 다니지 못했고, 덕분에 뎅기바이러스가 퍼졌으며, 나는 페스키사를 다니다가 뎅기열에 걸린 환자가 되었다. 그로부터 얼마 지나지 않아서 코로나발 팬데믹이 쿠바를 덮쳤다.

이 시간 내내 쿠바인들은 놀라울 정도로 침착했다. 그리고 믿을 수 없을 정도로 일관성 없는 해결책을 꺼내 들었다. 침착한 까닭은 몰락이 오래전부터 시작되었기 때문이다. 해결책이 뒤죽박죽인 것은 어떤 몰락도 우아할 수 없기 때문이다. '우아하게 몰락하는' 게 어떻게 가능한가? 아무것도 잃지 않은 척하면서 체통을 지키려고 했다간 우스운 꼴만

쿠바와 의생활

된다. 그렇다고 체통을 벗어던진 채 오직 살아남으려고 몸을 엎드리는 모습도 서글프다. 쿠바는 그 사이에서 왔다 갔다 하면서 일관되지 않은 노선을 그리는 중이다.

이런 모습을 보면서 쿠바 같은 상황에 처하지 않아서 다행이라고 안심한다면 정신의 근시안에 빠진 것이다. 세상 모든 것은 서로 연결되어 있고, 이들의 불운은 어떤 식으로든 나머지에 영향을 끼친다. 게다가 몰락이 꼭 쿠바 같은 모습으로 찾아오리라는 법도 없다. 우리들, 쿠바와 비교했을 때 '기득권자'로서 지구 자원을 누리는 우리들은 과연 건강하고 행복한가? 세계 경제가 어렵다는 팬데믹 때도 한국은 축복받은 땅에 속했다. 이 시기 동안 비어 가는 쌀독을 걱정하지 않아도 되었던 땅은 지구상에서 소수였다. 하지만 그래서 삶이 행복했는가 하면 그렇지도 않았다. 실업률, 자영업 폐업, 천정부지로 오른 집값, 투자와 빚과 자살, 공정과 이기심의 맞물림. 문제들이 요동치고 있다. 심지어 이런 문제들이 팬데믹 '때문에' 생긴 것도 아니다. 이미 그 전부터 한국 사회는 수많은 병증을 앓고 있었다. 한국뿐만 아니라 온 세계가 그러했다. 팬데믹이 약한 고리들을 드러냈을 뿐이다.

누구나 잘 살고 싶어 한다. 끝없는 불평불만, 불안한 행복, 자기 안도와 자기 파괴까지도 생명의 힘을 발휘해 보고 싶다는 외침이라고 나는 생각한다. 그러므로 생로병사를 고찰하겠다는 것은 세상의 모든 것을 들여다보겠다는 말과 진배없다. 신체의 생리와 병리를 이해해야 하므로 과학이고, 삶과 죽음의 의미를 숙고해야 하므로 철학이다. 먹고사는 문제와 몸의 행복을 합치해야 하기에 정치경제학이고, 감각의 허상과 욕망의 패턴을 인지해야 하기에 신경심리학이다. 구원을 탐구하고 싶다면 영성의 영역까지도 나아갈 수 있다. 이처럼 신체는 온 세상이 담긴 현장이다. 사회에 들끓는 담론 중 어느 것에서 출발하든(외모지상주의, 소비지상주의, 가족주의, 공정 담론, 세대론…), 실존을 탐색하려는 자는 반드시 신체의 문제를 마주하게 될 것이다.

그럼에도 의醫의 영역은 여전히 고립무원 상태에 놓여 있다. 이 앞에만 서면 다들 사유가 멈추는 것 같다. 절박해지는 만큼 두려워지기 때문이다. 동어반복일 테지만 생명에게 가장 소중한 것은 생명이다. 그래서 이와 관련해서는 어떤 리스크도 감수하고 싶지 않다. 무조건 전문가에게 맡겨야 안전할 것만 같은, 혹은 그렇게 믿고 싶은 마음을 포기하기 어렵다.

전문가의 영역이 필수라 하더라도, 여전히 당사자가 해야 할 일은 남아 있다. 생명이 소중하다고 말하기는 쉬워도 정작 우리는 '소중하게 여기는 방법'을 잘 모른다. 가장 자주 저지르는 실수는 생명력을 돈으로 치환하는 것이다. 풍요로운 환경에서는 삶의 문제가 거의 다 해결될 것 같고, 병원비를 감당할 수 있으면 노후에도 걱정 없이 행복하게 살 수 있을 것 같다. 이는 절반만 옳은 말이다. 잘 정비된 의료 기술과 풍족한 의식주를 활용하면 통증을 줄이고 평균 수명을 늘릴 수 있다. 나머지 절반의 진실은, 삶의 개별적인 조건과 별개로 모두가 통과하는 보편적인 운명이 존재한다는 것이다. 생명이 내포한 소멸의 본질이다. 이 시간의 유한성을 부정하지 않으면서 가치 있게 살아가려면 무엇을 해야 하는가? 그 순간 '나를 소중히 여기는 방법'이 생각처럼 쉬운 문제가 아니라는 것을 깨닫게 될 것이다.

미사여구로 가려지지 않는 삶의 민낯 앞에서 다시 질문을 던져야 한다. 어떻게 해야 생로병사를 긍정하면서도 결핍 없는 삶을 살 수 있을까? 진정한 치유가 병을 '제거하는' 것이 아니고 진정한 풍요가 결핍을 '채우는' 것이 아니라면, 이 쉽지 않은 세상에서 어떻게 해야 건강하게 살아갈 수 있을까?

『쿠바와 의생활』에서 나는 쿠바인들이 이 질문 앞에서 나름대로 찾아낸 답을 스케치하고자 했다. 이 현장 스케치가 불충분하다고 느끼실 수도 있다. 질문의 크기에 비해 답의 규모가 지나치게 미시적이라고 여기실 수도 있다. 어쩔 수가 없다. 내가 쿠바에서 몇 년을 살면서 목격했던 의醫의 저력은 사람들의 일상 속에서 문득문득 모습을 드러내다가 사라졌다. 치유에는 뚜렷한 형태가 없었다. 어쩌면 당연한 어려움이었다는 생각도 든다. 근본을 묻는 질문일수록 대답은 평범한 생활 속에서 구해야 한다. 근본을 통찰하는 힘은 모든 문제를 해결하는 만병통치약이 아니라, 지리멸렬한 생활 속에서도 나의 실존을 긍정하는 역량이다. 그래서 의생활이다.

결국 우리는 우리 자신의 의생활을 가꾸는 숙제로 돌아가야 한다. 쿠바 의생활은 힌트가 되어 줄 뿐이다. 나 또한 쿠바 의생활을 경험한 후에 하게 된 생각들을 몇 자 적어 보려고 한다. 오늘날 한국 사회의 많은 병증은 의료 기술의 부족보다는 생명 활동의 기본, 즉 아이는 자라고 노인은 죽는 리듬이 무시당한다는 데서 비롯된다. 그러므로 가장 시급한 문제는 사회의 리듬을 생로병사의 리듬에 맞추는 것이다. '사회적 성취'가 임신이나 노화와 같은 '신체적 사건'과 대립하지 않아야 한다. 20대에 번식력이 최적화된 생물의 나이와, 20대를 한없이 아이 취급하는 사회의 나이 사이의 간극을 줄여야 한다.

가장 큰 걸림돌은 노동환경이다. 출산율이 떨어지는 이유를 '돈이 부족해서'라거나 '여성이 사회 진출을 많이 해

쿠바와 의생활

서'라고 답하는 것은 편협한 접근이다. 실질적 원인은 우리의 노동이 반생명적이기 때문이다. 새 생명이 탄생하려면 여성과 남성이 모두 필요하다. 그런데 자본주의 사회는 지독하게 남성적이다. 남성을 편애하거나 우대해서가 아니라, 이윤을 극대화하는 자본의 질주를 구현하는 데 남성의 신체를 착취하는 쪽이 더 손쉽기 때문이다. 시간이 곧 돈인 자본주의에서는 순환을 따르는 생명의 리듬이 걸리적거린다. 그래서 월경 및 임신과 무관한 남성의 생명력을 쥐어짜는 편이 더 빠르다. 이 배치에서는 양성 다 불행해진다. 여성은 소외의 대상으로, 남성은 착취의 대상으로 전락한다. 노동환경이 여성과 남성 모두를 '살아 있는 생명체'로 이해하고 공동육아의 주체로서 배려하지 않는 이상 출산율은 올라가지 않을 것이다. 시간과 건강을 팔아넘기고 고소득을 얻는 직장보다는, 육아와 노동을 병행할 수 있는 '지속 가능한' 직장에서 부모의 마음이 훨씬 더 편안할 것이다.

교육 환경도 마찬가지다. 여성의 교육률이 높아질수록 출산율은 떨어진다고 한다. 뒤집어서 말하면 이는 교육 공간이 육아를 배려하지 않는다는 소리다. 왜 대학교 안에 어린이집과 유치원이 존재힐 수 없는가? 학문의 목적이 인생을 더 깊이 있게 이해하는 것이라면, 인생 공부의 핵심인 육아가 왜 학문의 전당에서 배제되어야 하는가? '엄마'나 '아빠'는 공부해서는 안 되는 걸까?

개인의 인생 계획도 생로병사의 리듬과 맞물려야 한다. 미래 계획을 논하는 수많은 사회 담론들이 있지만 '그 미래' 속에 병과 죽음의 가능성을 포함시키는 경우는 드물다. 운 나쁜 소수의 사람들이나 겪는 '예외'라고 여기는 것 같다. 마치 게임처럼 단계별로 깨야 하는 로드맵이 존재하고, 우리들은 '사회적 나이'에 '걸맞은 경제력'을 달성하기만 하면 될 것 같다.

이건 현명한 처사가 아니다. 생명의 시간이 사회의 시간을 따라간다는 보장이 없다. 아프고 죽는 일은 나이순을 따르지 않는다. 병원에 있으면 별별 상황을 보게 된다. 헬멧을 쓰고 자전거를 탔는데, 하필이면 자전거에서 떨어져서 돌멩이에 머리를 부딪쳤고, 하필이면 헬멧으로 가리지 못했던 뒤통수를 다쳤으며, 하필이면 출혈이 뇌 중앙에 발생했고, 그렇게 속절없이 죽게 된 열아홉 살 여자아이 같은 경우다. 심지어 이게 특별한 경우도 아니다. 병과 죽음은 삶 도처에 숨어 있다.

삶이 죽음과 맞닿아 있다는 사실을 자각해야 하는 이유는 불안을 키우기 위해서가 아니다. 불안해해 봤자 피할 방도도 없다. 삶과 죽음을 자각하는 일은 실존을 유예시키지 않기 위해 필요하다. 무엇을 유예시키지 말아야 하는가? 감각이 이끄는 대로 사는 '욜로'YOLO족들처럼 욕망을 그때그때 해소하라는 것인가? 아니, 유예시키지 말아야 할 것은 질문이다. 괴로운 일을 하든 즐거운 일을 하든, 이 활동이 지금 이 순간 충분한 의미를 갖는지 물어야 한다. 의미가 없다면 어째서 그러하고 또 무엇을 바꿔야 하는지 숙고해야 한다. 중요한 것은 고통과 행복 사이의 취사선택이 아니라 세상 속에서 자기 이야기를 끌고 나가는 힘이다. 생명의 이야기가 언제 어떻게 끝날지 미지수라면, 이야기의 끝을 스스로 맺을 수 있는 힘을 미리 갖추는 쪽이 유리하다. 이를 훗날 '더 큰 보상을 받을 수 있다'는 계산 심리나 어떻게든 될 것이라는 도피 심리로 덮어 버려서는 안 된다. 이런 어설픈 태도로는 죽음은커녕 질병 하나도 통과하지 못한다. 신체의 리얼리티를 소외시키는 인생 계획은 허무로 귀결된다. 제아무리 화려한 활동으로 차 있다 해도 삶의 밀도를 떨어뜨린다.

마지막으로 가장 중요한 지점이 남았다. 의생활을 일궈 갈 공동체를 찾아야 한다. '아버지'가 노동하고 '어머니'가 보살피며 '자식'이 성공하여 지금까지의 고생을 보상해 주는 가족주의는 벌써 옛말이 되었다. 이런 시나리오는 낡았을 뿐만 아니라 실현 가능하지도 않다. 그러나 '가족'의 단위가 해체된 상황에서도 생로병사는 변치 않는 현실로 남아 있다. 그러려면 여전히 관계가 필요하다. 도움을 주고 또 청하는 일, 환경을 바꾸는 일, 삶의 의미를 구하는 일, 이야기를 나누는 일 모두 관계가 없으면 불가능하다. 아니, 역으로 말할 수도 있겠다. 의생활의 이야기를 지혜롭게 나눌 만한 사람들이 공동체를 함께 만들 수 있다고 말이다. 가족의 해체는 와해가 아니라 재구성으로 귀결되어야 한다.

삶을 일직선이 아니라 순환의 운동으로 여기는 순간, 결핍으로 여겼던 많은 부분이 편안해진다. 선택할 수 없는 조건 속에 놓이고 그 조건에 의해 정의당하는 것이 대부분의 인생이다. 그러나 보편적인 생명의 순환에 참여하면 이런 조건에 자아가 구속당하지 않는다. 사람이 살고 죽고, 남을 보살피고 또 보살핌을 받는 생명 활동이야말로 삶의 본질이다. 사회가 보여 주는 수많은 성취와 파괴는 생명 활동에서 남은 힘으로 하는 잉여의 놀이다. '나'는 '내'가 잘나서 이 모든 성공을 이뤘다고 생각하겠지만, 사실 이 모든 일을 해낸 내 생명력은 누군가의 돌봄에 (돈으로든, 사랑으로든) 기대고 있다. 이 기본을 잊은 자의 일상은 불안하게 흔들린다. 반면 기본이 무엇인지 아는 사람은 매사에 자기 증명을 강요하는 자아의 협박(?)에서 해방될 수 있다. 이 협박에 귀 기울일 필요가 없다. 어차피 생명력은 자아에서 나오지 않기 때문이다. 내가 어떤 관계 속에서 어떻게 살고 있는가, 그 속에서 얼마나 활발하게 존재하고 있는가의 여부가 중요할 뿐이다.

쿠바와 의생활

순환 속에서는 삶의 장애물 역시 흘러가게 된다. 때로는 장애물이 생명력을 북돋우기도 한다. 쿠바를 떠난 이후 나는 종종 그곳을 그리워했다. 절반밖에 열리지 않던 창문, 문고리가 고장 난 문, 성냥불이 없으면 켤 수도 없었던 보일러, 늘 예민하게 살펴야 했던 물탱크 따위의 것이었다. 이런 게 대체 왜 그리울까? 내가 그리워했던 것은 망가진 물건이 아니었다. 그 망가진 물건들 사이에 있어도 괜찮았던 '나'에 대한 경험이었다. 가라앉는 기분에서 도주하는 길들을 더 많이, 더 다양하게 확보할수록 '몰락하지 않는 나'에 대한 존재감도 뚜렷해진다. 망가진 물건들 속에 누워 있어도 아무렇지도 않다. 배경이 초라하다고 해서 삶이 초라한 게 아니고, 도구가 망가진다고 해서 존재가 망가지는 게 아니다. 나는 사실 괜찮다. 가난은 행복이 될 수 없다. 가난은 인간을 파괴할 뿐, 자유롭게 하지는 않는다. 인간을 자유롭게 만드는 것은 인식이다. 결핍과 잉여 모두 '자유로운 나'에게는 동일하게 무용하다는 깨달음이다.

이 깨달음은 생명력의 발로다. 목적은 목적이 달성되지 못했을 때의 결핍과 짝을 이룬다. 그러나 어떤 역경도 뚫고 스스로를 표현하는 찬란한 생명의 힘과, 어떤 부귀영화도 스러지게 만드는 죽음의 힘은 서로 반대되지 않는다. 사라지는 것 역시 생명의 표현이다. 결핍 없는 생명이란 존재하는 것 외에 다른 목적을 가질 필요가 없는 생명이다. 그리고 존재한다는 것은 고정된 상태에 머물지 않고 끊임없이 관계를 맺는 것이다. 생명과 생명 사이의 순환이 만들어질 때, 내가 배고픈 자아에 먹이를 주기 위해 꽉 붙들고 있었던 목적도 별 의미가 없어진다. 그러면 결핍도 사라진다.

이런 깨달음으로 나아가는 게 쉽지는 않다. 그래서 인내심이 필요하다. 인내 없는 마음으로 보면 세상은 고통과 불합리로 가득한 지옥처럼 보인다. 이곳에서는 모두가 아픈 병자이고, 억울한 피해자인 것 같다. 그러나 '일상을 고치는 의사'가 되려는 마음을 낼 때 일상에도 한 뼘의 여백이 생긴다. 쿠바 의대에서 내 동료가 한탄한 적이 있었다. 환자들의 불평불만을 평생 듣고 살아야 하는 의사의 인생이 불쌍하다고. 교수님은 슬쩍 웃으면서 말했다. "왜 환자가 '환자'paciente인 줄 알아? '인내심'paciente이 필요해서 그렇지. 누구라도 환자가 되고, 너도 환자가 될 거야. 부디 인내심을 가지렴."

우주의 광막한 시간 속에서 생은 찰나의 불꽃에 지나지 않는다. 없는 것이나 다름없는 이 순간을 그래도 재미있게 통과해 보겠다고, 생명은 각방으로 애를 쓰며 산다. 우리는 이 모험의 실패와 재기再起 모두를 기꺼이 여겨야 한다. 그 누가 '어리바리한 팔자'에서 예외일 수 있겠는가? 다들 이 세상에 어쩌다 보니 태어난 것 같은 막막한 기분이 들지 않는가? 얼떨떨한 탄생, 무엇 하나 쉽지 않은 성장, 이번 생은 망한 것처럼 보이는 세상, 누군가를 떠나보내야 하는 상실, 언제 어떻게 겪게 될지 모르는 죽음…. 이런 모자란 시간이 모자람 없이 나아가는 이야기의 길이 존재한다고 믿는다. 모든 순간이 결핍 없는 생명의 시간으로서 무사히 끝맺음하기를 바랄 뿐이다. 이 바람이 '나'를 넘고, 내 주변 사람들을 넘어, 만인을 위한 바람으로 변모할 때 의醫의 세계가 열리는 게 아닐까, 짐작해 본다.

쿠바에 사는 많은 이들이 이 마음을 선물해 주었고, 그들이 심어 준 의醫에 대한 믿음이 이 책을 쓰게 했다. 글을 쓰는 내내 독자 여러분들과 쿠바를 잇는 중간 메신저가 되고자 노력했다. 책을 읽는 와중에 활기가 생기는 순간이 있으셨다면 나는 흡족할 것이다. 내 관점에 동의하지 않고 또 다른 의생활을 창조하겠다고 나서신다면 더욱 좋을 것이다. 의醫는 시시비비를 가리는 명백한 세계가 아니라, 늘 새로운 시도를 꾀해 보는 생명의 세계이다. 우리들의 세상이 매 순간 활기로 가득하기를 기원한다!

사진으로 보는 쿠바와 의생활

<u>위</u> 아바나 시내를 다니는 마을버스. 쿠바 스페인어로 '구아구아'라고도 불린다. 차체가 낡았고 사람들로 꽉 차 있지만, 이동수단이 늘 부족한 쿠바에서는 서민들에게 소중한 존재다.

<u>오른쪽 위</u> 고장난 물탱크를 고치고 있는 기술자들. 물탱크가 고장 나면 무조건 비상사태다. 열대 지방인 쿠바는 전기보다 물이 끊기는 게 더 힘들다.

<u>오른쪽 아래</u> 아바나 길거리, 낡은 건물 이층의 빨랫줄 옆에 에어컨이 달려 있다. 옛것과 새것이 일관성 없이 어지럽게 섞인 풍경은 쿠바에서 쉽게 찾아볼 수 있다.

262

위 폴리클리니코 대기실에서 환자들이 차
례를 기다리고 있다. 가족주치의만 거주
하는 콘술토리오와 달리 폴리클리니코에
는 여러 의사들이 모여 있다. 건물 규모도
더 크고, 수용할 수 있는 환자의 수도 더
많다.

오른쪽 위 의사와 간호사가 동네 왕진을 나
가고 있다. 왕진의 목적은 정기 검진일 수

도 있고, 거동할 수 없는 환자를 위한 특
별 진료일 수도 있다.

오른쪽 아래 엄마와 아이가 정기 검진을 받
으러 콘술토리오에 방문했다. 가족주치
의 외에도 소아과 의사와 간호사가 함께
의견을 나누는 중이다.

위와 아래 콘술토리오의 건물 외관은 다양하다. 공통점이라면 '콘술토리오'라는 이름과 번호가 적힌 작은 팻말이 문 앞에 붙어 있다는 것이다. 실내 공간이 부족한 경우 어떤 콘술토리오는 야외에 대기실을 만들기도 한다. 쿠바가 사시사철 추울 일 없는 열대 지방이기에 가능한 일이다.

오른쪽 위 콘술토리오에 가면 입구에서 엄마를 기다리며 놀고 있는 아이들을 종종 볼 수 있다. 부모님이나 조부모님이 가족

주치의를 만나는 동안 바깥에서 시간을 보내는 것이다. 아이의 건강을 점검하러 온 김에 함께 온 가족들까지 진료받는 경우도 많다.

오른쪽 아래 동네 거리에서 가족이 노인의 휠체어를 밀고 집으로 돌아가고 있다. 쿠바에서 돌봄 노동은 가족들이 분담한다. 집안의 어르신을 모시고 콘술토리오에 갔다 오는 것은 주요 임무 중 하나다.

사진으로 보는 쿠바와 의생활

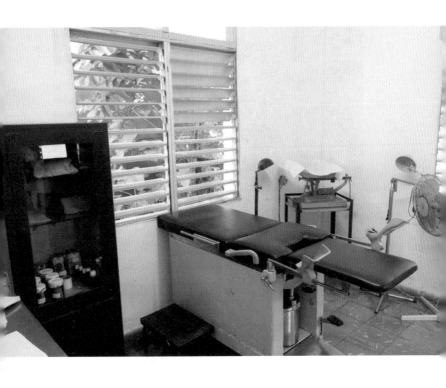

위 콘술토리오 내부. 신체 검사가 필요한 환자를 눕히기 위한 침대가 준비되어 있다.

오른쪽 위 콘술토리오에서 담당하는 모든 가족들의 병력이 보관된 책꽂이. 아날로 그 사회인 쿠바에서는 모든 정보가 하나 하나 손으로 기록된다.

오른쪽 아래 콘술토리오에서 의료 물품을 정리해 놓은 모습이다. 약병을 덮고 있는 뚜껑은 아이스크림 통을 말린 후 잘라 재활용한 플라스틱이다. 물자가 귀한 쿠바에서는 어디서든 절약정신이 드러난다.

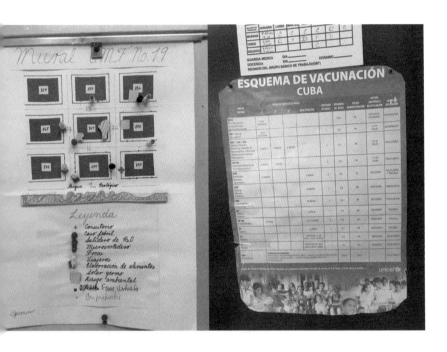

위 왼쪽은 콘술토리오가 맡고 있는 마을 구역의 지도다. 음식 관리가 필요한 환자나 최근에 여행하고 돌아온 주민들의 위치를 압정으로 표시해 두었다. 오른쪽은 콘술토리오의 문가에 붙어 있는 쿠바 백신 프로그램 포스터다. 이 백신 중 대다수가 쿠바에서 자체 개발되었다.

오른쪽 아바나의과대학교에서 입학식이 진행되고 있다. 행사는 30분 내외로 간단하게 진행된다.

위 아바나의과대학교의 입구. 표지판에는 "이곳에서는 누구도 포기하지 않는다"라고 쓰여 있다. 밑은 아바나 및 산티아고데 쿠바와 더불어 쿠바 3대 의대로 불리는 카마구에이의대. 황열병의 감염 원인이 모기라는 것을 알아낸 쿠바 의사 카를로스 핀라이를 기리며 그의 이름을 따랐다.

오른쪽 위 의사가 의대생을 병실에서 가르

치고 있다. 졸업반인 6학년이 되면 회진에 참여하는 일이 잦다.

오른쪽 아래 의대 수업 시간. 교수가 칠판 앞 화면에 PPT를 띄워 놓고 강의하고 있다. 화면이 작아 맨 앞자리에 앉지 않으면 글씨를 읽을 수 없다. 그래서 학생들은 파일을 복사한 후 각자 개인 노트북에 동일한 PPT를 띄워 놓고 수업을 듣기도 한다.

위 마을 구석구석에 퍼져 있는 콘술토리오와 달리, 폴리클리니코는 마을의 중심부에 자리한다. 콘술토리오보다 숫자는 적지만 규모가 훨씬 크다. 또한 24시간 내내 운영한다는 게 특징이다. 밤늦게 응급상황이 생기면 주민들은 곧바로 폴리클리니코로 달려간다.

오른쪽 폴리클리니코의 접수처. 외벽 페인트칠이 다 벗겨질 정도로 낡은 건물이지만, 그 속에서도 사람들은 일하고 있다.

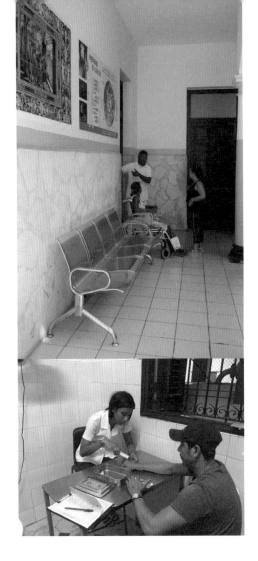

맨 위 폴리클리니코 내부 풍경. 간호사가 휠체어를 탄 할머니를 보호자에게 인계해 주며 질문에 답해 주고 있다.

위 과르디아(당직)를 서는 의대생이 환자에게 주사를 놓고 있다. (사진에 나와 있진 않지만) 옆에서 지켜보는 간호사와 환자의

지시를 받으며 속도를 조절하고 있다.

오른쪽 위와 아래 팬데믹 중 한 주민이 약국을 찾았다. 약국 입구에 손을 꼭 씻으라는 코로나 방지 포스터가 붙어 있다. 그 밑은 여행객들이 격리 시설에 들어가기 전에 가방을 소독하는 모습이다.

위 아바나의 풍경을 파노라마 사진으로 찍었다. 낡지만 특색 있는 건물들이 줄지어서 있고, 저 멀리 카리브해가 보인다.

오른쪽 위 무용을 배우는 아이들이 아바나 대학교 앞에 앉아서 간식을 먹으며 쉬고 있다. 어릴 때 실컷 놀기 때문일까, 쿠바 아이들의 얼굴은 늘 해맑다.

오른쪽 아래 남부 도시 시엔푸에고스의 길거리에 체 게바라의 간판이 붙어 있다. 옆에 적힌 글귀는 "결점도 두려움도 없는 신사"라는 뜻이다. 체 게바라의 흔적은 여전히 쿠바 곳곳에 남아 있다.

위 2019년은 아바나 건립 500주년이었다. 이 해를 기념하면서 아바나 비에하의 박물관에서는 쿠바의 대표적인 상징을 타일에 새겨 작품을 만들었다. 카밀로 시엔푸에고스나 호세 마르티처럼 역사적 인물도 보이고, 경제 봉쇄에 반대하는 문구도 보인다.

부록.
초상들

머리말에도 설명했듯이, 이 부록은 의생활의 바탕이 되는 '일상'의 깊이와 폭을 드러내는 역할을 한다. 나는 이 글을 초상화라고 생각하고 쓸 참이다. 왜 우리는 미술관에서 알지도 못하는 사람의 얼굴을 감상할까? 초상화는 인물의 겉모습을 복제하는 데 의의가 있는 게 아니다. 내가 전혀 모르는 타자의 얼굴에서 만인을 관통하는 공통의 마음을 읽어 내는 데 그 특별함이 있다. 내가 하려는 작업도 비슷하다. 앞으로 소개할 여섯 명의 '얼굴'은 낯선 시공간인 쿠바에 연결될 수 있는 지름길이 될 것이다. 한 명 한 명의 이야기에는 누구나 공감할 수 있는 생로병사와 희로애락이 담겨 있다. 치유해야 할 상처와 아물고 있는 흉터가 공존하는 우리들의 마음이라고 생각하고 읽어 주시면 좋겠다.

---

* 이 글에 등장한 사람들은 실존인물이다. 이 중 세 명에게는 글 게재에 동의를 구한 후 인터뷰를 진행했고, 인터뷰 내용을 바탕으로 글을 구성했다. 또 다른 두 명은 내가 직접 만난 적이 없으며, 전설처럼 여기저기에서 전해 듣게 된 인물들이다. 따라서 이들의 이야기는 내가 쿠바에서 직접 겪은 경험을 디테일로 채워 넣어 소설처럼 완성했다. 마지막 한 명은 연락이 끊겨 소식을 전할 수 없었다. 그러나 "내 삶은 떳떳하고 투명하며 누구에게든 공개할 수 있다"고 늘 입버릇처럼 말씀하셨으니, 자신의 이야기가 한국어로 옮겨진 것에 기뻐하실 것이라고 생각한다. 독자분들 또한 이 부록에서 '이들이 누구인가'보다는 '사람은 어떻게 사는가'라는 문제에 집중해 주시면 좋겠다.

1. 혁명과 아내 — 하숙집 주인 G의 이야기

좋은 사람, G

G는 좋은 사람이다. 인상은 우악스럽고 언사도 직설적이지만, 사람을 대할 때는 마음을 부드럽게 열어 둔다. 머리가 비상한 데다가 익살스러운 면도 있다. 젊은 시절에는 '올바름'의 외피를 입은 고집이 그의 우정의 경계선을 좁게 제한했을 것이다. 그러나 세월과 함께 병색이 깊어질수록 어깨의 힘은 빠지고, 커져 가는 외로움에 더 많은 사람들을 수용하는 법을 익혔을 것이다. 이제는 완연한 노인이 된 그의 취미는 아침마다 집 청소를 끝내고 대문 앞에 앉아 시가를 피우는 것이다. 지나가는 사람들이 그에게 말을 건다. 집 앞 공원에서 뛰어놀던 꼬마들이 종종 목이 마르다며 물 한잔 달라고 찾아온다.

마을 사람들은 G가 좋은 사람이라고 말한다. 그는 이 동

네의 원주민이고, 지금 살고 있는 집에서 태어났다. 원래는 G의 할아버지가 소유했던 집이었다. 그 후 어린 시절은 부모님을 따라 다른 지방에서 보냈지만, 어른이 된 후 아바나로 되돌아오면서 다시 이 집에 자리 잡게 되었다. 갓난아기가 할아버지가 될 때까지 오랜 시간이 흘렀고, 그동안 그는 명망을 잃는 사건 없이 무탈하게 살아왔다.

G가 동네에서 유명해진 것은 아내 때문이기도 하다. 그의 아내는 남편보다 더 부드럽게 웃는다. 목소리를 높이는 일도 없고, 남에게 듣기 싫은 소리도 안 한다. 그러나 아내는 그렇게 생글생글 웃는 낯으로 동네 회비를 걷거나, 경고

쿠바와 의생활 > 부록

를 주거나, 벌금을 매긴다. 그의 공식 직함은 동네 반장이다. 안건이 있을 때마다 마을 사람들은 G의 집 앞에 동그랗게 모여서 회의를 하는데, 그럴 때면 아내의 얼굴은 한낮의 해바라기처럼 활짝 피어나고 목소리는 한 톤 더 쨍쨍하게 올라간다. 오래전 받았던 다리 수술의 후유증으로 장시간 서 있지 못하는 G는 모임에 끼지 않는다. 대신 평소처럼 대문 앞에 앉아서 시가를 피운다. 혹은 거실의 흔들의자에 앉아 활짝 열어 둔 창문으로 흘러들어 오는 이야기를 경청한다.

엔지니어 청년과 매표소 아가씨의 모험

사람들은 G와 아내를 두고 천생연분이라고 말한다. 그들은 이혼하지 않고 인생의 황혼까지 함께 도달했다. 사랑이 빨리 뜨거워지는 만큼 쉽게 식는 쿠바에서는 보기 드문 경우다. 이것은 사랑의 힘이기도 하지만 혁명의 힘이기도 하다. 이들은 부부이면서 동지다. 체 게바라가 아직 쿠바에 남아 있었던 시절을 함께 기억하고, 몇 년 전 타계한 피델 카스트로를 똑같이 그리워한다. 같은 시간을 통과했고 같은 꿈을 꾸었다는 동지의식이 이 둘 사이를 단단히 묶어 놓는다.

1959년, 쿠바혁명이 벌어졌을 당시 G와 아내는 10대 초반이었다. 그들이 청년이 되고 눈이 맞아 가정을 꾸릴 즈음에는 혁명도 청년기를 통과하고 있었다. 희망이 있던 시절이었다. G는 1980년대에 시장에 가면 불가리아산 사과가 어디든 쌓여 있을 만큼 물자가 풍성했다고 회고한다. 모두에게 동일하게 배급되었던 식량 배급표는 넘치지 않았지만 부족하지도 않았다. 실업이라는 개념도 없었다. 청년 시절 G는 버스를 수리하는 엔지니어였고, 아내는 버스 터미널에서 표를 팔던 직원이었다. 둘 다 한 고집 하는 성격인 데다가 취향도 정반대였던지라 주변 사람들의 만류도 있었지만, 그들은 보란 듯이 사랑에 빠졌고 결혼에 골인했다. 미래는 장밋빛처럼 보였다. 그들에게는 자존감도 있었다. 가방끈이 길지 않은 노동자였지만, 노동자야말로 새로 태어난 쿠바의 진정한 주역이라는 믿음이 있었다. 수리공 청년과 매표소 아가씨가 쿠바를 지키지 않는다면 누가 지키겠는가?

그들이 실제로 걷게 된 미래는 장밋빛이 아니라 뒤집힌 팔레트 위로 섞여 버린 물감 같았다. 80년대가 지나자 거짓말 같은 90년대가 왔다. 소련은 공중분해되었고 세상에서 고립된 쿠바는 '특별시기'에 들어갔다. 동네 개와 고양이를 잡아먹지 않으면 양식을 구할 수 없던 시기였다. 얼기설기 엮은 뗏목을 타고 마이애미를 향해 탈출했다 부서진 배와 함께 시체로 되돌아오는 쿠바인들을 보며 아내는 매일 울었다.

엎친 데 덮친 격으로 지병 때문에 두 사람 모두 40대라는 젊은 나이에 직장에서 은퇴를 하게 되었다. 점점 두께가 얇아지는 배급표와 한 달에 만 원 남짓한 연금을 손에 쥐고 아내는 한숨을 쉬었다. 특별시기의 끝자락, 이제부터 쿠바의 희망은 관광업이라는 정부의 발표가 나자 그제야 아내는 벌떡 일어났다. 외국인 관광객 숙소를 개업하기 위해서 사방팔방 뛰어다녔다.

G는 울지 않았다. 그 대신 생계를 잇기 위해 부지런히 움직이는 아내를 도왔다. 아내가 병에 걸렸을 때는 아내 손에 물 한 방울 묻히지 않겠다고 결심했고, 완벽한 주부로 변신하여 모두의 감탄을 자아냈다. 그렇지만 생계에 치이면서도 G는 혁명을 잊지 않았다. 승리의 행렬이 지나갈 때마다 길가에서 박수를 치며 판에 박힌 혁명 문구를 되풀이하는, 그러나 승기가 꺾이자마자 등을 돌리고 과거의 발자국을 욕하는 구경꾼으로 남을 수는 없었다. 그건 그가 혁명 쿠바에서 자라면서 배운 게 아니었다.

혁명은 마음으로 계속된다

G는 배운 대로 살고자 했고, 결심을 밀어붙일 만한 고집도 있었다. 1980년대 앙골라 독립 전쟁이 벌어졌을 때 그는 휴직을 신청했다. 군인이 되기 위해서였다. 앙골라에 파견되

는 쿠바혁명군이 되기를 자처한 것이다. 사실 군인은 G의 담대한 성격에 가장 잘 어울리는 직업이었다. G가 쿠바를 떠나 있는 3년 동안 아내는 세 살배기 아들을 옆에 낀 채 매일 편지를 썼고, G를 부대에서 가장 많은 부러움을 사는 남자로 만들었다. 그러나 그가 쿠바에 돌아온 후에 아무래도 다시 앙골라로 돌아가야겠다고 말하자(아직 전쟁이 끝나지 않은 때였다) 아내는 말없이 이혼 서류를 꺼내어 책상 위에 올려놓았다.

결국 G는 고집을 꺾었다. 전쟁의 후유증으로 수술도 몇 차례나 받아야 했다. 그 후로 그는 전쟁에 참여하는 대신 꼼꼼하게 납세하는 것으로 혁명적 과업을 실천했다. 탈세가 범죄가 아니라 불가피한 생존 방식으로 암암리에 용인되는 쿠바에서 그는 세금을 단 한 푼도 모자라지 않게 지불했다. 집 창문에 작은 간이 카페를 마련해서 50원짜리 커피를 팔던 시절에도 마찬가지였다. 꼭 그렇게까지 해야 하느냐고 누가 물어보면, 자신이 병원에서 돈 한 푼 지불하지 않고 받았던 열여섯 번의 수술도 누군가의 세금 덕분이었다고 답을 했다.

G는 바보가 아니다. 그 역시 혁명이라는 이름 아래 부조리가 탈색되고 의도가 곡해되며 엉뚱한 사람에게 혜택이 가는 경우를 숱하게 보았다. 수많은 사람들의 선의를 배반

한 채 시대가 무심하게 흘러가는 것 또한 지켜보았다. 이제 그는 개개인마다 '현실'을 다르게 인식하는 것이야말로 철학의 문제가 아니겠느냐고 말할 정도로 현명해졌다. 하지만 그 많은 변화를 겪으면서도 그에게 남은 믿음 하나가 있었으니, 나부터 주변 사람들에게 좋은 일을 하면서 살면 된다는 황금률이었다. 그는 이 소박한 선의가 혁명의 시작점이었다고 믿는다. 찢어지게 가난한 스페인 이민자의 후손이었던 자기 가족들의 삶이 혁명 후로 어떻게 바뀌었는지, 어떻게 병원과 학교의 문턱을 밟을 수 있게 되었는지 G는 지금도 잊지 않았다.

착한 사람들의 해피 엔딩

'좋은 혁명'은 결과적으로 G와 아내에게 '좋은 운명'을 선사했을까? 그렇다고 할 수 있다. 쿠바인들 모두가 겪어야만 했던 극심한 어려움 앞에서 그들 또한 낙담했었다. 그러나 G와 아내는 특별시기가 끝난 후 하숙집을 운영하면서 꾸준히 재산을 늘렸고, 마침내 안정적인 중산층 계급에 안착했다. 누가 보기에도 성공한 삶이었다. 물론 이것은 혁명의 결실이라기보다는 시의적절한 행운과 둘의 부지런함이 일궈 낸 결과이긴 했다. 젊은 시절 몸을 함부로 쓴 대가로 둘 다 지병을 얻게 되었다. 그렇지만 무상 의료 덕분에 병원비는 걱정하지 않아도 되니, 이 또한 감사한 삶이다.

G는 자신의 인생이 좋은 삶이었다고 확신한다. 외부 상황이 어떻게 변했든 상관없이 그는 끝까지 '좋은 사람'으로 남는 데 성공했기 때문이다. 청년기에나 노년기에나 그는 한결같이 타인을 해롭게 하지 않았다. 부당한 혜택을 받지 않았다. 불법을 저지르지 않았다. 이 자존심이 무너지지 않는 한 그는 강하고 따뜻한 사람으로 남을 수 있다.

불행하지 않은 말년은 실제로 그의 자존심을 지켜 주었다. 한때 외국에서 복무하는 군인이었던 G는 이제 외국인 학생들에게 사랑받는 하숙집 주인이 되었다. 격의 없는 태도로 외국 청년들의 친구가 되었고, 그들이 연락 없이 외박이라도 하면 화를 벌컥 내며 진심으로 걱정했음을 알렸다. 말을 더듬거리는 언어 초보자가 오면 낄낄 웃으며 스페인어를 가르쳐 주었고, 그 친구의 언어 실력이 좀 늘었다 싶으면 두 팔 걷어붙이고 국제 정세에 관해 토론을 벌였다. 아침저녁으로 학생들의 식사를 챙겨 주는 것도 그의 몫이었다. 요리는 훌륭했지만 메뉴는 단조로웠다. 반복되는 음식에 질린 학생들이 은근슬쩍 외식을 시작하면, 그럴수록 자기는 식비 절약하고 좋다며 쿨하게 대응했다.

하숙집은 대학가에서 점점 소문이 나기 시작했다. 본국

으로 돌아간 후에도 외국 학생들은 시가를 입에 물고 하루 종일 야구 경기를 보던 욕쟁이 쿠바 할아버지를 그리워했다. G의 생일날에는 전 세계로 흩어진 청년들이 축하 이메일을 보냈고, 면도 크림이나 간식을 잔뜩 담은 선물 박스를 보내기도 했다. 그는 이 모든 것을 이웃들에게 감추지 않고 자랑했다. 글로벌한 우정은 그의 말년을 위로하는 유일한 낙이었다.

그는 몰랐다

그는 모르고 있었을 것이다. 그가 그렇게 아꼈던 '외국인 아들딸들' 중 일부는 자기 방에서 돈이 사라졌음을 알고 깜짝 놀랐다는 것을. 속상한 마음에 말을 꺼내 보려다가도, G의 얼굴만 보면 입이 떨어지지 않아서 그냥 묻어 두었다는 것을. 도난 사건은 잊을 만하면 이어졌다. 400불을 장롱 속에 놓으면 50불이 사라지고, 2천 불을 인출해 놓으면 200불만 사라지는 식이었다. 희한하게도 이 사건은 G와 유달리 친했던 학생들에게만 일어났다.

그러나 G가 범인일 수는 없었다. 그가 도둑이 되느니 차라리 죽으리라는 것은 옆집 꼬맹이도 아는 사실이었다. 그렇다면 외부인일까? 손녀의 손을 탄 것일지도 몰랐다. 아픈 할아버지와 할머니를 돕겠다며 하숙집을 제 집처럼 들락거리던 소녀, 최신 아이폰을 사고 싶다고 투덜거리던 그가 범인일지도 몰랐다. 하지만 손녀가 스페인으로 건너간 후에도 도난 사건은 멈추지 않았다. 그제야 학생들은 G 옆에서 늘 웃는 그림처럼 서 있는 아내를 떠올릴 수 있었다.

어느 날 도난을 당한 학생 한 명이 아내를 불러냈다. 그러자 아내는 말없이 눈물만 흘렸다. 그러고는 떨리다 못해 이상해진 목소리로, 자신은 죽어도 범인이 아니며 누가 했는지도 모르고 알 방도도 없지만, 어쨌든 자기 집 안에서 이런 일이 벌어졌으니 명예가 실추될 것이라며 제발 함구해 달라고 말했다.

G는 몰랐을 것이다. 그의 병이 악화된 시기와 학생들의 돈이 사라졌던 시기, 그리고 아내의 얼굴이 어두워졌던 시기가 항상 맞물렸다는 것을. 그때마다 새로운 세간살이가 집 안에 들어왔다. 그의 허리가 악화되었을 때에는 세탁기가 들어왔고, 한여름 더위와 관절통 때문에 그가 통 잠들지 못했을 때는 에어컨이 들어왔다. 약을 구할 수 없을 때에는 아주 비싼 값을 주고 외국산 약을 구매하기도 했다. 그때마다 아내는 G에게 돈이 어디에서 들어왔는지 출처를 말해주었고, 그는 아내를 믿었다. 그는 이것을 행운이라 여겼다. 좋은 사람으로 살아 보려고 한평생 노력한 것에 대한 세상

의 작은 보답이라고 여겼다.

　아니, 아니다. 사실 그는 모를 수가 없었다. 돈이 필요할 때마다 어떻게든 돈을 만들어 오는 아내와, 그때마다 귀신 같이 찾아와서 돈을 빌려 달라고 요구하는 아들들, 그리고 때때로 말없이 하숙집을 떠나거나 소식을 끊고 사라지는 학생들을 보면서, 할아버지가 물려주신 이 집에서 자기가 모르는 무슨 일이 벌어지고 있다는 것을 짐작하지 않을 수가 없었다… 그러나 G는 모르는 편을 택했고, 그래서 그는 여전히 모른다. 왜냐하면 '좋은 사람'이라는 이름표가 빠진다면 그의 세계는 무너질 것이기 때문이다. 그것은 그가 가진 마지막 재산이기 때문이다. 어쩌면 그가 정말로 받아들일 수 없는 것은, 아내를 그렇게 만든 것이 '좋은 세상'에서 '좋은 사람'으로 살고자 했던 자신의 선의일 수도 있다는 가능성일지도 모른다.

　가난했을 때나 살림이 폈을 때나, 아내의 얼굴에는 근심의 빛이 지워지지 않는다. 그 슬픔이 G의 슬픔으로 남는다. 혁명과 아내 중 어떤 것을 제외해도 G는 스스로를 설명할 수 없다. 그래서 양단 사이의 거리만큼이 G의 인생이 된다. 그 좁힐 수 없는 거리를 G는 어떻게 하지 못하고 그냥 내버려 둔다. 둘의 시간이 '해피 엔딩'이라는 외피를 덮고 어느 날 조용히 숨을 다할 때까지 그는 그렇게 할 것이다.

2. 낭만의 의미 — 선생 R의 이야기

노인과 스쿠터

이보다 더 낭만적인 순간이 있을까? 비포장도로를 달려서 과외 수업이 끝나는 시간에 맞춰 R을 데리러 온 남편, 가는 내내 그의 하얀 머리카락을 바라보는 자신, 거의 닳아 버린 배터리로 힘겹게 움직이는 스쿠터. 미국에 사는 조카가 다음 번 쿠바를 방문할 때 새 배터리를 가져다줄 예정이다. 조카는 한 번도 살아 본 적 없는 이모의 나라에 환상을 가진다. 모든 걸 돈으로 살 수 있는 미국에는 낭만이 없다나. 그렇지만 조카가 낭만을 찾는 이미지는 살사, 럼, 말레콘이다. 언제 멈출지 모르는 오래된 스쿠터로 귀가하는, 바람에 머리가 홀랑 까진 두 노인의 모습은 아니다. 그들의 낭만을 10대 소녀가 이해하기는 어렵다.

    R은 외국인 학생들 사이에서 노련한 스페인어 선생으로

소문난 사람이다. 일주일에 과외 수업을 수차례씩 다닌다. 이 일에 뛰어든 지 벌써 30년째다. 그 세월 동안 R은 어떤 학생과도 시간 약속을 어기지 않았다. 쉬운 일이 아니었다. 여느 쿠바인들처럼 R은 차가 없고, 아바나의 대중교통은 형편없는 데다가 집은 시내에서 멀리 떨어져 있다. 이민을 간 남동생이 스쿠터를 보내 준 후에야 상황이 좀 편해졌다.

그 후 남편은 R의 전용 기사가 되었다. 젊은 시절에도 남편은 R을 마을버스에서 꼬셨다. 그 당시 R은 남편의 사무소 옆에 있는 국립국어원에서 근무하고 있었다. 매일 같은 버스를 타고 퇴근하는 R을 눈여겨보더니, 남편은 어느 날부터인가 자기 집 정류장을 지나서도 버스에서 내리지 않았다. 두꺼운 책으로 묵직한 R의 가방을 들어 주기 위해서였다. R은 피로포(이성을 향한 추파와 칭송 사이의 언사)를 사회적 의무로 여기는 쿠바 남성의 오지랖이라고 여기면서도 도도하게 가방을 넘겼다. 그러나 남편의 피로포에는 정성과 끈기가 있었다. 곧 그는 R과 같은 정류장에서 내리기 시작했고, 그때부터 지금까지 집에 함께 간다. 교통편이 버스에서 스쿠터로 바뀌었을 뿐이다.

시를 사랑하는 마음

R의 본업은 과외 선생이 아니다. 그는 국어국문과 교수로 근무하고 있다. 쿠바에서 교수의 월급은 4인 가족이 괜찮은 레스토랑에서 외식 몇 번 하면 사라질 돈이다. 학교 밖에서 과외를 뛰지 않았더라면 남편의 월급을 보태도 딸아이를 키울 수 없었을 것이다. 경제 인플레이션은 노동의 가치와 물가 사이에 불가해한 간극을 벌려 놓았다. 오래된 일이라 이제는 다들 무감각하다.

　외화가 갈급한 것은 정부도 마찬가지인지라, R의 대학교는 외국인 학생들을 유치하기 위해 스페인어 계절코스를 연다. 코스를 책임지는 것은 교수들의 몫이지만 쥐꼬리만 한 월급에는 변동이 없다. 그럼에도 R은 이 일에 진심으로 임한다. 자신의 본분이 교수임을 잊지 않기 위해서다. 자로 잰 듯한 반듯한 근무 태도는 생계도 보장해 주지 못하는 일자리가 다 무슨 소용이냐고 불평하는 다른 동료들을 무안하게 만든다. 상황의 모순은 모두에게 자명하다. 그렇지만 모순의 모서리로 스스로를 갈고닦는지, 아니면 모순을 지탱하는 재료로서 스스로를 방치하는지는 당사자만 결정할 수 있다.

동료들이 R을 정치 성향이 뚜렷한 인물로 분류하는 것은 이 때문이다. R은 공석에서나 사석에서나 정치를 논하지 않는다. 젊은 피를 끓게 했던 카스트로의 연설도, 혁명적 교육에 대한 열정도 옛적에 마음속에 접어 두었다. 그러나 이제는 말 없는 성실함조차 정치 표명이 되는 시대다. 노동과 생계가 괴리된 상황에서 업무에 책임을 다하는 사람은 사라지고 있다. 그런 사람이 있다면 친정부 인사들이다. 혹은 화석이 된 혁명의 이름을 아직까지 버리지 못한 이상주의자다.

R은 동료들의 생각보다 더 낭만적인 사람이다. 그를 움직이는 것은 정부나 혁명이 아닌 시詩다. R의 마음속에는 영원히 죽지 않는 시인이 산다. 호세 마르티José Martí, 쿠바의 국부로 추앙받는 시인으로서 그의 작품은 독립 쿠바의 기념비가 되었다. 그 빛나는 명성에 질려 버린 학생들은 마르티

라는 이름만 나오면 침 흘리며 오수에 든다. 저놈들을 잘 기억했다가 학기 말 성적에 반영해야지. 잠시 눈을 가늘게 뜬 R은 마르티의 작품에 생기를 불어넣기 위해 수업에 집중한다. 그의 시에는 사람의 영혼을 꿰뚫어 보는 곧은 시선이 있다. 피 흘리는 시대부터 개인의 마음 밑바닥까지 단숨에 질주하는 사유의 속도, 그 속도를 놓치지 않는 신들린 글솜씨. 각진 모순 속에서 건져 올린 귀한 말들이다. 그는 스페인인의 아들이었지만 쿠바의 독립을 꿈꿨고, 제국의 시대에 영성을 좇았다. 마르티의 글에는 이 열대 섬을 향한 사랑의 속삭임으로 가득하다. 이 섬은 스페인어권 최고의 작가 중 한 명을 키워 냈다. 이 사실만으로도 R은 쿠바를 사랑하지 않을 수 없다.

R의 낭만이 학생들에게 악몽이라는 것은 안타까운 일이다. 제자들은 학기 말마다 마르티 사상에 대한 기나긴 보고서를 쓰면서 피눈물을 흘린다. 외국인 교환학생들도 예외는 아니다. 계절학기 당시 R은 졸기만 했던 노르웨이 학생 한 명을 지목했다. 그리고 마르티의 시 「나는 신실한 사람」Yo soy un hombre sincero을 해석해 보라고 했다. 금발머리에 새하얀 피부, 파란 눈을 가진 소녀의 얼굴이 더 하얗게 질렸다. 그리고 어색한 스페인어 억양으로, 명예로운 노교수에게 절대 해서는 안 되는 말을 했다.

"마르티의 시는 말이 안 돼요."

R은 눈을 깜빡였다. 교실 전체가 공포의 침묵 속에 잠겼다. 소녀는 F 학점으로 학기를 마쳤다. 본국 대학의 학점을 위해서 F는 받을 수는 없다고 뒤늦게 울며 매달렸으나, R은 꿈쩍도 하지 않았다. 교내에서 우아하기로 소문난 미소를 한 번 지어 주었을 뿐이다.

쌀독과 하이힐

교수직을 시작했던 30대에도 R은 지금처럼 우아했다. 놀라운 일이었다. 그때는 만인이 사활을 걸었던 특별시기였다. 자동차가 사라진 텅 빈 거리에서 사람들은 식량을 찾아 배회했고, 신발이 닳으면 땜빵할 재료를 찾기 전까지 집에서 나오지 못했다. 그 난리통 속에서도 R은 정확하게 시간에 맞춰 학교로 출근했다. 그가 계단을 오를 때면 하이힐 소리가 또각또각 들렸다.

겉모습만 보면 외국에 부자 친척을 둔 쿠바인 같았지만, 사실이 아니었다. R의 남동생은 특별시기가 끝난 후에야 미국으로 이민을 갔고, 그곳에 자리 잡기까지 오랜 시간이 걸렸다. 특별시기 내내 R을 강하게 만든 것은 딸이었다. 초등학교도 아직 안 다니는 어린 딸이 배를 곯는 것은 용납할 수가 없었다. 음식에 대한 R의 집착은 타의 추종을 불허했다. 월급이 들어오면 한 달 동안 무슨 음식을 사야하는지, 누구에게서 살 수 있는지 정리하는 리스트를 썼다. 과외가 구해지면 옆 도시라도 무조건 달려갔다. 하루하루가 전쟁이었다. 다행스럽게도 쌀독이 비는 날은 없었다. 넉넉히 채워지는 날도 없었지만 이만해도 기적이었다.

최선을 다해도 평타를 치는 게 고작인 싸움이었다. 그속에서 R은 승리를 도모하는 다른 길을 찾았는데, 스스로를 가꾸는 것이었다. 옷이 질리면 헌 옷을 직접 수선해 새 디자인으로 바꾸었다. 염색약은 이웃이 손수 만든 엉성한 제품을 썼다. 화장품이 떨어지면 화장을 포기하는 대신 구두약으로라도 눈썹을 그렸다.

쿠바 여자는 쓰레기를 버릴 때에도 손톱을 예쁘게 다듬는다는 농담이 있다. 허영을 채우기 위해서가 아니라 삶의 무게를 덜어 내기 위해서다. 덜어 낸 무게만큼 긍정의 힘이 생긴다. 그래, 세상이 무너지더라도 어쨌든 눈썹은 그려야 하고 발뒤꿈치도 3센티미터 들어 줘야 한다. 인간들이 무슨 '난리부르스'를 치든 간에 태양이 변함없이 카리브해 위로 솟는 것처럼, 어떤 풍파 속에서도 인생은 빛나야 한다. 쌀독을 지킨다는 자부심만큼 하이힐이 높이 올라갔다. 그렇게 R은 승리를 기약하며 매일 우아한 출근을 했다.

낮과 밤의 불꽃

애쓰지 않아도 인생이 저절로 빛나던 때도 있었다. 그때 R
은 대학생이었다. 쿠바는 세계사라는 외풍에 매 순간 흔들
렸지만 그 풍랑이 대학교까지 뒤흔들지는 못했다. R과 친구
들은 라틴어 수업을 낙제하지 않기 위해 필사적으로 공부했
고, 교수님들의 지도하에 고전 소설을 묵독했다. 가끔씩 피
델 카스트로가 방문해서 연설할 때면 모두들 교내에 새벽같
이 모였다. 1월 28일에는 전교생이 모여 횃불을 들고 호세
마르티의 탄생일을 기념하는 행진을 했다. 그때는 하루하루
가 바빠서 이게 평화인지도 몰랐다.

   혁명은 많은 이들의 마음속에 뜨겁게 실재했다. 교수님
들은 언어가 혁명의 꽃인 이유에 대해 강의했다. 문화가 없
는 민족은 죽은 민족이고, 이야기가 없는 땅은 인간의 땅
이 아니다. "나는 모든 곳에서 와서 모든 곳을 향해 간다"Yo
vengo de todas partes, y hacia todas partes voy는 호세 마르티의 시
구는 세계 모든 대륙의 핏줄이 섞인 쿠바의 이야기를 한 줄
로 요약해 놓았다. R은 존경하는 교수님들을 따라서 대학원
에 진학했고, 쿠바 각 지역에 흩어진 방언과 구전을 수집하
기 위해 전국을 누볐다. 그는 성실한 기록자였다. 학자의 강
의, 시골 사람들의 속담, 원주민 후손의 기억이 그의 손끝에

서 꼼꼼하게 종이로 옮겨졌다.

밤 또한 뜨거웠다. 놀고 싶었지만 청년들은 돈이 없었다. 바에 가는 건 꿈도 꾸지 못했다. 그래도 방법은 있었다. R과 친구들은 자동차 라디오 볼륨을 높였다. 비싼 술 대신 레모네이드를 만들어 마셨다. 집이 좁으면 길거리의 가로등 불빛 아래로 나왔다. 그리고 밤새 살사를 췄다. 겨울이 없는 나라에서는 아무 때나 야외에서 밤을 샐 수 있었다.

살사를 추던 어느 밤, R은 대학 선배와 눈이 맞았다. 연애에서 결혼까지 모든 게 일사천리로 이루어졌다. 그렇지만 첫번째 결혼 생활은 어린 딸만 선물로 남기고 짧게 끝이 났다. R은 결과에 괴로워하지는 않았다. 쿠바에서 이혼은 드물지 않았다. 많은 여성 선배들이 가정사 때문에 학자의 길을 포기하지 않아도 된다는 것을 몸소 증명해 주었고, R에게 필요한 도움을 주었다. 아직도 앞길은 밝아 보였다. 이제부터는 딸이 인생의 새 빛이 될 터였다.

삶은 예술보다 넘친다

시간을 더 뒤로 돌리면 어떤 풍경이 나올까? R이 딸의 엄마가 아니라 엄마의 딸로 호명되던 시절, 집은 R의 세상의 전부였다. 이웃과 담소하는 어머니, 퇴근 후 목공일을 하는 아버지, 산책을 나선 조부모님이 그곳에 계셨다. 시간이 흐르면서 한 명씩 집을 떠나거나 세상을 떠났다. 딸마저 분가하고 난 후 R은 이 집에 남은 마지막 사람이 되었다. 스쿠터를 타고 마을 입구에 들어서면 반세기 넘게 R이 본 풍경이 나온다. 같은 영화의 한 장면을 매일 반복하는 것 같다.

어머니가 돌아가셨을 당시, 한 손님이 집을 방문했다. R이 태어나기도 전에 미국으로 떠났다는 이모였다. 이모는 그에게 옛이야기를 들려주었다. R의 외갓집은 동부의 부유한 가문이었지만, 시간이 흐를수록 점점 가세가 기울었다. 조부모님은 남은 재산에 미련을 두지 않고 아바나로 건너오셨다. 타지에서 고생하는 딸과 막 태어난 손녀딸을 돌보기 위해서였다. 동부에서 처분하여 가져온 재산은 시대의 풍랑 속에서 금세 동이 났고, 이들은 작은 집에서 소박하게 살았다. 이모는 가족이 힘든 시기를 겪는 동안 연락하지 못해서 미안하다고 사과했다.

R은 아무 대꾸도 할 수가 없었다. 이모를 원망해서가 아니었다. 며칠 전에 돌아가신 어머니의 감촉이 생생하게 생각났다. 오래전에 세상을 떠난 아버지, 할머니, 할아버지도 떠올랐다. 자신이 딸을 지키기 위해 온 힘을 다해 살았던 것처럼, 그들도 R에게 아늑한 집을 만들어 주기 위해 최선을 다했다. 이 고생은 자기 인생만이 아니라 다른 인생에서도

무수히 반복되어 온 순간이었다. 반복되는 시간이 이들을 연결시키고 있다.

R의 인생은 여러 꿈들로 채워졌다. 모두의 마음을 사로잡았던 꿈도 있었고, 혼자서 붙잡으려고 했던 꿈도 있었다. 세상은 책의 논리처럼 정합적이지 않다. 꿈은 깰 수밖에 없고 몰락은 우아할 수 없다. 그러나 아픈 기억을 왜곡하거나 삭제하지 않고도 인생의 서사는 바뀔 수 있다. 시간을 희롱하면 기억의 무게에 짓눌리지 않을 수 있다. R이 사랑한 수많은 시인들, 그리고 R을 사랑한 가족들은 각기 다른 목소리로 시간을 재구성하는 방법을 알려 준다. R은 귀갓길에서 '동일한 영화의 한 장면'을 매일 반복하지만, 사실 이 장면은 단 한 번도 같은 적이 없다. 시간과 함께 모든 것이 변해 가겠지만, 낭만의 의미는 시간이 달라질 수 있다는 사실에서 샘솟는다.

3. 두 집 사이 — 청소부 A의 이야기

숭고한 청소부

여자는 A를 숭고한 청소부라고 부른다. A는 자신의 딸뻘인 여자가 태어나기 전부터 이 집에서 일했다. 그 당시에는 여자의 할머니가 이곳에 살았었다. 이제는 여자가 집주인이다. A는 여자가 나이를 먹은 햇수만큼 이 집 열쇠를 가지고 살았고, 지금도 일주일에 두 번씩 방문하며, 사람이 있든 없든 집 안을 구석구석 청소한다. 바닥난 세제를 채우고 오래된 빗자루를 바꿔 놓는 것도 A의 몫이다.

긴 세월 동안 도난당한 물건은 없다. 집 안의 일이 소문이 되어 집 밖으로 흘러 나간 적도 없다. A의 행실은 몇십 년째 한결같다. 여자가 그에게 숭고하다는 수식어를 붙이는 이유다.

남들이 보기에 A는 말 없는 청소부다. 무뚝뚝하지는 않다. 오랜 이웃들은 A가 청소를 하러 오는 날이면 아는 체를

하고, A는 얼굴에 빙그레 미소를 띠고 그들의 이야기를 듣는다. 그러나 실제로 그는 거의 입을 열지 않는다. 성격이 그렇다. 아니, 체력을 비축하려는 것인지도 모른다. 그는 정부 건물의 카페테리아에서 일을 마치고 온 참이다. 청소가 끝나면 집에 잠깐 들러서 저녁을 먹고, 밤샘 경비를 서러 집 근처 대학교로 향할 것이다. A가 집 침대에 누워서 제대로 잠을 자는 날은 일주일의 절반을 넘지 않는다. 보통은 경비실 의자나 여자네 집 소파에서 쪽잠을 잔다. 불을 켜지 않은

쿠바와 의생활 > 부록

거실, A의 어두운 피부색이 어둠 속으로 녹아든다.

올해 A는 예순 살이 되었다. 그렇지만 누구도 그가 예순 밖에 되지 않았다고 짐작하지 못한다. 노동으로 다져진 몸과 날렵한 걸음걸이에도 불구하고, 그의 얼굴은 가늠할 수 없는 긴 세월 속에 풍화된 바위 같다. 소파에서 조용히 잠든 모습은 그곳에 뿌리박힌 나무를 연상케 한다. 노동이 인간을 늙게 만든 것일까? 아니면 존재 전부가 되고 만 것일까?

두 집 사이

A의 일상은 두 집 사이에 있다. 여자의 집과 자신의 집이다. A는 도보로 30분 정도 떨어진 이 길을 항상 걸어 다닌다. 예전에는 이 집 말고도 틈틈이 다른 집으로 청소 일을 하러 갔지만, 이제는 체력이 안 된다. 새벽까지 경비를 서고 오전에 카페테리아에서 일하려면 일주일에 며칠은 낮에 쉬어야 한다. 결국 A는 가장 오랫동안 일한 여자의 집만 남겨 두고 청소부 일을 정리했다.

여자는 A의 결정을 환영했다. 그는 친이모와 다름없는 A에게 끈질기게 물었다. 자식들도 장성했으니 이제 노동 강도를 줄여도 되지 않는가? 쿠바인답게 쉬엄쉬엄 살 때도 되지 않았나? 여러모로 여자는 A와 반대되는 사람이다. 젊고,

말이 많고, 타인의 호감을 사면서 적당히 요령 피우는 법을 안다. 부자 남편과 결혼한 후로는 모든 노동에서 손을 뗐는데, 그가 성실하게 실천하는 일은 헬스장에 가는 것뿐이다. 따라서 순종적인 A는 여자에게 구원과도 같다. A가 사라진다면 집은 엉망진창이 될 것이다. 청소부를 잘못 들였다가 골치를 앓는 친구들을 보며 여자는 자신의 행운에 감사했고, 종종 선물로 고마운 마음을 표현했다.

A는 순종적인 사람이 아니다. 일에 순종하는 것이지, 삶에 순종하는 것은 아니다. 그의 성정은 자신의 집에서 확연히 드러난다. 집으로 돌아오는 순간 A는 말 한마디 없이 가족들 위에 군림한다. 딸은 밥을 차려 주고 아들은 빨래를 개며, 또 다른 아들은 침대를 정돈한다. 식탁에 앉아서 숙제를 하는 손녀딸은 할머니의 질문에 꼬박꼬박 답을 한다. 이들의 집은 여자의 집보다 훨씬 작지만 그만큼 깨끗하다.

A의 아들딸들은 어렸을 때부터 남녀 구별 없이 살림을 도맡았다. 각자 가정을 이룬 지금도 가깝게 모여 살면서 집안일을 나눈다. 이것은 집 밖을 떠돌며 홀몸으로 5남매를 키운 엄마에 대한 존경이자 가족이 곧 생존공동체라는 암묵적인 동의다. 이 공동체는 A가 있기에 유지될 수 있었다. A가 카페테리아에서 쥐꼬리만 한 월급을 받고 몇십 년째 커피를 내리는 덕분에 지금까지 가족은 정부 임대주택에서 살

수 있었다. A가 청소부로서 벌어 오는 돈은 오랫동안 가족의 유일한 외화 수입이었다. 이제는 상황이 나아졌지만 A는 변함없는 태도로 노동에 임한다. 가족들도 그에게 간섭하지 않는다.

요즘 따라 A는 원래 컸던 여자의 집이 더 크게 느껴진다. 여자의 부모와 형제자매로 북적거렸던 집이 텅 비게 되었기 때문이다. 페FE 때문이다. 페는 스페인어로 '믿음'Fé을 뜻하지만 쿠바에서는 외화를 보내 주는 '외국에 사는 가족'Familia Exterior의 줄임말로도 쓰인다. 아바나는 쿠바에서 페가 가장 많은 도시다. 연말연시면 페의 방문으로 공항이 바글거리고, 페가 없는 아바네로들은 어떻게든 가족들의 첫 번째 페가 되기 위해 애를 쓴다. 여자만 해도 최근에 오빠와 부모 모두 미국으로 건너갔다. 언니는 프랑스에 자리 잡은 지 오래되었다. 그들은 여자에게 꼬박꼬박 외화를 보내 준다. 그중 일부가 A의 봉급이 된다.

반대로 A의 집은 시간이 갈수록 좁아졌다. 그는 자식들 중 누구도 외국에 보내지 않았다. 집에 공간이 부족하더라도 옆에 끼고 살았고, 결혼해서 분가한 후에도 모두 도보 거리 내에 자리 잡게 했다. 그는 페가 없는 것이 인생 최고의 축복이라고 믿었다. 자식들은 아바네로로 자랐을지 몰라도 A는 아니었다. 그의 마음은 동쪽 끝에, 관타나모에 있었다.

동쪽의 기억

관타나모는 절반이 미국 해군기지로 강탈당한 땅이다. 그렇지만 땅에는 본디 주인이 없고, 주인의 이름이 바뀌어도 변치 않는 것들이 있다. 바위도 녹일 수 있는 태양, 삐죽이 솟은 망고나무, 서쪽 땅에서는 볼 수 없는 산등성이와 비탈길, 가까운 곳에 꼭 붙어서 살을 부대끼며 사는 가족들. 친구들, 주민들, 순박한 사람들.

A는 그곳에서 나고 자랐다. 여느 관타나메라처럼 색색의 머리 두건을 둘렀다. 마음 맞는 동네 청년과 일찍 결혼해서 5남매를 낳았다. 어느 날 남편은 연고 없는 서쪽으로 가자고 말했다. 특별시기 초반이었다. 소련의 시대가 끝났다는 불길한 수군거림이 들려왔을 때만 해도 A는 관타나모가 소련에서 멀다고만 생각했다. 그러나 순식간에 모든 것이 사라졌다. 아바나에는 길고양이를 잡아먹고 산다는 소문이 흉흉했으나, 소문이 진짜 현실이었던 곳은 동부 지역이었다. 텅 빈 곡간의 스산함은 아바나에서 멀어지면 멀어질수록 더해 갔다. 뭐라도 해야 했다. A의 부모는 가난한 농부였다. A와 남편은 가난하지만 혁명의 혜택을 받은 농부였다. 이제는 땅도 혁명도 아이들을 먹여 살릴 수 없었다.

A와 가족들은 트럭에 몸을 실었다. 서쪽으로 20시간을

달리면 아바나가 나왔다. 당시 아바나는 주소지 없이 떠도
는 지방 출신의 불법 체류자들로 드글거렸다. 아바네로들
은 이 불청객들을 땅 없는 자라는 뜻으로 '팔레스타인인'이
라고 부르며 경멸했다. 그렇지만 지인의 지인, 그 지인의 또
다른 지인이 마련한 기회가 A의 가족의 것이 되었다. 그들
은 일을 찾았고 임대주택을 얻었다.

팔레스타인인 딱지를 떼고 1년도 지나지 않아서 남편이
죽었다. A는 젊은 시신을 고향으로 돌려보낼 엄두를 내지
못했다. 집에는 먹여야 할 입이 너무나 많았고, 차가 사라진
아바나는 두 발로 돌아다니기에 너무나 넓었다. 남편은 서
쪽에 묻혔다.

가족이 지금 같은 형태로 꾸려진 것은 그때부터였다. 아
이들은 요리와 빨래와 청소를, 엄마 없이 스스로를 돌보는
법을 익혔다. A는 일을 찾아 길거리에서 살았다. 집에 돌아
올 때면 먹을거리와 아동용 옷가지, 책가방 따위가 품에 안
겨 있었다. 30년간 그는 자신을 위해서는 단 한 벌의 옷과
단 한 켤레의 신발도 사지 않았다. 신발 밑창이 닳을 때쯤이
면 누군가가 다른 신발을 얻어다 주었다.

A가 자신을 위해 유일하게 샀던 것은 빗자루였다. 이 빗
자루는 전쟁터 속 총이었고 사냥꾼의 창이었으며 논쟁가의
펜이었다. 그는 청소부가 되었다. 동쪽으로 가는 길은 다시

는 돌아보지 않았다.

서쪽의 침묵

관타나모에 살 당시 A는 자기 집을 매일 청소했었다. 그는 낡은 집을 정갈함으로 빛내는 일을 좋아했다. 다들 그렇게 살았다. 청소부를 따로 고용할 만한 주머니 사정도 안 되었고, 그럴 만큼 집이 크지도 않았다.

반면 서쪽에서는 청소가 돈이 되었다. 아바나에는 특별시기라는 혹한기에도 가정부를 고용할 여력이 되는 집들이 있었다. 그때도 고생의 여부를 갈랐던 것은 결국 폐였다. A가 식량을 찾아 동쪽에서 서쪽으로 옮겨 왔다면, 집주인들의 시선은 안쪽에서 바깥쪽을 향해 있었다. 일주일 동안 청소부로 버는 돈이 정부의 한 달 월급보다 많았다. 집들은 겉모습은 허름했으나 속은 값비싼 가구들로 꽉 차 있었다. 시장에서는 구경도 못 해 본 음식들이 선반에 채워져 있었다. 살면서 한 번도 보지 못한 물건들도 있었다.

의문은 남았다. 국경은 닫힌 것이나 다름없고, 세관은 수입품에 높은 세금을 매기거나 제재를 가한다고 했다. 외국의 가족들이 도와준다 한들 어떻게 물건들을 조달할 수 있었을까? A는 의문을 침묵 속에 남겨 두었다. 물건의 출처를 묻지 않았고, 손조차 대지 않았다. 모든 게 투명한 풍경인 양 바닥만 보았다. 그의 일은 정직하게 바닥 비질을 하는 것이다. 장소와 상관없이 말이다.

A는 이때를 인생 최대의 배움의 시기로 기억한다. 혁명의 해에 태어난 그는 부모 세대와는 달리 학교에 갈 수 있었다. 농부가 될 예정이었으므로 공부는 중학교 이후로 계속되지는 않았다. 그런데 청소 일은 중학교 시절 이후 가장 강렬한 지적 자극이었다. 그는 자신의 집과 청소하는 집 사이에 어떤 거리가 존재하는지 매일 목도했다. 집에서 라디오를 틀면 미국의 경제 봉쇄하에 고통받는 쿠바인들을 묘사하는 뉴스가 흘러나왔다. 그러나 그 집에 사는 사람들은 고통받지 않았다. 텔레비전을 켜면 뉴스 리포터가 아바나에 치즈가 사라진 이유를 설명하고 있었다. 그러나 그 집 냉장고에는 치즈가 쌓여 있었다. 위기를 이겨 내기 위해서는 연대의식이 필요하다고들 했다. 그는 집주인과 자신을 엮는 끈이 연대의식이 아닌 돈과 침묵이라는 것을 알았다.

심지어 A는 그들이 불법으로 돈을 모으는 방법까지 알게 되었다. A가 자신들을 고발할 염려가 없다는 사실이 확실해지자, 집주인들은 그가 있든 말든 마음 놓고 떠들기 시작했다. 입막음 값은 A에게 가끔씩 선물을 안겨 주는 것으로 충분하다고 여긴 모양이었다.

그 후로 A는 텔레비전과 라디오에서 떠드는 말들을 마음 깊이 담아 두지 않았다. 진실과 거짓을 가르는 경계가 희미해 보였다. 그는 배우지 못한 사람이지만 두 눈과 두 귀가 멀쩡히 달려 있다. 미국의 횡포가 쿠바에 고통을 안겨 주는 것은 사실이겠으나, 그것이 모든 고통의 원인일 수는 없다. 이러한 결론은 의문과 마찬가지로 침묵 속에 남겨졌다. A는 가족들에게도 '그 집'에서 일어난 일을 일절 언급하지 않았다. 비리를 고발하지 않는 것은 비겁함의 발로인가? 아니다. 각자 선 전쟁터가 다를 뿐이다. 그의 전쟁터에서 구해야 할 포로는 정의나 공평이 아닌 배고픔이었다. 어쨌든 그는 빗자루를 지켜야 했다. 그것만은 한 점 거짓 없는 진실이었다.

침묵이 깨질 때

사소한 계기가 A의 침묵을 깼다. 그날 여자와 A는 월급을 두고 신경전을 벌였다. A는 연말부터 여자가 한 달 월급을 체불했다고 주장했고, 여자는 모든 돈은 매달 꼬박꼬박 지불했다고 대꾸했다. 사실 이 문제는 두 사람 다 임금이 선불이었는지 아니면 후불이었는지 까먹은 탓에 벌어진 일이었다. 그러나 기분이 상한 여자가 A에게 수학도 못하면서 괜히 나서지 말라고 쏘아붙였을 때, 갑자기 대화가 끊겼다. 어색한 침묵 속에서 여자는 자신이 방금 선을 넘었다는 것을 깨달았다.

A의 낯빛이 달라져 있었다. 숨을 조금 깊게 들이쉬는 것 같았다. 여자는 어려운 말을 꺼내기 위한 숨 고르기라는 것을 직감했다. 저 입에서 무슨 말이 나올까? 화가 났다고 지금 가족의 치부를 폭로하려는 걸까? A가 말을 하려고 작정했을 때 곤란해질 것들은 수두룩했다. 남편이 최근에 관료에게 뒷돈을 주고 새 사업을 따낸 것? 자신이 민박집 회계를 조작해서 탈세를 하고 있는 것? 그도 아니면 먼 옛날, 특별 시기 당시 공항 세관에서 일하던 아버지가 여행객들의 달러를 압수한 후 몰래 집으로 가져왔던 것? 그러나 A의 입에서 나온 말은 뜻밖이었다.

네가 대학원까지 공부했다 해도, 남들에게 대접받으며 선생 소리를 듣고 살았어도, 그 사실이 남을 바보로 만드는 것은 아니다, 내가 빗자루를 든다고 셈을 못하는 게 아니다, 나는 일한 만큼 번다, 번 만큼 일한다, 농부일 때도 그렇고 지금도 그렇다, 그보다 더 떳떳하게 사는 법이 있는가, 너는 과연 떳떳하고 깨끗한 인간인가….

여자는 당황했다. A의 갑작스러운 꾸짖음을 이해할 수 없었으나, 한 번도 본 적 없는 그의 불가해한 분노와 위엄에 압도당했다. 이제 침묵하는 쪽은 여자였다.

한때 여자는 A에게 왜 자식들이 독립한 지금도 일을 쉬지 않느냐고 물었다. A는 침묵과 미소로만 답했다. 그가 노동을 멈추지 않았던 것은 언젠가 침묵을 깨기 위해서였을지도 모른다. 긴 침묵 속에서 그가 준비했던 말은 '그들'에 대한 폭로가 아닌, 자신이 누구인가에 대한 표명이었던 것이다.

4. 주변에서 중심으로 — 교회 청년 C의 이야기

파스텔색의 학생

C는 새벽마다 마을버스를 탄다. 이제 막 기점에서 출발한 버스는 텅 비어 있다. 대학교에 가려면 그가 사는 아바나 끝자락에서 버스로 두 시간은 달려야 한다. 왕복 네 시간 거리를 4년째 통학하고 있다. 그간 C는 흔들리는 버스 안에서 쪽잠을 자는 법을 익혔다.

곧 버스는 형형색색의 사람들로 가득 찬다. 당장 부서져도 이상하지 않을 만큼 허름한 버스 풍경과 대조를 이룬다. 카리브해 쿠바는 원색의 땅이다. 물, 자동차, 건물뿐만 아니라 사람들의 행색도 번쩍번쩍하다. 호피무늬 레깅스를 입은 할머니, 머리띠부터 드레스까지 핑크색으로 통일하고 아침 강의를 나가는 교수, 금빛 목걸이와 귀걸이를 뽐내며 일터로 가는 청년. 맨살을 훤히 드러내는 것은 이 뜨거운 나라에서 아무것도 아니다.

그 속에서 C는 홀로 파스텔색인 것처럼 차분하게 존재한다. 청바지, 단정한 티셔츠, 검은 책가방이 그의 복장이다. 굳이 튀려고 들지 않는다. 조용한 존재감이 도리어 이목을 끈다.

버스가 학교에 도착했다. 먼저 와 있는 친구들이 C를 반긴다. 친구들 사이에 있으면 C도 발랄한 청춘의 얼굴을 한다. 말이 많아지고 쉼 없이 웃는다. 그래도 특유의 차분한 분위기는 용해되지 않는다. 작년 여름 동기들끼리 바닷가에 갔을 때, 비키니를 자랑하고 싶어 안달 난 친구들 사이에서 C는 반팔 반바지를 입었다. 술과 담배라면 정색을 한다. 힙

쓸리는 청춘의 열기에서 스스로 한발 물러선 느낌이다.

군이 또래의 표준 취향에 자신을 맞추지 않아도 C는 명실상부한 '인싸'로 산다. 자취하는 친구의 집에 먹을 게 떨어지면 달걀 열 알과 망고 몇 개를 들고 찾아온다. 도서관에서 스무 권의 교과서를 빌려야 하는 친구가 있으면 말하지 않아도 알아서 여분의 가방을 챙겨 온다. 마을버스를 타고 청년은 어디든 간다.

주변과 중심

외유내강 청년 C가 살면서 가장 자주 들은 말은 성숙하다는 것이다. 어렸을 때부터 부모 없이 조부모와 살면서 한 번도 탈선하지 않았고, 철없는 남동생을 단속해 왔고, 시키지 않아도 척척 집안일을 해낸다. 게다가 학생의 의무를 소홀히 한 적도 없다. 다들 입을 모아 말한다. 또래에 비해 성숙한 청년이라고.

C는 이 말이 좋으면서도 버겁다. 어떨 때는 자기보고 더 많은 일을 해내라는 명령처럼 들린다. 가난한 살림과 두 노인의 병세가 C의 어깨를 짓누른다. 학생으로서 돈을 벌지는 못하더라도 집안일과 장보기를 미룰 수는 없다. 그렇지만 화장지를 사기 위해 몇 시간씩 줄을 서야 한다면, 또 매

일 쌀을 걱정해야 하는 상황이라면 도대체 언제 책상 앞에 앉아서 공부할 수 있을까? 무상교육의 혜택을 받고는 있지만 결국 공부를 하려면 웬만큼 사는 집에 태어나지 않으면 안 되는 건지도 모른다. 아니, C는 고개를 흔든다. 생각을 멈춰야 한다. 있는 것에 감사할 줄 모르는 것은 성숙한 사람의 태도가 아니다.

가난은 죄가 아니다. 불편할지언정 부끄러운 일이 아니다. 모두가 오십보백보의 처지로 가난하게 사는 곳에서는 이런 생각이 공기처럼 자연스럽다. 그렇지만 질량의 차이가 중력의 차이를 낳듯, 중심과 주변은 어디서든 미세하게 갈린다. 쿠바도 예외는 아니다. C가 어렸을 때 오십보백보에 불과했던 이 사이의 거리는 그가 성인이 된 지금 그보다 몇십 배는 더 벌어졌다. 저 멀리 중심부에는 외국인 관광객들이 있다. 그들이 머무는 호텔, 올드카, 살사바, 가게들이 있다. 굶주린 특별시기에 종지부를 찍은 효자 산업이라며 모두들 관광업을 치켜세운다. 하지만 지금은 마음이 더 허기진 시절이다. 들어갈 수 없는 호텔, 탈 수 없는 택시, 살 수 없는 물건이 늘어날수록 성숙한 마음으로 살기는 더 어려워진다.

C의 일상은 의심할 것 없는 '주변부'다. 아바나 외곽에 거주하고, 외국에서 돈을 보내 줄 친척이 없고, 외국인을 대

상으로 돈을 벌 수단도 없다. 그렇다고 해서 C와 가족들이 동네 사람들보다 특별히 더 가난하게 사는 것도 아니다. 이것은 쿠바인들에게 가장 흔한 삶의 조건이다. 평범한 우리들은 어쩌다가 주변부가 되고 만 것일까?

특별시기 후에 태어나 관광업과 함께 나이를 먹은 동네 친구들은 이 질문을 되풀이했고, 어느 순간 동네를 떠나갔다. '주변'에서 '중심'으로 진입할 수 있는 최단 경로가 필요하다고 했다. 앞으로 거리가 벌어지면 더 벌어졌지, 봉합되지는 않을 것이라고도 했다.

C는 친구들이 무슨 말을 하는지 잘 안다. 그렇지만 그들을 따라가는 대신 등을 돌려 반대로 향했다. 주변에서 한 발짝 더 주변부로. 그곳에는 교회가 있었다.

소녀는 할 말이 많다

사회 주변부 약자를 품는 것이 원래 종교의 역할이라지만, 쿠바 교회는 반강제로 그렇게 된 면이 없지 않다. 혁명 이후 종교 활동은 크게 위축되었다. 구시대적 가치의 온상지라는 비판과 감시가 종교계의 숨통을 틀어막았다. 신앙을 간직한 자들은 있는 듯 없는 듯 살아야 했다.

C가 동네 교회를 찾은 것은 아주 어렸을 때였다. 교회

사람들은 꼬마가 홀로 예배를 드리러 온 것을 보고 깜짝 놀랐다. C의 믿음은 스스로 싹을 틔웠다. 씨앗이 적당한 습도와 온도 속에서 알아서 발아하는 것처럼, 어느 날 갑자기 아이는 보이지 않는 신이 곁에 있음을 느꼈다. 이 절대적인 존재감은 날이 갈수록 커졌다. 그 힘이 아이를 동네 어귀의 낡은 교회로 인도했다.

이제 더 이상 아이가 아닌 C는 그때의 선택을 조금 더 논리적으로 설명한다. 신이 필요한 까닭은 눈앞에 보이는 현실이 인생의 전부라고 믿는 어리석음에 빠지지 않기 위해서다. 물이 새는 지붕이나 빈 쌀독을 걱정해야 하는 일상에도 아름다움이 있다는 것을 알기 위해서다. 매일 떠오르는 태양은 모두를 위해 빛난다. 그렇지만 이 빛을 만끽하기 위해서는 영성을 갈고닦아야 한다.

그렇게 C는 교회에서 인생을 사는 법을 배웠다. 단정한 복장, 신중한 언행, 금주와 금연, 혼전 순결, 기도하는 마음. 특히 성경은 무엇과도 바꿀 수 없는 자산이다. C는 현실의 벽에 부딪힐 때마다 성경 속 인물들을 떠올리며 길을 물었다. 답을 찾을 수 없을 때도 생각의 재료를 가진 것만으로도 두려움이 줄어들었다. 이런 훈련은 타고난 낙천성을 담금질했고, 장애물 앞에 좌절하지 않는 소녀로 키워 냈다. 따로 가르치지 않아도 밝고 반듯하게 자라는 손녀딸을 보면서 조부모 역시 교회에 다니기 시작했다.

소녀는 할 말이 많다. 언젠가 글도 쓸 계획이다. 경험은 일천하지만 자신에게도 인생을 논할 자격이 있다고 생각한다. 모두가 신이 버린 자라며 경멸했던 욥을 끝까지 돌보고, 함께 신의 마음을 헤아려 준 젊은이의 이야기가 성경에 나오지 않는가? 성숙한 청년은 보통의 어른이 좁은 시선 때문에 지나치는 진실을 곱씹을 수 있는 자다. 신의 지혜는 나이와 상관없이 만인에게 열려 있다.

불 같은 마음과 물 같은 평화

절제와 복종을 설파하는 교회공동체는 오늘날 쿠바에서 비주류에 속하는 라이프스타일이다. 혼전 순결이라니, 머리에 피도 안 마른 쿠바 꼬맹이도 웃고 지나갈 말이다. 이 열대 섬에서 대부분의 사람들은 종교에 매인 삶이 심심하다고 생각한다. 하지만 모르는 소리다. 굳이 애쓰지 않아도 삶에는 수많은 드라마가 벌어진다. 드라마 속에서 우리의 마음이 뜨겁게 달궈진다. 이 열기의 연료는 때로는 좌절이기도 하고, 때로는 사랑이기도 하다.

C는 원래 예술을 하고 싶었다. 예술대 입학 과정이 뒷돈의 잔치라는 사실을 알게 되자 기대를 접었지만, 생물학과

로 진학한 데에는 또 다른 이유가 있었다. 아버지는 딸이 과학자가 되기를 원했다. 딸은 아버지의 의견을 존중하고 싶었다. 어린 시절 부모는 이혼의 고통을 겪었다. 쿠바에서 이혼은 특별한 일이 아니었지만, 그렇다고 해서 당사자들에게 그 시간이 덜 괴로워지는 것도 아니었다. 쉽지 않은 시간이 흘렀고, 상황은 천천히 정리되었다. C의 아버지와 어머니는 각기 다른 배우자와 새 삶을 시작하기로 결정했다. C와 형제들은 조부모와 함께 살았고, 부모님과 왕래를 계속했다. 할머니와 할아버지는 세 손자의 장래를 걱정하며 밤잠을 이루지 못하셨다. 그리고 그들이 앞으로 나아갈 수 있도록 물심양면으로 도왔다.

아직 어렸던 C는 조부모가 왜 자신을 대신해서 고통받아야 하는지 이해하지 못했다. 그 후 그는 조부모님을 돕기 위해 최선을 다하는 좋은 손녀가 되었지만, 정작 스스로가 어떤 사람인지는 확신에 차서 말하지 못했다. 만약 그가 예술을 끝까지 고집했다면, 적절한 시기에 가족의 지원을 받았다면, 현재 많은 것이 바뀌었을까? 대학 시절에 열심히 공부하면서도 C는 끊임없이 질문을 품었다. 이토록 노력해서 살 만큼 자신의 현실을 사랑하고 있는지, 자신이 정말 과학을 잘하는지, 진실로 행복한지, 이것이 인생에서 최선의 길인지… 이러한 가정들은 C의 정체성에 공백을 남겼다.

C가 이 뜨거운 시간을 무사히 통과할 수 있었던 것은 어렸을 때부터 찾아갔던 교회 덕분이었다. 쉽지 않은 인생의 순간들이 찾아올 때마다 그는 답을 찾기 위해 신앙으로 피신한다. C는 교회가 답을 주지는 않아도 신은 답을 주리라고 믿는다. 신은 우리를 창조한 자이니, 우리가 누구이며 삶의 목적이 무엇인지 모를 리가 없다. 신에게 기도를 드릴 때면 마음속에 있던 의문들이 선명하게 풀린다. 그것은 물과 같은 평화다. 일상에서 지친 마음을 달래 주고 지혜에 대한 갈증을 해소시켜 준다. 불과 물이 만났을 때 생기는 운무처럼, 청년 C는 낮고 넓게 퍼진 삶의 질문 사이를 차분히 걸어간다.

주변에서 중심으로

중심을 찾아 떠난 동네 친구들은 지금 어디에 있을까? 그들의 뒷모습은 불안해 보인다. 세상의 중심인 줄 알고 도달한 장소가 정작 인생의 중심이 아닐지도 모른다. 중심을 잃은 삶은 쉽게 무너질 것이다.

세상사는 나날이 복잡해지고, 세상의 주변부인 쿠바도 그 여파에 이리저리 흔들린다. 그러나 청년은 역사의 과도기가 아닌 지금 이곳, 자신의 시간을 살고 싶다. 중심이 사라져 버린 혼돈의 시기, C는 무엇에도 흔들리지 않는 신을 찾는다. 주변에서 중심으로 가는 가장 확실한 길은 하나뿐이다. 주변을 곧 중심으로 만드는 것이다. 내가 있는 자리를 신을 만나는 자리로 바꾸는 것이다. 그러면 필요한 것은 대체로 여기에 다 있음을 알게 된다. 학교는 지식을 주었고, 교회는 신앙을 심었고, 가족과 이웃은 힘든 생계를 함께 꾸린다. 집 밖의 종려나무, 비 냄새, 파도소리, 끈적이는 공기는 광대한 평화를 선사한다.

그리고 사람들이 있다. 맨손으로 일궈 낸 일상에 자부심이 넘치면서 그게 자부심인지도 모르고 사는 사람들. 노동과 고통이 만들어 주는 자존감을 당연하게 여기는 자들. 세상의 모든 물건을 고치는 귀한 손을 가졌으면서 정작 자신을 귀하게 대하지 않는 우리들. C는 어리석고 아름다운 인간에 대해 사유한다. 그리고 자신의 어리석음과 아름다움이 신의 품에서 지혜로 바뀌기를 기도한다. 감사하는 마음을 잊지 않을 수 있다면, 결국 어디 사느냐는 중요치 않다. 집으로 돌아가는 버스 안, 창밖의 석양을 보며 청년은 오늘도 기도를 드린다.

5. 기억의 파도타기 — 환자 Y의 이야기

병원 가는 날

오늘은 Y가 가족주치의와 약속이 있는 날이다. 콘술토리오는 벌써 엄마와 아기들로 득실거릴 것이다. 한 달에 한 번, 소아과 의사와 산부인과 의사가 찾아오는 정기검진 날이기 때문이다. 굳이 이 바쁜 날에 진찰을 예약할 필요는 없었다. 하지만 이럴 때가 아니면 Y는 동네 아이들을 만날 기회가 없다.

거실에 나오니 식탁 위에는 Y를 위한 빵과 커피가 올려져 있다. 옆방에서 하숙하는 학생이 아침 식사로 준비해 놓은 것이다. 이 친구는 현재 Y의 유일한 가족이다. 전공 수련을 위해서 쿠바로 유학 온 볼리비아 의사인데 올해 2년차 레지던트가 되었다. 작년에는 정신이 쏙 빠져서 살더니, 올해는 의사가 된 티가 좀 난다. Y보고 주치의에게 이것저것 물어보라고, 혹은 이 약 저 약을 처방해 달라고 해보라며 참견을 해댄다. 그럴 때마다 Y는 깔깔 웃는다. 자기는 의사 복이 많아서 집 안팎 어디에서도 아플 수가 없겠단다.

병원에 갔더니 역시나 아이들로 가득 차 있다. 주치의를 만났다. 의사네 집안사람들의 안부를 묻고, 걱정거리를 나누고, 세상 돌아가는 이야기도 좀 하다 보면 진료의 7할은 수다가 되어 버린다. 마침내 의사가 진찰을 끝내고 처방전 종이를 꺼내 들었을 때, Y는 의사 하숙생의 조언을 전달했다. 의사는 어깨를 으쓱한다. 요즘 약국에는 이 약도 저약도 없어요. 약이 들어올 때까지는 한참 걸릴 텐데…. 결국이번에도 쿠바에서 제일 흔한 진통제에 기대는 수밖에 없다. Y는 한숨을 쉬며 말한다. 디피로나^{Dipirona} 주세요. 머리 아플 때 먹게요.

치료제, 딸

Y의 병명은 우울증이다. 한국식으로 말하면 화병이다. 하나뿐인 딸이 쿠바를 떠났던 10년 전부터 병이 시작되었다. 사정을 모르는 사람들은 풍채 좋고 사람 좋은 Y가 웃는 얼굴뒤로 병을 키우고 있을 거라고 상상하지 못한다. 그러나 처음 병이 생겼을 때는 대단했다. 먹지도 자지도 못했고, 지인에게 전화를 걸어서 미친 사람처럼 화를 퍼붓다가 갑자기

침묵했다. 이웃들과 친구들은 Y가 언제 삶을 마감해도 이상하지 않다고 생각했다.

Y의 인생을 조금이라도 아는 사람이라면 모두 그를 이해했다. 그는 딸에게 인생을 걸었던 사람이었다. 꿈이랄 것도 없었고 번듯한 직업도 없었다. 남편과의 결혼생활이 짧게 끝난 후로는 재혼하지도 않았다. 그럼에도 그는 최선을 다해 살았다. 딸을 키우는 것이 인생의 유일한 낙이었으므로, Y는 자신의 어린 분신에게 해줄 수 있는 것은 다 해주고자 했다. 엄마의 넘치는 마음은 과보호가 되었다. 딸이 성장할수록 모녀간의 마찰도 커졌고, 갈등은 딸이 연애를 시작할 때 최고조에 이르렀다. 그러던 어느 날 딸은 애인과 함께 엄마를 떠나 버렸다.

따라서 Y의 병을 치료할 수 있는 약은 없다. 딸이 돌아와야 하는 것이다. 그 외에 약국에서 파는 약은 다 임시방편이다. 수면제에 기대서 불면증을 덜고 진통제로 두통을 줄여서 일상을 유지할 수는 있지만, 가끔씩 덮치는 악몽과 공황장애 앞에서는 속수무책이다. 게다가 어떤 약이든 결국 내성이 생긴다. 주치의는 진찰 시간마다 Y의 속이 풀릴 때까지 넋두리를 들어 주는데, 지금으로서는 이게 가장 효과가 좋은 치료법이다. 관심과 공감에 내성을 보이는 마음의 병은 없으므로.

여하튼 10년 전부터 약을 찾아다니는 것은 Y의 일상이 되었다. 이 변화는 Y의 생활에 새로운 긴장감을 불어넣었다. 쿠바에서 약 구하기는 첩보전을 방불케 하는 미션이다. 약을 사려면 어디로 가야 할까? 당연히 동네 약국으로 가야 한다. 하지만 쿠바의 모든 물건 구매가 그렇듯이 약 한 종류를 사려고 해도 여러 약국을 돌아야 한다. 따라서 치밀한 사전 작업이 필요하다. 약사와 안면을 터야 하고, 필요한 약이 공장에서 들어오는 날을 알아 두어야 하고, 사람들이 장사진을 치기 전에 재빠르게 줄을 서야 한다. 약을 헐값에 제공한다는 이유로 쿠바의 처방전은 귀하게 여겨지지만, 약이 없으면 다 도로 아미타불 아닌가.

Y는 이런 번다한 동선이 싫지가 않다. 뭐가 되었든 간에 몸을 움직일 수 있기 때문이다. 줄에서 오래 기다리는 것도 괜찮다. 그 핑계로 옆 사람과 수다를 떨 수 있다. 약을 사려는 사람치고 병들지 않은 사람이 없으므로, 대화 주제는 자연스럽게 아픔의 공감이 된다.

하숙생이 병원에서 운 좋게 약을 직접 구해다 주는 날도 있다. 그런 날이면 둘 다 크게 기뻐한다. 하숙생은 Y가 줄을 서는 수고를 안 해도 된다는 사실이 기쁘다. 그러나 사실 Y는 이 친구가 자신에게 마음을 써 준 것이 기쁜 것이다. 땡볕 아래에서 약을 기다리는 게 얼마나 고된 일인지 푸념을 늘어놓으면 가만히 귀 기울여 주는 것도 고맙다. 오늘 하루 할 일이 있었고 그걸 나눌 사람이 있다는 것, 때로는 이게 약이다.

병인(病因), 미국

쿠바에는 비공식적인 약국이 있다. 외국이다. 외국에 가족이 살면 쿠바에서는 찾을 수 없는 약들을 조달할 수 있다. 가장 만만한 장소는 쿠바에서 가까운 미국 마이애미다. 그곳에는 쿠바인들이 워낙 많이 살아서 아예 스페인어로만 운영되는 약국도 있다고 한다.

하지만 Y에게는 해당 사항이 아니다. 미국에 연락이 닿는 가족도 없을뿐더러, 미국이라는 이름만 들어도 병세가 악화되는 기분이다. Y의 인생에서 중요한 사람들은 모두 미국으로 떠났다. 첫번째로 떠난 사람은 남편이었다. 그가 뗏목을 타고 마이애미로 건너갔을 때 Y는 열아홉, 딸은 한 살이었다. Y는 처음부터 남편의 계획에 반대했다. 생활이 어려워도 가족이 찢어져 사는 것보다는 낫다고 생각했다. 그러나 남편은 설득을 포기하지 않았다. 미국 땅에 도착하는 모든 쿠바인들은 1년 안에 영주권을 얻는다. 돈을 벌어 거처를 마련하면 그때는 Y와 딸을 데리러 쿠바로 돌아올 것이다.

결국 그는 홀로 쿠바를 떠났다.

이틀 만에 무사히 도착했다는 전갈이 왔다. 하지만 그 뒤로 뜨문뜨문 이어진 연락은 다섯 번을 넘지 않았다. 간헐적으로 오던 연락이 어느 순간 끊겼다. 먼 타국에서 사람이 통째로 증발해 버린 것 같았다. Y는 생각했다. 큰 사고를 당한 걸까? 말 못할 사정이 생겼을까? 아니면 우리를 버린 걸까? 속 타는 마음에 시댁도 찾아가 봤지만 그들도 아무 소식을 듣지 못했다고 했다. 그 말이 진실인지는 알 수 없었지만 한 가지는 진실이었다. 이제 남편은 Y의 인생에서 없는 사람이 되었다. 지금부터는 딸과 홀로 살아야 했다. 보란 듯이 딸을 잘 키워 내리라고 다짐하는 수밖에 없었다.

운명의 장난일까, 애지중지 키운 딸은 20년 후 아버지의 전철을 밟았다. Y에게 말 한마디 없이 뗏목을 타고 마이애미로 향한 것이다. 애인의 꼬드김에 딸이 넘어간 것인지, 아니면 딸이 먼저 계획을 제안했는지는 모른다. Y는 처음부터 딸의 애인이 싫었다. 그러나 이제 와서 그를 비난해 봤자 아무 소용 없다. 어쩌면 딸을 떠나게 만든 자는 Y였을 수도 있다. 남편에 대한 감정을 삭일 수 없는 날에는 어린 딸 앞에서 원망의 말을 늘어놓았다. 그 말을 들으면서 딸은 얼굴도 모르는 아버지가 건너간 땅을 향해 몰래 환상을 키우고 있었는지도 모른다.

통증, 바다

딸이 떠난 후 Y는 하숙집을 시작했다. 경제적인 이유는 둘째치고, 홀로 살다가는 정말 죽을지도 모르겠다는 생각이 들었다. 다행히 그의 집은 대학교에서 가까웠다. 쿠바에 정 붙이고 살아야 하는 유학생들이 문을 두드렸다. Y도 정 붙이고 살 사람이 필요했으므로 기꺼이 그들을 맞이했다.

학생들은 바다 건너 새로운 공기를 몰고 왔다. Y는 중국 학생과 4년을 붙어 살면서 다도 예절과 중국 조리법을 배웠다. 브라질의 커피 밭에서 자란 학생 덕분에 색다른 커피콩도 맛보았다. 지금 같이 살고 있는 볼리비아인 친구는 잊을 만하면 한 번씩 핸드폰으로 고향의 풍경을 보여 준다. 원체 성격이 부드러운 Y는 모두와 두루두루 잘 지낸다.

사실 그가 청년들에게 쏟는 정성을 보면 잘 지내지 않기가 더 어려울 지경이었다. Y는 딸의 그림자를 찾고 있었다. 그러나 예전 같은 실수는 반복하지 않는다. 지나친 간섭은 지양하고, 단지 청년들이 무탈하고 행복하게 청춘을 보내기를 기원한다. 미국으로 떠나 버린 남편과 딸처럼 Y도 나름 대로 제자리를 떠나고 있다. 병에 잠식되지 않기 위해 한 발짝씩 내딛는 치유의 과정이다.

하지만 시간이 흘러도 극복할 수 없는 통증이 있었다.

바다였다. 병을 다스리기 위한 Y의 원칙은 바다를 보지 않는 것이다. 바다 근처에 얼씬도 하지 않는 것이다. 학생들이 말레콘으로 산책하러 가자고 해도, 쿠바의 제주도라 할 수 있는 후벤투드 섬Isla de la Juventud으로 놀러 가자고 졸라도 Y는 꼼짝할 수가 없다. 눈 시리게 아름다운 카리브해는 그에게 악몽과도 같다.

10년 전에 딸은 쿠바를 떠났지만 끝내 미국에 도착하지 못했다. 딸과 그 애인이 탄 뗏목은 남편의 것보다 더 엉성했다. 배는 불운한 바람을 맞고 엉뚱한 방향으로 표류했다. 30킬로미터 떨어져 있다는 북아메리카 대륙은 며칠이 지나도 모습을 드러내지 않았고, 가져온 물은 동이 났다. 애초에 부실한 배에 많은 것을 실어 갈 수가 없었다. 바다 위에서 그렇게 딸은 죽었다. 애인은 살았다. 딸이 탈수로 사망한 후에야 바람이 배를 육지로 데려갔다고 했다. 며칠 후 기력을 회복한 그는 쿠바에 전화를 걸었다.

사망 소식을 전해 들은 Y는 전부 거짓이라고 생각했다. 왜 딸이 마이애미에 있는가? 왜 딸이 숨을 쉬지 않는다고 하는가? 그 당시 딸은 Y의 집을 나가서 애인과 함께 살고 있었다. 일주일 정도 연락을 안 하는 일이 다반사였다. Y는 친척들이 사는 집으로 달려갔다. 이 이야기가 얼마나 얼토당토않은 허구인지 확인받기 위해서였다. 그런데 소식을 전해

들은 친척들의 얼굴이 새파랗게 질렸다. 이들은 Y가 모르는 뭔가를 알고 있었다.

하나둘씩 진실이 밝혀졌다. 떠나기 전에 딸은 송별 파티를 열었다. 친구들, 이웃들, 가족들 모두가 초대받았다. 오로지 Y만 초대받지 못했다. 엄마를 지나치게 잘 알았던 딸은 차마 사실을 알리지 못했다. 엄마는 자신이 영영 떠난다고 생각할 것이다. 미국으로 떠났다가 다시는 돌아오지 않은 아버지처럼 말이다. 그래서 딸은 계획을 세웠다. 마이애미에 도착한 후 엄마에게 자신의 행방을 알리리라. 모든 게 다 정리되면 그때는 엄마도 미국으로 데려오리라. 이 계획이 일생일대의 불효가 될 것이라는 사실을 딸이 알 리가 없었다. Y는 딸의 마지막 얼굴을 볼 기회를 잃어버렸다.

이때의 기억은 Y의 머리 깊은 곳, 간뇌의 해마체 밑바닥에 잠겨 있다. 딸의 유품을 몰아넣은 상자도 장롱 속에서 10년째 죽은 듯이 잠자고 있다. 그렇지만 해마에 있어야 할 기억은 뇌를 탈출해 온몸의 세포 하나하나에 박힌 것 같다. 바다를 볼 때마다 회한이 밀물처럼 덮친다. 시신은 어떻게 되었을까? 애인이 묘지에 묻어 주기는 했을까? 아니면 바다 위에서 떠돌다가 서서히 해체되었을까? 딸이 죽었다는 사실을 마침내 받아들였을 때조차도 Y는 상황을 수습하기 위해 쿠바를 떠날 수가 없었다. 쿠바인은 국경을 넘을 수 없다는

사실이 그때만큼 허망했던 때도 없었다. 미국은 닿을 수 없는 곳에 있었고, 쿠바와 미국을 갈라놓는 카리브해에는 불행의 무저갱이 있었다.

진통제, 수다

기억이 썰물처럼 빠져나간 자리에는 냉혹한 질문이 남는다. 이 지옥을 스스로가 만든 게 아닌가, 라는 의문이다. 딸을 그렇게까지 과보호하지 않았더라면, 딸을 인생의 의미로 삼는 게 제 욕심이라는 것을 알았더라면… 사랑하는 엄마가 되고자 했지만, 사랑한다는 게 무엇인지 질문한 적이 없다. 그러나 아직까지도 Y는 질문을 정면에서 마주할 수가 없다. 질문의 끄트머리가 의식의 수면 위로 올라오기만 하면 벌써 심장이 뻐근해진다.

따라서 그는 바다를 아예 보지 않는 쪽을 택한다. 괴로운 기억을 극복해야 병도 떨칠 수 있을 테다. 하지만 근치根治도 환자의 체력이 따라 줘야 가능한 일이다. 악몽의 바다에서 수영을 하려면 우선 마음의 근육이 있어야 한다.

수영을 할 줄 모르는 Y는 구명조끼를 찾는다. 악몽의 파도가 덮쳐 올 때는 이 파도가 지나갈 때까지 어떻게든 수면 위에 떠 있어야 한다. 기억 속으로 침잠해 버리면 영원히 고통에서 헤어나지 못할 것이다. 그가 붙잡는 구명조끼는 수다다. 이웃이든 학생이든 의사든, 누구든 간에 옆에 앉혀 놓고 오늘 무슨 일을 했는지 물어볼 것. 시답지 않은 일로 크게 웃을 것. 간식을 먹고 함께 산책을 할 것. 그러고 나면 진통제를 맞은 것처럼 날카로운 통증이 잠잠해진다. 때때로 사람들은 Y의 구조 요청을 귀찮아한다. 그래도 그가 홀로 고립되도록 방치하지는 않는다. 쿠바에서 환자를 외면하는 것은 인간이 할 짓이 못 된다. 기억의 파도타기, 이것이 Y와 이웃들이 매일 함께하는 의료 처치다.

한번 조각난 마음을 다시 이어 붙일 수 있을까? Y도 모른다. 어떤 명의도 내 마음의 문제를 해결해 줄 수 없다는 사실은 잘 안다. 예전에는 Y도 막연하게 살아갈 이유를 찾고 싶어 했다. 그러나 요즘은 살게 되었으니 그냥 사는 것이고, 수명이 다할 때까지 망가지지 않는 마음을 유지하는 것도 어려운 일이라는 생각이 든다. 일단 살아 있는 것으로 만족하기로 했으니 벌써 치유의 길 초입에 서 있는 셈이다. 게다가 그의 말마따나 그는 의사 복이 많다. 주위에 있는 마을 사람들에게 기대어, Y는 병든 기억으로 출렁이는 일상을 살아갈 것이다.

6. 결핍을 모르는 생명 — 두 여자 B와 P의 이야기

마을의 대모

B는 마을의 대모다. 마을의 모든 갓난아이들이 그의 품에 안겨 보았다. 정작 그 자신은 아이도 없이 혼자 사는 싱글인데 말이다. 남의 뒷이야기 하는 데 시간을 다 쓰는 작은 마을에서 사람들은 쉬지 않고 이방인 B를 입에 올린다. 연애는 언제 하지? 결혼은 왜 안 하나?

여하튼 마을 사람들은 그를 좋게 보는 편이다. 특히 아줌마들 사이에서 인기가 대단하다. '젊은 아가씨'가 어쩜 그렇게 아이들을 잘 돌보냐면서 칭찬을 후하게 퍼 준다. 그러나 B는 칭찬의 목적을 이미 간파했다. 그네들은 쌀 배급을 받으러 줄을 서거나 손톱을 다듬으면서 수다를 떨 때 마음 놓고 아이를 맡길 사람이 필요할 뿐이다. 아줌마와 할머니들은 유모차를 끌고 그의 사무실에 불쑥불쑥 쳐들어온다. 잠깐만 놓고 갈게! 금방 돌아올게! 처음에는 황당했고 그다음에는 화가 났지만 이제는 체념한다. 아이들이 놀 수 있도록 장난감도 몇 개 사무실에 구비해 놨다. 그사이에 긴급한 업무가 생기지 않기를 바랄 뿐이다.

시작부터 B가 이런 캐릭터였던 것은 아니다. 싱글 여성 외국인이 마을 일에 개입할 일이 얼마나 있겠는가? 특히 B는 개인주의를 사랑하는 집순이였다. 사생활은 꼭 지켜져야 한다. 야밤의 자유 시간은 누구도 방해해서는 안 된다. 출근길과 퇴근길을 제외하면 이웃들은 B의 얼굴을 따로 볼 일이 없었다.

B의 루틴이 깨진 것은 P를 만난 어느 날 오후였다. 그는 안절부절못하는 얼굴을 하고 어눌한 말투로 인사를 했다. 지갑에는 신분증과 함께 지적장애 3급 판정이 적힌 진료 카드가 들어 있었다. P는 임신을 한 상태였고, 아이를 꼭 낳고 싶다고 했다. 가족들은 아기를 지우라며 강경하게 나오는 중이었다. '아이'가 아이를 낳는 꼴인데 감당할 수 없는 일은 벌리지 말라는 것이다. 남자친구는 협조적이었다. 낳고 싶으면 같이 키우자고 제안했다고 했다. 그러나 운전수라는 직업상 옆 도시를 수시로 왔다 갔다 해야 하는 그가 주 양육자가 될 수는 없었다. 판단이 느린 P도 그 정도는 알았다.

B는 바로 답하지 않았다. P의 눈을 빤히 쳐다보았고, P도 영문도 모른 채 B를 바라보았다. 얼마간의 침묵이 흐르

고, B는 수첩을 탁 닫았다. 그리고 말했다.

"그래요, 한번 낳아 봅시다."

대모 생활의 서곡을 울릴 한 마디였다.

흰 가운을 입는다는 것

B는 마을의 가족주치의다. '마을의 대모'라고 바꿔 읽어도 상관이 없지만 말이다. 쿠바 가정의학은 안전한 출산에 강박적이리만치 마음을 쏟는다. 주치의는 이 마음의 실행자다. 의사 마음 몰라주는 마을 산모들의 뒤꽁무니를 쫓아다니며 그들을 체크하는 게 주된 업무다. 주치의 제도가 없는 곳에서는 옆집에 의사가 사는 쿠바의 동네 풍경이 이상적으로 보일 테다. 그런데 정작 그런 의사가 나타나면 또 간섭을 피하려고 발버둥 치는 게 인간인 것이다.

B는 쿠바에서 나고 자란 사람이 아니다. 그래서 이런 '병원 밖 난리굿'을 처음 마주했을 때는 표정 관리에 처참하게 실패했다. 이게 뭔가? 컴퓨터도 없는 진료소에 산더미처럼 쌓인 일을 뒤로하고, 오늘도 진료 약속을 '생까고' 클럽에 간 청소년 미혼모를 잡으러 가는 이 길이 정녕 '훌륭한 의사'의 길인가? B는 상냥한 사람이다. 그러나 엄격하고 예민한 면모도 있다. 어린 엄마들이 지나치게 의존하려 들 때

마다 B는 딱 부러지게 말했다. 나는 보모가 아니라 의사다. 당신의 생명과 당신이 낳은 생명은 스스로 책임져야 한다.

환자들의 어리광이 문제의 전부였다면 B도 곧 기분을 풀었을 것이다. 외국인 의사로서 이곳의 의료 철학을 우선적으로 수용해야 한다는 것쯤은 그도 알았다. 그러나 무책임한 순간들이 존중의 의지를 꺾었다. B는 흰 가운의 권위에 의존하려는 사람들 못지않게 흰 가운의 권력으로 생명을 죽이려는 자들도 너무 많다고 생각했다. 낮은 영아 사망률과 높은 의료 접근성, 쿠바 의료가 자랑해 마지않는 숫자들. 이 통계는 낙태 수술로 사라진 아기들을 침묵 안에 묻어 버린다. 이곳에서 낙태는 부담 없는 수술이다. 주치의가 사인한 종이쪽지 한 장이면 곧바로 수술 스케줄을 잡을 수 있다.

B는 낙태에 결사반대하는 구시대적 의사는 아니었다. 오히려 본국에서는 여성 신체의 자기결정권을 적극적으로 옹호하는 쪽이었다. 본인도 여성인데 임신이 여성의 굴레가 될 수 있다는 것을 왜 모르겠는가. 그러나 B의 눈에 쿠바의 성性문화는 낙태 제도를 남용할 우려가 컸다. 청소년들은 일찌감치 섹스를 경험했고, 생리가 나오지 않는다며 B 앞에서 울었다. 엄마가 되라고요? 나는 키울 수 없어요, 학교에 가야 해요.

B는 이 문제에 대해 아예 잊어버리려 노력했다. 객관적

으로 상황은 나쁘지 않았다. 쿠바는 낙태뿐만 아니라 미혼모에도 관대한 나라다. 가족들이 원하기만 하면 얼마든지 낳아서 함께 키울 수 있고, 물심양면으로 도울 준비가 된 주치의들도 넘쳐 난다. 그러나 튼튼한 사회 안전망이 B의 마음을 더 공허하게 했다. 그렇다면 나는 내가 죽음으로 이끈 생명의 불운을 어떤 명분으로 정당화해야 할까?

엄마가 된다는 것

P가 나타난 것은 그즈음이었다. 온몸이 경직되어 있었고, 목소리는 쓸데없이 컸다. B가 자신을 거부할까 봐 미리 겁먹은 것 같았다. 그는 가족과 이웃에게 낙태 권유를 끈질기게 받고 있는 참이었다. 그들은 말했다. 스스로를 돌볼 수 없는 사람이 아이를 낳는 것은 잘못된 선택이다. 하지만 P는 그 이유를 받아들이지 않았다. 그는 혼자 사는 법은 몰라도 도움을 청할 줄은 알았다. 의사 표시는 분명했다. 나는 엄마가 되고 싶어요. Quiero ser madre

이처럼 강력한 의견 피력은 P의 인생에서 처음인 듯했다. P는 순하게 살아왔다. 주변에 의지하지 않을 수 없는 조건이 성격 형성에 영향을 미쳤겠지만, 스스로를 억압한 결과는 아니었기 때문에 그는 행복한 사람이 될 수 있었다. 이 행복은 관계가 만들어 준 것이다. 그를 구성원으로 받아들여 주는 가족과 이들이 기댈 수 있는 동네 네트워크가 P를 감싸고 있다. 주치의와 이웃들이 가족보다 먼저 P의 늦은 정신 발달을 발견했다. P가 중학교에 들어갈 무렵에는 발달 장애의 전모를 부정할 수 없게 되었고, 마침내 가족들은 큰 병원을 찾았다. 의사는 지적장애 3급이라는 진단을 내렸다.

하지만 진단이 무슨 의미가 있었나? 그 후로 P의 인생은 바뀐 게 없다. 계속 똑같은 가족들과 살고 있고, 똑같은 마을 사람들을 만나며, 엄마를 따라 이 집 저 집 다니면서 청소 일을 돕는다. 사람들은 P를 놀리기는 해도 해치지는 않는다. 햇살, 낡은 거리, 끈적이는 공기, 채소 장수의 리어카, 푸줏간 아저씨의 칼, 이웃집 할아버지의 담배 냄새. P는 자신이 이곳에 속해 있다고 느낀다. 머리로 판단하기 이전에 몸이 먼저 확신한다.

성인이 된 후에는 남자친구도 여럿 사귀었다. 관계가 오래가지는 않았지만 특별히 안 좋은 일도 일어나지 않았다. 애인들은 동네 사람들의 시선을 신경 쓰느라 행동거지를 더 조심하는 것 같았다. 그러다가 옆 동네의 마음씨 착한 청년과 연이 닿았고, 관계가 안정적으로 이어졌다. 둘은 청년의 집에서 동거를 시작했다.

동거의 결과가 임신이었다. 아이를 지키겠다는 P의 마

음은 초지일관 굳세었다. 가족과 동네 사람들은 P의 낯선 모습에 깜짝 놀랐다. 맹한 줄만 알았는데 이런 생각도 할 줄 아는 아이였던가?

두 여자의 동행

B는 놀라지 않았다. P가 엄마가 되고 싶다고 더듬더듬 말하는 동안, B는 한 번도 말을 끊지 않고 귀를 기울였다. 경청하는 모습을 보자 P의 얼굴이 점점 편안하게 풀어졌다.

B는 이상할 게 없다고 생각했다. 20대 후반의 여성이 임신해서 애를 낳고 싶다는데, 이게 어디를 봐서 부자연스러운 마음인가? 동네 사람들의 눈에 P는 '정신'이 덜 자란 '애'로 보일지 몰라도, B에게 P는 자신의 '몸'을 책임지려고 하는 '어른'이었다. 간만에 B는 뱃속부터 유쾌해지는 기분이 들었다. 고생거리를 만들지 말라고 화를 내는 P의 엄마 얼굴이 머릿속에 잠깐 스쳤지만, 깔끔하게 무시하기로 했다. 의사는 나다. 환자는 내 앞에 앉아 있는 이 사람이다. 우리 둘다 생명을 살리겠다는 마음으로 이곳에 와 있다. 그것 말고 더 필요한 게 있나? 의사 앞에서 히포크라테스 선서를 반박하는 미친 사람이 있다면 나오라지!

B는 P에게 임신부가 앞으로 지켜야 할 수칙을 설명했

다. 큰 병원에 가서 검진받아야 할 날짜도 짚어 주었다. 그러나 P는 고개를 저었다. 자신은 머리가 나쁘기 때문에 어려운 말은 이해할 수 없다고 했다. B는 P에게 어떻게 해줬으면 좋겠느냐고 물었다. P는 동행을 부탁했다. 약속은 절대로 어기지 않겠다고도 했다. B는 P의 요청을 수락했다. 이 마을에는 B가 P 외에도 돌봐야 할 주민들이 몇백 명이나 더 있다. 그러나 의사는 자신의 귀한 시간을 환자의 귀한 마음에 할애하기로 결심했다.

이로써 두 여자의 동행이 시작되었다. 둘의 동행은 옆 동네까지 유명해졌다. 한 달에 몇 번씩이나 손을 꼭 잡고 병원에 함께 방문하는데 모를 수가 없었다. 나이대가 비슷해서 그런지, B가 흰 가운만 벗으면 친구나 자매처럼 보이기도 했다.

둘은 섬세하게 역할을 분담했다. P는 매주 월요일마다 B를 찾아왔다. P의 가족은 그의 손에 커피 따위의 간식 선물을 들려 보냈다. B는 P의 이름으로 산부인과 의사와 검진 약속을 잡았다. 검진 날까지 산모의 건강 상태에서 어떤 부분을 미리 체크해 놓아야 하는지 꼼꼼히 신경을 썼다. 그날이면 P는 옷을 제대로 차려입고 15분 전부터 약속 장소에서 기다렸다. 약속 시간을 어기는 일은 단 한 번도 없었다.

P의 집에는 점점 B의 흔적이 늘어 갔다. B는 임신부에

게 좋은 영양 보충제를 구해 주었다. 종이에 산모가 유념해야 할 항목을 큼직하게 적어 벽에 붙이기도 했다. B는 옆 도시에서 일하면서 일주일에 한 번씩 집에 돌아오는 P의 애인과도 안면을 텄다. '아버지'의 역할을 강조하는 것도 잊지 않았다.

결핍 없는 생명

아기는 무사히 태어났다. P는 세상에서 가장 행복한 사람이 되었고, P의 가족들은 손녀를 안아 보고 싶어 안달이 났으며, B는 온 동네에 '천사 같은 대모'로 소문이 나면서 마을 사람들의 부탁에 시달리기 시작했다. 그리고 P와 애인은 두 번째 임신 계획에 들어갔다.

　P의 고생길은 앞으로 활짝 열렸다. 육아는 임신보다 더 어려운 미션이다. 그러나 P에게는 멋진 능력이 있다. 사람들에게 주저 없이 도움을 청할 줄 안다는 것이다. 가족과 이웃은 아기를 구경하기 위해 P의 집을 자주 방문하고, 그때마다 몇 가지 음식과 물건을 두고 간다. B와 P는 검진을 위해 지금도 정기적으로 만난다. 이제는 소아과 의사에게 아기를 보이기 위해서다. 산부인과 의사와 소아과 의사 역시 그사이에 P와 안면을 텄다. 이제 P는 문제가 생기면 그들에게도

직접 연락할 수 있다.

시간은 흐를 것이다. 이 사람 저 사람의 도움을 받아가며 아이를 키우다 보면, 어느새 자란 아이가 엄마를 돌볼 것이다. 모자란 생명은 없다. 모든 생명은 관계 속에서 살아가고, 어차피 시간의 동일한 명령을 받는다. 다들 숨을 받았다가 언젠가 거두게 될 운명이다. 그사이의 시간은 옆에서 같이 사는 사람들의 존재감으로 채우면 된다. 사람들 틈새에서 부족하면 부족한 대로, 넘치면 넘치는 대로, 한 숨 한 숨을 같이 쉬는 삶. 그런 생명은 결핍을 모른다.

얼마 후 B는 3년의 근무 기간을 채우고 이 마을을 떠났

　　　　　　　　　　　　　　　　　쿠바와 의생활 > 부록

다. 후속자가 업무를 원활하게 이어받을 수 있도록 진료 기록을 꼼꼼하게 정리해 두고 갔다고 했다. P의 진료 기록은 유달리 두껍다. 거기에는 P와 아기가 어느 시기에, 어떤 사람에게, 어떤 도움을 받으며 살아왔는지 작은 역사가 빼곡하게 적혀 있다. 그것은 사실상 편지였다. 다음번 내 자리를 채우게 될 얼굴도 모르는 동료에게, 이 마을이 함께 낳고 키우는 생명을 보살펴 달라는 한 의사의 부탁이었다.